Molière

Le Malade imaginaire

•

상상병 환자

창비세계문학

59

•

상상병 환자

•

몰리에르

정연복 옮김

창비

차례

•

일러두기

1. 1. 이 책은 Molière, *Bibliothèque de la Pléiade: Molière Œuvres complètes*(Gallimard 2010)를 번역 저본으로 삼았다.
2. 번역 저본에 실린 「부르주아 귀족」과 「스까뺑의 간계」에는 몰리에르 이외의 그 누구도 이 작품을 출판하거나 판매, 배포하여 이익을 취할 수 없다는 내용을 담은 '왕의 윤허장'이 첨부되어 있으나, 이 책에 번역해 싣지는 않았다.
3. 본문 중의 각주는 옮긴이의 것이다. 번역 저본의 편자인 조르주 포레스띠에(Georges Forestier)의 주석을 참고한 부분도 있으나, 따로 표시하지는 않았다.
4. 원문에 운문체로 되어 있는 부분은 가운데 정렬로 표시했다.
5. 외국어는 가급적 현지 발음에 준하여 표기하되, 일부 우리말로 굳어진 것은 관용을 따랐다.

부르주아 귀족

발레희극

등장인물

주르댕 부르주아
주르댕 부인 주르댕의 부인
뤼실 주르댕의 딸
니꼴 하녀
끌레옹뜨 뤼실의 연인
꼬비엘 끌레옹뜨의 하인
도랑뜨 백작, 도리멘의 구혼자
도리멘 후작 부인
음악 선생
음악 선생의 제자
무용 선생
검술 선생
철학 선생
재단사
재단사 제자
하인 두명

남녀 음악가들, 연주자들, 무용수, 요리사,
재단사 견습공들, 그외 막간극과 발레에 등장하는 여러 인물들

무대는 빠리.

악기의 합주가 웅장하게 펼쳐지는 가운데 막이 오른다.
무대 중앙에는 음악 선생의 제자가 책상에 앉아 주르댕이 주문한
쎄레나데를 작곡하고 있다.

1막 1장

음악 선생과 그의 제자, 무용 선생, 가수 세명,

바이올린 연주자 두명, 무용수 네명

음악 선생 (가수들에게) 이쪽으로 오게, 이 방으로 들어와. 쉬면서 그분이 오기를 기다리세.

무용 선생 (무용수들에게) 자네들도 이쪽으로 오게.

음악 선생 (제자에게) 작곡 다 됐나?

음악 선생의 제자 예.

음악 선생 어디 볼까…… 마무리 잘했네.

무용 선생 새 곡인가요?

음악 선생 예. 쎄레나데입니다. 그분이 일어나실 때까지 제자에게 작곡하라고 했지요.

무용 선생　좀 봐도 될까요?

음악 선생　그분이 오시고 나서 가수가 노래할 테니 그때 들으시지요. 곧 오실 겁니다.

무용 선생　음악 선생님이나 무용쟁이 저나, 요즘 우리 일이 제법 많네요.

음악 선생　그래요. 우리가 그분이 찾고 있던 적임자지요. 우리도 그분을 잘 만난 겁니다. 주르댕 씨는 귀족이 되고 싶어하고 후작 부인에게 환심을 사고 싶어하니 우리에게는 봉이지요. 모두가 다 주르댕 씨 같으면 선생님의 무용과 저의 음악은 제 세상을 만나는 거지요.

무용 선생　저도 공감합니다만, 그분이 우리의 음악과 무용을 이 기회에 잘 배우시면 좋겠네요.

음악 선생　그분으로서는 쉽지 않은 일입니다. 대신 그분은 가르치는 사람에게 후한 대접을 하지요. 우리 같은 처지에는 돈이 상당히 중요하지 않습니까.

무용 선생　솔직히 전 명예도 중요하게 생각합니다. 갈채를 받으면 감동하지요. 어떤 예술을 하든 문외한을 상대하는 건 불쾌한 일입니다. 바보들에게 공연을 보여줘봐야 돼지에게 진주를 주는 격이지요. 이건 모욕입니다. 반대로 예술의 섬세함과 아름다움을 느끼고 받아들이는 사람도 있지요. 이들을 즐겁게 해주는 게 우리 직업입니다. 우리 예술가들은 이런 분들의 인정을 받으면 뿌듯한 보람을 느끼지 않습니까? 우리가 받는 최상의 보상은 우리 작품을 이해하고 환호하고 존중해주는 것입니다. 그런 박수갈채가 우리의 활력소지요. 그런 분들의 사랑이 저희의 최고의 기쁨입니다.

음악 선생 동감이에요. 저도 선생님과 같은 생각입니다. 말씀처럼 박수만큼 기분 좋은 것은 없어요. 그러나 칭찬만으로는 살 수가 없습니다. 칭찬만으로 충분하지 않아요. 돈으로 칭찬받는 게 가장 확실한 보상이지요. 주르댕 씨는 예술에 문외한이고 매사에 생각 없이 함부로 말하는데다가 아무 때나 박수 치지요. 그런데 신기하게도 지갑은 잘 열어요. 그분은 돈으로 칭찬합니다. 아시겠지만 우리를 소개한 그 알량한 귀족보다 무식한 부르주아가 우리에게는 백배 낫지요.

무용 선생 지당하신 말씀이나, 돈을 너무 생각하시는 것 같습니다. 교양인[1]은 돈을 좀 멀리하는 척해야지 너무 애착을 드러내면 안 됩니다.

음악 선생 그렇지만 선생님도 그분이 주는 돈을 받지 않습니까.

무용 선생 받지요. 허나, 저는요. 그 돈을 받아서 좋긴 하지만, 그분이 돈을 쓴 댓가로 고급 취미를 갖게 되기를 더 바랍니다.

음악 선생 저도 마찬가지예요. 그러니까 이렇게 우리가 최선을 다

1 1630년대까지만 해도 '교양인'(honnête homme)이라는 말은 귀족을 의미했으나, 점차 그 용례는 더 포괄적으로 변화했다. 무엇보다 3막 12장에서 주르댕 부인이 "빈털터리 귀족(gentilhomme gueux)보다는 돈 많고 두루 갖춘 교양인(honnête homme bien fait)"이 훨씬 낫다고 말하는 것에서 이 용어가 특정 계급에 한정되지 않았음을 알 수 있다. 3막 16장에서 도랑뜨는 주르댕을 'galant homme'이라고 부르는데, 17세기 언어 사전을 만든 몰리에르 당대의 프랑스 작가인 앙뚜안 퓌르띠에르(Antoine Furetière)의 정의에 따르면 'honnête homme'과 'galant homme'이 두 용어가 다 '사교계에서 어우러져 지낼 줄 알고 우아하고 호감을 주는 예의범절을 지닌 사람'이라는 뜻을 내포하고 있다. 번역은, 'honnête homme'의 경우 문맥에 따라 추상적인 의미로 쓰였을 때는 '교양인'으로, 상대방을 배려하며 예의범절을 실천하는 행동을 하는 사람을 가리킬 때는 '신사'로 옮겼다. 'galant homme'은 '신사' 혹은 '멋쟁이'로 옮겼다.

해 열심히 하는 것 아니겠습니까? 여하튼 그분 덕분에 우린 사교계에 이름을 알릴 수 있는 거지요. 결국 그 양반은 돈으로 칭찬을 사는 셈이고요.

무용 선생 아, 그분이 오시네요.

1막 2장

주르댕, 하인 두명, 음악 선생, 무용 선생,
바이올린 연주자 여럿, 가수, 무용수

주르댕 그런데 선생님들, 그, 뭐였죠? 재미있는 거 없어요?

무용 선생 재미있는 거라니요?

주르댕 그러니까…… 그게 뭐더라? 선생님들이 노래도 하고 춤도 추던데…… 프롤로그였나 디알로그였나?[2]

무용 선생 아, 그거요.

음악 선생 항상 준비되어 있지요.

주르댕 그러나저러나 제가 좀 늦었네요. 오늘 귀족처럼 차려입느라 그렇게 되었소. 갑자기 재단사가 실크 스타킹을 보내왔지 뭡니까. 제가 이걸 신으리라고는 꿈에도 몰랐지요.

음악 선생 저희가 이곳에 오는 건 오로지 나리의 즐거운 모습을 보기 위해서입니다.

2 Prologue와 Dialogue(대화)를 주르댕이 구별 못 해서 횡설수설하는 말.

주르댕 제 옷이 도착하면 입어볼 텐데, 꼭 봐주실 거지요?[3]

무용 선생 여부가 있겠습니까.

주르댕 머리부터 발끝까지 멋지게 입은 내 모습을 봐주시오.

음악 선생 의심할 여지가 있겠습니까.

주르댕 자, 어때요? 인도산 고급 실크로 만든 실내복[4]이지요.

무용 선생 아주 근사합니다.

주르댕 내 재단사 말로는 귀족들은 아침마다 이렇게 입는답디다.

음악 선생 기가 막히게 잘 어울리십니다.

주르댕 여봐라, 아무도 없느냐?

하인 1 예, 나리, 부르셨습니까?

주르댕 그냥 한번 불러봤다. 내 말이 들리나 하고. (두 선생에게) 내 하인들의 제복이 어떤가요?

무용 선생 아주 멋집니다.

주르댕 (겉옷을 살짝 벌리고 꽉 끼는 붉은 벨벳 반바지와 짧은 초록색 벨벳 윗옷을 보여준다) 아침 운동 할 때 입는 옷입니다.

음악 선생 우아하십니다.

주르댕 여봐라.

하인 1 예, 나리.

---

3 "옷에 관한 큰 규칙은 자주 바꿔 입어야 한다는 것이고 가능한 한 언제나 최대한 유행에 맞춰야 한다는 것이다"(Charles Sorel, *Les Lois de la galanterie*, 1644, ʃʃ X). 이와 같은 규범을 따르려고 하는 주르댕은 끊임없이 옷을 갈아입는다. 그러나 그것이 낳는 효과에만 신경을 쓰느라 신사답게 처신하지는 않는다.

4 인도에서 수입된 고급 원단으로 만든 실내복으로 당대의 고가품이었으나, 1666년에 발효된 사치에 관한 칙령으로 그 사용이 규제되었다. 그러나 몰리에르 사후 작성된 재산목록에 적힌 바에 따르면 주르댕은 모조품을 입고 있다. 주르댕의 의상은 특히 발레와 같이 화려한 스펙터클의 의상에 익숙한 관중의 눈을 속일 수는 없다.

주르댕 또 한놈은?

하인 2 여기 대령입니다, 나리.

주르댕 이 옷 받아라. 자, 이대로도 괜찮지요?

무용 선생 아주 좋습니다. 최상이죠.

주르댕 자, 이제 선생님들 차례.

음악 선생 우선 들려드릴 곡은 전에 부탁하신 쎄레나데인데, 제 제자 중의 한놈이 방금 완성했어요. 이런 곡에 놀라운 재주가 있지요.

주르댕 아니, 제자에게 맡겼다고요? 선생이 해도 시원찮을 판인데.

음악 선생 나리, 제자라고 무시하시면 안 됩니다. 제가 키운 제자들은 대가들 못지않은 실력으로 곡을 잘 만듭니다. 들어보기나 하시지요.

주르댕 어서 내 옷 주게, 그래야 더 잘 들리지…… 잠깐, 안 입는 편이 나을까? 아니지, 도로 내놔. 입어야겠어.

가수

(노래한다)

너의 영롱한 눈에 비치는 무정함이여,

이 죽음보다 더한 아픔, 밤낮으로 신음하네.

보석 같은 이리스여, 내 사랑을 무참히도 짓밟는구려!

나에게 무슨 원한이 사무치기에.

주르댕 노래가 조금 구슬프군요, 졸리기도 하고. 부분적으로 좀 경쾌하면 좋겠소.

음악 선생 나리, 곡은 가사와 어울려야 합니다.

주르댕　얼마 전에 아주 재미있는 곡을 하나 배웠는데, 가만있자…… 뭐더라…… 어떻게 시작했지?

무용 선생　맹세코 모르겠는데요.

주르댕　가사에 양이 나오는데.

무용 선생　염소가 아니라 양이요?

주르댕　양이지. 아, 생각났다.

(주르댕이 노래한다)[5]

자느똥아,
예쁘고 다정했던 자느똥아.
양보다 더
다정했던 자느똥아.
속았구나, 속았구나!
밀림의 호랑이보다
잔인하기는 백배 천배 만배.

주르댕　노래 좋지요?

음악 선생　정말 아름답습니다.

무용 선생　노래도 아주 잘하십니다.

주르댕　사실은 음악을 배운 적도 없습니다만.

음악 선생　춤을 배우시는 것처럼 음악도 열심히 배우셔야 합니다.

---

5 주르댕은 반주도 없이 가성으로, 형편없이 시인 삐에르 뻬랭(Pierre Perrin, 1620~75)이 가사를 짓고 장 그라누이에 드 싸블리에르(Jean Granouillet de Sablières, 1627~1700)가 곡을 붙인 노래를 부른다. 그 노래를 변형시켜 주르댕에게 부르게 함으로써 몰리에르는 두 예술가를 우스꽝스럽게 한다. 몰리에르는 이후 「상상병 환자」 2막 5장에서 다시 한번 뻬랭을 가볍게 비꼰다.

왜냐, 춤과 음악은 동전의 앞뒤니까요.
무용 선생 춤과 음악이야말로 아름다운 세계로 인도해줍니다.
주르댕 귀족들도 음악 공부를 합니까?
음악 선생 그렇습니다, 나리.
주르댕 나도 열심히 배워야지. 그런데 시간이 너무 없네. 검술도 시작했고 철학 공부도 오늘 아침 시작하는데……
음악 선생 철학 좋지요. 그런데 음악은 다릅니다.
무용 선생 음악과 춤은…… 음악과 춤이야말로 만사형통이로소이다.
음악 선생 음악은 온 백성에게 가장 필요한 것입니다.
무용 선생 춤은 인류에게 필수불가결한 것입니다.[6]
음악 선생 음악 없이 국가는 존재하지 않습니다.
무용 선생 춤 없이 산다면 식물인간과 뭐가 다릅니까?
음악 선생 각종 무질서와 전쟁은 음악을 모르는 사람들이 일으키는 겁니다.
무용 선생 인간은 온갖 불행과 각종 비극적인 사건을 겪어왔지요. 게다가 정치가의 과오, 지도자의 망발도 난무하고요. 이 모든 일은 춤출 줄 모르는 인간들 때문에 일어나는 겁니다.
주르댕 그건 왜지요?
음악 선생 전쟁은 인간끼리의 단결과 화합이 결여될 때 일어나지 않던가요?
주르댕 그렇지요.
음악 선생 저기 말이죠, 그러니까 모든 사람들이 음악을 배우면,

6 1661년 3월 왕립 무용 아카데미를 설립하는 국왕의 공개장에 비슷한 취지의 말이 있었다.

함께 잘 어울려서 지구상의 인류가 평화를 볼 수 있지 않겠어요?

주르댕 옳으신 말씀이구려.

무용 선생 가족 문제, 국가 문제, 군사 문제, 모두 똑같습니다. 누가 실수해서 일이 엉망이 되면 '뒤죽박죽이 되었다'라고 하지 않습니까? 이건 스텝이 엉켰을 때 일어나는 일이지요.

주르댕 그렇지요. 그렇게들 말하지요.

무용 선생 스텝이 엉키는 것은 춤을 출 줄 모르기 때문에 일어나는 일이 아니겠습니까?

주르댕 지당한 말씀! 두분 말씀이 다 옳아요.

무용 선생 나리가 춤을 배우시고 음악을 배우시면 그 높은 가치와 그 무한한 실용성을 아시게 될 겁니다.

주르댕 이제야 이해가 되는군요.

음악 선생 자, 그럼, 저희가 준비한 걸 보여드릴까요?

주르댕 기다렸습니다.

음악 선생 말씀드린 대로 얼마 전에 조그만 걸 하나 만들어보았지요. 다양한 사랑의 감정을 음악으로 표현해보았습니다.

주르댕 좋습니다.

음악 선생 그럼 들어볼까요? 목동 차림을 하고 노래한다고 상상하세요.

주르댕 또 목동이에요? 왜 맨날 목동만 나오는 거요?

무용 선생 말을 노래로 들려줄 때는 목동들이 해야 그럴듯해 보이거든요. 노래는 언제나 그들 몫이었어요. 생각해보세요. 왕자나 부르주아가 사랑 노래를 부르면 자연스럽지 않지요.

주르댕 그건 그렇다 치고, 한번 들어봅시다.

노래로 부르는 대화[7]

여가수 한명과 남자 가수 두명

사랑에 빠졌네,
무수한 번민으로 애태우네.
괴로운 탄식을 참는다지만
나는 말이야
자유를 만끽하고 싶다네.

가수 1

활활 타는 사랑, 감미로워라.
두근거리는 나의 심장
나도 갈망하고 너도 갈망하는구나.
사랑의 욕망은 행복을 쫓아가네.
사랑 없는 인생에서는
기쁨도 사라지지.

가수 2

변하지 않는 사랑이라면
사랑에 빠지는 건 달콤하리라.
아, 슬프게도! 내 마음 아리게 하는 매정함,
한결같은 사랑을 하는 여인은 없네.
절개 없는 여인은 살 자격도 없나니

7 세 목소리로 이루어진 트리오로 꽤 긴 길이와 상당히 세련된 대화체이다. 오케스트라의 리또르넬로로 구성되는 궁정풍 곡조의 영향이 엿보인다.

영원히 사랑도 하지 못하리.

가수 1

어여쁜 사랑!

여가수

행복을 주는 자유!

가수 2

믿을 게 못 되는 여인!

가수 1

보석같이 소중한 당신!

여가수

내 마음에 기쁨을 주는 당신!

가수 2

무서운 사람!

가수 1

죽도록 미워하는 마음 버리세요! 그러면 사랑이 와요.

여가수

변치 않는 사랑이 뭔지

보여드릴게요.

가수 2

어디서 찾지요?

여가수

내 마음 그대에게 바치니

우리의 사랑이 손짓해요.

가수 2

믿어도 될까요?

그대 마음 변치 않으리라는 걸.

여가수

누가 더 뜨겁게 사랑할지

우리 해봐요.

가수 2

우리 영원히 변치 말아요.

바뀌면 벌 받아요.

셋이 다 같이

이 아름다운 사랑에

불꽃이 되어 타올라봐요.

아! 사랑은 얼마나 달콤한지,

두 마음이 한결같다면!

주르댕 끝났소?

음악 선생 예.

주르댕 재미있는 작품입니다. 아름다운 표현도 꽤 있군요.

무용 선생 이제 제 차례입니다. 멋진 몸짓과 다양하고 아름다운 표현을 살짝 만들어보았지요.

주르댕 목동이 또 나옵니까?

무용 선생 마음에 드실 거예요. 자, 보시지요.

네명의 무용수가 무용 선생의 지시에 따라 갖가지 동작과 스텝을 보여준다. 이 춤이 첫번째 막간극이다.[8]

8 무용 선생이 지휘하는 춤은 상이한 종류와 갖가지 리듬으로 된 짧은 춤들이 연결되어 있다. 이러한 '작게 조각 난 장면'은 춤추는 사람들의 뛰어난 기교를 돋보이게 해준다. 그다음에는 반복되는 두도막 형식의 활기차고 가벼운 춤인 까나리(canaries, 16세기의 프랑스 춤으로 에스빠냐령 까나리 군도의 원주민 복장을 하고 추는 춤)가 이어진다.

2막 1장

주르댕, 음악 선생, 무용 선생, 하인

주르댕 그런대로 괜찮았어요. 몸도 잘 흔들고.

음악 선생 거기에 음악을 붙이면 훨씬 효과적이지요. 저희가 나리를 위해 짧은 발레극을 만들었어요. 보시면 아주 멋질 겁니다.

주르댕 그건 좀 있다 볼까요? 한분이 점심식사[9]에 함께하십니다. 아주 어려운 걸음 하시는 거지요. 사실 이 모든 것은 그분을 위해 준비한 셈입니다.

무용 선생 자신 있습니다.

음악 선생 그리고요, 나리, 좋은 생각이 있습니다. 나리같이 대단하신 분이 예술도 좋아하시니 적어도 매주 수요일이나 목요일에 댁에서 음악회를 개최하셔야 합니다.

주르댕 귀족들은 그렇게 해요?

음악 선생 예.

주르댕 그럼 나도 해야지. 멋있게 할 수 있을까?

음악 선생 아무렴요. 음악회를 하려면 소프라노, 카운터테너, 베이스를 맡을 세명의 가수와, 통주저음通奏低音을 위한 저음 비올라, 띠오르바,[10] 끌라브생, 리또르넬로 연주를 위한 두대의 고음 바이올린으로 반주를 해야 합니다.[11]

---

9 dîner. 지금은 저녁식사를 의미하나 중세에는 아침, 17세기에는 점심, 나폴레옹 1세 때는 오후 5시, 루이 필립 때는 오후 6시, 19세기 말에 와서야 저녁 7시에 먹는 식사를 의미하게 되었다. 오늘날 프랑스 대도시에서는 더 늦게 먹는 경향이 있다.

10 류트와 비슷한 악기.

11 음악 선생이 권유하는 악기의 편성은 몰리에르 작품의 작곡을 담당했던 궁정

주르댕 일현금[12]도 있어야 해요. 내가 좋아하는 악기라오. 딴 악기와도 잘 어울립니다.

음악 선생 저희가 알아서 하겠습니다.

주르댕 어쨌든 좀 이따 가수들을 꼭 보내주시오. 식사 때 노래를 들어야 하니까.

음악 선생 대령하오리다.

주르댕 특히 발레가 멋있어야 하는데.

음악 선생 틀림없이 좋아하실 겁니다. 무엇보다도 미뉴에뜨[13]가 마음에 드실 거예요.

주르댕 미뉴에뜨! 좋아하지요. 내가 한번 춰볼까요? 시작해봅시다.

무용 선생 모자를 쓰세요. 랄라라, 랄라라라라라라. 랄라라, 다시. 랄라라, 랄라. 박자 조심. 랄라라라. 오른발. 랄라라. 어깨를 흔들지 말고. 랄라라라라. 랄라라라라. 두 팔 가지런히. 랄라라라라. 머리를 들고, 발끝은 밖으로. 랄라라. 몸은 쭉 펴고.

주르댕 아이구, 이 정도면 괜찮았어요?

음악 선생 춤 솜씨가 일품이네요.

주르댕 그런데, 곧 후작 부인이 오시면 어떤 식으로 인사를 하는 게 좋을까요? 가르쳐주세요.

음악가 장바띠스뜨 륄리(Jean-Baptiste Lully)가 사용하던 그대로이다. 프랑스 오케스트라가 음역을 구별하는 데 반해, 똑같은 음역을 연주하는 합주용 고음 바이올린은 이딸리아에서 쓰이던 것이다. 「엘리드 공주」(*La Princesse d'Élide*) 이래로 발레희극의 노래와 곡조에서 리또르넬로가 점점 더 일반화되어갔다.

12 1650년대부터 프랑스 오케스트라에서 유행했던 현악기. 거리의 악사들이 많이 사용했다는 점 때문에 민중적이라는 인식도 있었다.

13 가벼운 삼박자의 프랑스 춤으로, 5막이 끝난 후 '나라들의 발레'에서 프랑스 사람들이 입장할 때 그 특색을 드러내게 된다.

무용 선생 후작 부인에게 인사하는 법을 정말 배우고 싶으신가요?

주르댕 그럼요. 도리멘이라는 분입니다.

무용 선생 저하고 연습할까요?

주르댕 혼자 해보세요. 보고 배울게요.

무용 선생 정중한 인사를 하고 싶으시면 좀 떨어져서 인사를 한번 하세요. 그런 다음 부인 쪽으로 걸어가서 세번 하신 다음, 무릎 꿇고 마지막 인사를 하시면 됩니다.

주르댕 시범을 보여주세요, 시범을!

하인 1 나리, 검술 선생님이 오셨습니다.

주르댕 여기서 수업 받을 테니 모시고 오거라. 선생님들께도 보여드려야겠다.

2막 2장

검술 선생, 음악 선생, 무용 선생, 주르댕, 하인 두명

검술 선생 (주르댕의 손에 칼을 쥐여준 다음) 나리, 인사합시다. 몸을 꼿꼿이, 왼쪽 허벅지 기울이고. 다리 간격 좁히고 발은 일렬로 하세요. 손등이 아래로 가게 해서 팔꿈치를 허리에 대주세요. 칼끝은 어깨 높이로 유지하고, 팔은 편한 자세로. 왼손은 눈높이, 왼쪽 어깨는 약간 비껴주고. 머리는 반듯하게, 시선은 상대방에게 집중. 몸을 곧게 하고 앞으로. 4번 자세[14]로 내게 공격. 원위치. 하나…… 둘…… 다시 시작. 발은 움직이지

말고 공격하는 체하다가 후퇴. 일격하러 찌르고 몸은 뒤로 젖히고. 하나…… 둘…… 공격. 3번 자세[15]로 내게 공격. 원위치. 자세 유지, 앞으로. 다시 앞으로. 하나…… 둘…… 새로 시작. 반복. 후퇴. 방어. 방어 자세 하세요.

검술 선생은 주르댕에게 '방어 자세'라고 말하면서 두세번 공격한다.

주르댕 어땠어요?

음악 선생 대단하십니다.

검술 선생 이미 말씀드렸다시피 검술은 찌르고 방어하는 겁니다. 얼마 전에 시범을 보여드렸지요? 상대방 칼은 피하면 됩니다. 손목을 몸 안팎으로 조금씩만 움직이면 되지요.

주르댕 그렇게 하면 겁쟁이[16]라도 두려움 없이 상대를 죽일 수 있다는 거요?

검술 선생 맞습니다. 시범 보시지 않았습니까?

주르댕 봤지요.

검술 선생 우리 검술인들은 국가적으로 대단히 존경받고 있습니다.[17] 그래서 춤이나 음악과 같은 별 볼 일 없는 분야들보다 훨

---

14 1766년에 검술사 기욤 다네(Guillaume Danet)가 정의한 펜싱의 여덟가지 자세 중 네번째 자세로 지금까지 검술 선생이 묘사한 자세가 바로 4번 자세이다.

15 다네가 정의한 세번째 자세. 4번 자세가 칼을 든 쪽 손목이 젖혀진 자세(손톱이 보이는 자세)라면, 3번 자세는 손목을 뒤집어서(손톱이 보이지 않게 아래쪽으로 한 자세) 칼을 잡는다.

16 "검술에 능란해지는 것은 기교이자 수완이어서 하찮은 겁쟁이도 연마할 수 있는 것이다. (…) 용맹함, 그것은 다리와 팔의 강인함이 아니라 용기와 영혼의 강인함이다"(몽떼뉴, 『수상록』 1권, 30, 「카니발」).

씬 대우받지요.

무용 선생　별 볼 일 없는 분야라니, 무슨 망발을! 춤은 모든 사람들이 동경합니다.

음악 선생　음악은 말이지요, 차원이 다릅니다.

검술 선생　재미있는 분들이네요. 두분 직업을 검술과 비교하시나요?

음악 선생　건방지구먼!

무용 선생　가슴에 이상한 걸 달고 웃기는 소리 하네!

검술 선생　한심한 춤쟁이 선생, 내가 칼끝으로 춤추게 만들어줄까? 우리 딴따라 선생은 장단에 맞춰 한 곡조 뽑게 할까?

무용 선생　검객 나리,[18] 내가 검술 한 수 가르쳐드리리다.

주르댕　(무용 선생에게) 정신 나갔소? 검술 선생께 싸움을 걸다니. 이분은 3번 자세와 4번 자세를 잘 알고 있단 말이오. 사람을 죽이고 살리고 할 줄 알아요.

무용 선생　3번 자세, 4번 자세 같은 건 다 웃기는 수작이지요.

주르댕　자, 자, 이제 그만들 하세요.

검술 선생　뭐라고? 이 불한당.

주르댕　아이고, 검술 선생님.

무용 선생　뭐라고? 이 무례한 놈.[19]

---

17 실제로 1656년 발효한 루이 14세의 공개장은 루이 13세때 하나의 공동체로 공인된 지 20년이 지나서야 빠리의 최고참 검술사 여섯명에게 세습 가능한 귀족 칭호를 부여했다.

18 Monsieur le Batteur de Fer. 'Battre le fer'는 검술 연습을 한다는 의미다. 무용 선생은 검술 선생을 비꼬듯이 부르고 있다.

19 원문은 '짐수레 끄는 말'(Cheval de Carrosse). 비유적으로 어리석고 거칠고 폭력적인 사람을 의미한다.

주르댕 제발.

검술 선생 저걸 그냥……

주르댕 진정하시오.

무용 선생 한방에……

주르댕 큰일 났네.

검술 선생 한번 맞아볼래?

주르댕 왜들 이러세요?

무용 선생 이놈 죽여버릴까?

주르댕 제발.

음악 선생 보자 보자 하니, 저놈 손 좀 봐줘야겠네.

주르댕 세상에, 이제 그만들 하시오.

2막 3장

철학 선생, 음악 선생, 무용 선생,

검술 선생, 주르댕, 하인

주르댕 아이고, 선생님. 제때에 잘 오셨습니다. 이 사람들 싸우고 있는데 중재 좀 해주세요.

철학 선생 무슨 일이신가요? 무슨 문제가 있나요?

주르댕 각자 자기 직업을 자랑하면서 남의 직업을 깎아내리다가 화가 나 있는 상태지요. 잘못하면 치고받고 싸우겠어요.

철학 선생 아니, 그런 걸 가지고 화를 내요? 혹시 읽어보셨을지 모르겠는데, 세네카라는 분이 쓴 글 중에 분노[20]에 관한 것이 있습니다. 그 내용에 따르면 인간을 가장 무서운 짐승으로 만드는 것이 바로 분노이며, 그것이 가장 천박하고 수치스러운 감정이지요. 그렇다면 우리의 모든 행동은 무엇의 지배를 받아야 할까요? 바로 이성입니다.

무용 선생 헌데, 철학 선생님. 저 칼잡이가 우리의 존경받는 직업인 춤과 음악을 모욕합니다.

철학 선생 욕설 따위는 지혜가 있으면 아무 문제가 없어요. 모욕은 절제와 인내로서 막을 수 있습니다.

검술 선생 제 말 들어보세요. 이 두놈이 겁대가리 없이 자기들 직업과 제 직업을 비교했단 말입니다.

철학 선생 그걸 가지고 화를 냅니까? 허황된 명성, 대수롭지 않은 신분을 놓고 다퉈서야 되겠습니까. 사람 됨됨이를 판단하는 기준은 지혜와 덕목이 얼마나 있느냐에 달려 있습니다.

무용 선생 저는 칼잡이에게 춤이야말로 모든 사람이 존경해야 할 학문이라고 알려주었습니다.

음악 선생 저는요, 음악이 수세기 동안 숭배받아온 학문이라고 했지요.

검술 선생 저는 말이지요, 모든 학문 중에 가장 아름답고 가장 필수적인 것이 검술학이라고 이 두놈한테 가르쳤지요.

철학 선생 철학 앞에서 무엄하도다! 세명이 똑같이 무례하고 오만하구나. 예술 근처에도 못 간 것들이 학문 운운하다니! 너무

20 정념에 대한 이론은 스토아 철학의 주요한 부분을 이룬다. 세네카의 『분노에 대하여』는 분노가 일으키는 폐해에 주의를 주면서 그것을 극복하기 위한 대책을 일러준다.

나 뻔뻔스럽군. 당신네들 그 하찮은 직업을 뭐라고 부르는지 나 아십니까? 검투사요, 딴따라요, 춤쟁이입니다.

검술 선생 개똥철학 하고 자빠졌네.

음악 선생 거지발싸개 같은 놈.

무용 선생 쥐뿔도 모르는 놈이 뻥치고 있네.

철학 선생 이런, 호래자식들을 봤나……

철학 선생이 달려들자 세명의 선생이 그를 마구 때리고, 서로 치고받고 싸우다가 세명이 퇴장한다.
잠시 후 세명이 다시 등장했다가 서로 때리면서 퇴장한다.

주르댕 철학 선생님.

철학 선생 야비한 놈! 망나니! 오만방자한 놈들!

주르댕 진정하세요, 선생님.

검술 선생 이 염병할 짐승.

주르댕 선생님들, 제발 이러지 마시오.

철학 선생 이 파렴치한 놈들!

주르댕 철학 선생님.

무용 선생 무식한 칠뜨기.

주르댕 왜들 이러시오.

철학 선생 흉측한 놈들!

주르댕 철학 선생님.

음악 선생 까불지 마. 지옥으로 떨어져라!

주르댕 제발.

철학 선생 야바위꾼! 상거지! 역적! 파렴치한!

세명은 퇴장하고 있다.

주르댕 철학 선생님, 음악 선생님, 무용 선생님, 검술 선생님, 이게 웬일입니까! 정 그러시면 맘껏 싸우세요. 전 손들었습니다. 싸움 말리려다 옷 찢어지겠네. 괜히 끼어들었다가 얻어맞으면 나만 등신 되지.

2막 4장

철학 선생, 주르댕

철학 선생 (옷깃을 다듬으며) 이제 수업합시다.

주르댕 아! 선생님께서 저 사람들에게 얻어맞으시다니, 분통이 터집니다.

철학 선생 괜찮습니다. 철학자는 상황을 있는 대로 받아들일 줄 압니다. 그놈들을 위해 유베날리스[21]풍의 풍자시를 하나 지어볼까 해요. 박살을 낼 겁니다. 두고 보세요. 무엇을 배우고 싶으세요?

주르댕 내가 배울 수 있는 거라면 뭐든지 좋습니다. 박식해지는 것

21 Decimus Iunius Iuvenalis. 1세기 후반 2세기 초 로마의 풍자시인. 풍자시를 쓰지 않으면 안 될 정도로 세상이 타락했다고 하면서 남편을 속이는 여자들, 동성애자들, 온갖 사치를 누리며 남에게는 인색한 부자들, 가짜 신자들 등 모든 부류의 사람들을 신랄하게 비판하는 시를 남겼다.

이 소원이거든요. 어렸을 때 부모님이 왜 공부를 안 시키셨는지 화가 납니다.

철학 선생　그러시겠네요. '남 시네 독트리나 비타 에스트 콰지 모르티스 이마고.' 무슨 말인지 아시지요? 라틴어를 아실 테니까.

주르댕　알다마다요. 그러나 내가 모른다고 치고 설명해보세요.

철학 선생　'학문 없는 삶은 죽음과도 같다'는 뜻입니다.

주르댕　지당하십니다.

철학 선생　아주 기초적인 것도 배우지 않으셨습니까?

주르댕　예, 읽고 쓰는 거야 배웠지요.

철학 선생　뭐부터 시작할까요? 논리학?

주르댕　논리학이 뭐죠?

철학 선생　세 단계 정신세계를 다루는 학문입니다.

주르댕　그 세 단계가 뭐지요?

철학 선생　첫번째, 보편적 개념을 통해 이루어지는 인지 능력, 두번째, 그것의 분류를 통해 이루어지는 판단 능력. 세번째, 비교분석을 통해 도출하는 결론. 바르바라, 셀라렌트, 다리, 페리오, 바라립톤[22] 등등.

주르댕　에고, 너무 따분한 말들이구먼. 논리학은 나하고는 맞지 않는군. 좀더 재미있는 걸로 공부합시다.

철학 선생　윤리학은 어떻습니까?

주르댕　윤리학이라고요?

철학 선생　예.

22 바르바라, 셀라렌트 등은 삼단논법의 상이한 유형 혹은 형상을 기억하기 쉽게 도와주는 명사들로, 몰리에르는 여기서 알아듣기 어려운 전문용어를 조롱하고 있다. 몽떼뉴와 빠스깔 역시 『수상록』과 『빵세』에서 이에 대해 비난하고 있다.

주르댕 윤리학은 또 뭐죠?

철학 선생 영혼의 평안을 다루는 학문입니다. 우리 인간들에게 어떻게 격정을 절제하는지를 가르치지요. 그리고……

주르댕 아, 됐습니다. 저는 다혈질이라 윤리학도 소용없을 거요. 진짜 화를 내기 시작하면 물불을 안 가립니다.

철학 선생 그럼 물리학은 어떠십니까?

주르댕 물리학은 대체 왜 있는 거죠?

철학 선생 물리학은 자연계의 원리와 물체의 성분을 다룹니다. 즉 개별체의 특성에 대한 연구를 하지요. 예로 금속이란 무엇이냐. 광물질은? 돌, 식물, 동물 등. 그리고 모든 대기 현상을 가르쳐줍니다. 무지개, 유성, 혜성, 번개, 천둥, 벼락, 비, 눈, 우박, 바람, 돌풍…… 한없이 많아요.

주르댕 요란하고 복잡다단하네요.

철학 선생 그럼 뭘 가르쳐드려야 하나?

주르댕 철자법.

철학 선생 그건 식은 죽 먹기.

주르댕 그다음에는 월력에 대해 공부합시다. 언제 달이 뜨고 왜 달이 안 뜨는지 알고 싶소.

철학 선생 굳이 원하신다면. 나리의 생각을 그대로 좇아서 철학적으로 접근해볼까요? 그러려면 기초부터 차근차근 철자의 본질을 정확히 공부하고 각각을 어떻게 발음하는지부터 시작해야 합니다. 자, 모든 글자는 모음을 중심으로 구성됩니다. 소리를 표현하는 모음은 엄마요 자음은 아들인 셈이지요. 엄마가 어린 자식을 데리고 다니는 것처럼 자음은 모음이 함께 있어야 소리를 만들어냅니다. 모음과 자음이 조합을

이룰 때 음절이 형성됩니다. 모음은 다섯개가 있어요. 아, 으, 이, 오, 위.[23]

주르댕 그렇군요.

철학 선생 '아'[24]라는 소리를 제대로 내려면 입을 크게 벌려야 합니다. 아.

주르댕 아, 아, 그렇네요.

철학 선생 이번에는 '으'. 아랫턱과 윗턱을 가까이 당겨서 내는 소리입니다. 아, 으.

주르댕 아, 으, 아, 으. 세상에, 그렇군요! 정말 신기하구려!

철학 선생 그리고 '이' 소리는 두 턱을 더 가까이 하고 입 끝은 귀 쪽으로 바짝 벌려서 발음하세요. 아, 으, 이.

주르댕 아, 으, 이, 이, 이, 이. 정말이네. 학문이란 이렇게 좋은 거군요!

철학 선생 '오'는 턱을 다시 벌리고 윗입술과 아랫입술 두 끝은 오므리면서 내는 소리입니다. 오.

주르댕 오, 오. 정말이네. 아, 으, 이, 오, 아, 오. 기특해라! 이, 오, 이, 오.

철학 선생 글자 '오'를 생각하고 입술을 동그랗게 만들어요.

주르댕 오, 오, 오. 맞네요. 오. 이런 걸 알게 되니 너무 재미있어요.

23 소리(voix)를 내도록 해주는 것이 모음(voyelle)으로, 프랑스어에서 두 단어의 발음이 비슷하다. 또한 '울리다, 소리가 나다'(sonner)와, '함께'(con)가 합해져서 자음(consonne)이 되었음을 설명하고 있다. 아, 으, 이, 오, 위는 A, E, I, O, U의 프랑스어식 발음이다.

24 여기서부터 철학 선생의 말은 데카르트주의자였던 제로 드 꼬르드무아(Géraud de Cordemoy)의 『말에 대한 물리적 담론』(*Discours physique de la parole*, 1668)의 문구를 우스꽝스럽게 되풀이하고 있다.

철학 선생 다음은 '위'에 대해서. 윗니와 아랫니를 바짝 붙이세요. 입술을 내밀면서 소리 냅니다. 그리고 두 입술을 닿을락 말락 붙이고 앞으로 쭉 내미세요.

주르댕 위, 위. 진짜구나. 위.

철학 선생 야유할 때 내는 '위'라는 소리처럼 두 입술을 앞으로 내미세요. 그러니까 나리께서 누군가에게 불만을 드러내거나 조롱하고 싶으실 때면 '위'라고만 하면 됩니다.

주르댕 위, 위. 정말! 진작 공부를 할걸! 이 모든 걸 다 알았을 텐데.

철학 선생 내일은 자음에 대해 공부할 겁니다.

주르댕 자음도 그렇게 신기해요?

철학 선생 물론입니다. 가령, 자음 D는 혀끝을 윗잇몸에 살짝 대고 발음합니다. 다(DA).

주르댕 다, 다. 그러네요. 아, 신난다. 신나!

철학 선생 F는 윗니를 아랫입술에 대고 발음합니다. 파(FA).

주르댕 파, 파. 그렇군요. 아, 부모님이 원망스럽네!

철학 선생 R는 혀끝을 입천장 위까지 끌어올려서 세게 빠져나가는 공기와 스치면서 혀가 공기의 저항으로 일종의 떨림을 일으키고 다시 제자리로 돌아오면서 나는 소리입니다. 르, 라(R, ra).

주르댕 르, 르, 라. 르, 르, 르, 르, 라. 그렇군요. 선생님은 정말 재주도 용하십니다! 난 그동안 뭐하고 산 건지! 르, 르, 르, 라.

철학 선생 다음 시간에는 이 재미난 것을 심도있게 설명해드릴 겁니다.

주르댕 제발 해주세요. 그런데 말씀드릴 게 있소이다. 사모하는 귀부인이 있는데, 몇가지 말 만드는 걸 좀 도와주세요. 작은 종이쪽지에 써서 그녀 발밑에 몰래 놓으려고요.

철학 선생 멋진 생각입니다.

주르댕 효과가 있겠지요?

철학 선생 물론입니다. 운문으로 하시겠습니까?

주르댕 아니요, 아닌데요. 운문은 아닙니다.

철학 선생 그럼 산문?

주르댕 아닌데요. 산문도 아니고 운문도 아닌데요.

철학 선생 둘 중 하나를 택하셔야지요.

주르댕 왜죠?

철학 선생 산문과 운문 말고는 없어요.

주르댕 운문 산문 말고는 없다는 말씀이오?

철학 선생 없지요. 봐요, 산문이 아닌 것은 분명히 운문이고, 운문이 아닌 것은 분명히 산문입니다.

주르댕 그러면, 일상적으로 하는 말은 어디에 속합니까?

철학 선생 산문.

주르댕 세상에! 그럼 내가 '니꼴, 슬리퍼 가져와. 잘 때 쓰는 모자도'라고 말하면 그게 산문이란 말이오?

철학 선생 당연하지요.

주르댕 믿어지지 않네! 40년 넘게 내가 산문을 썼다니! 그런 줄도 모르고. 이런 걸 알게 해주셔서 정말 고맙소이다. 아, 아까 말한 쪽지에는 '아름다운 후작 부인이여, 그대 아름다운 눈빛에 사랑에 빠져 죽을 것만 같소'라고 쓰고 싶소. 그런데 이 말을 좀더 귀부인 마음에 쏙 들게 해주시고 말투도 달콤하게 해주세요.

철학 선생 불꽃 같은 그녀의 눈이 나리의 심장을 재가 되도록 태워버린다고, 그래서 나리가 밤낮으로 찢어지는 듯한 고통을 겪는다고 표현하시는 게 어떨까요?

주르댕　그런 식으로 고치시라는 게 아니고요. 제가 쓴 것을 그대로 살려서 멋있게 만들어주세요. '아름다운 후작 부인이여, 그대 아름다운 눈빛에 사랑에 빠져 죽을 것만 같소.'

철학 선생　말을 좀 길게 잡아당기셔야 합니다.

주르댕　아니라니까요. 쪽지에 그 말만 쓰고 싶어요. 제가 말씀드린 문장을 최신식으로 잘 다듬어주시면 돼요. 제가 골라보게 예들을 몇가지만 만들어주세요.

철학 선생　우선 나리께서 하신 대로 '아름다운 후작 부인이여, 그대 아름다운 눈빛에 사랑에 빠져 죽을 것만 같소'라고 말할 수도 있고, '사랑에 빠져 죽을 것만 같소, 아름다운 후작 부인이여, 그대 아름다운 눈빛에'라고 하거나, '그대 아름다운 눈빛에 사랑에 빠져, 아름다운 후작 부인이여, 난 죽어가오' 아니면, '그대 아름다운 눈빛이 죽게 하오, 아름다운 후작 부인이여, 사랑으로 나를' 아니면, '그대 아름다운 눈빛에 나는 죽어가오, 아름다운 후작 부인이여, 사랑으로'라고 할 수 있습니다.

주르댕　그중에서 어떤 게 제일 나을까요?

철학 선생　나리의 원본이 최고지요.

주르댕　난 공부를 한 적도 없는데 단숨에 잘 썼다니! 진심으로 감사드립니다. 내일 일찍 뵈면 좋겠습니다.

철학 선생　틀림없이 오겠습니다.

주르댕　뭐라고? 내 옷이 아직 안 왔어?

하인 2　예, 나리.

주르댕　이 얼어 죽을 재단사가 감히 날 종일 기다리게 해? 이 바쁜 날. 짜증 나네. 망할 놈의 양복쟁이, 펄펄 끓는 열병[25]에 걸려

뒈질 놈! 지옥 갈 놈! 염병이 말려 죽일 놈! 지긋지긋한 놈, 개 같은 놈, 배신자, 잡히기만 해봐라, 내가 이걸……

2막 5장

재단사, 재단사 제자(주르댕의 옷을 들고 있다),

주르댕, 하인

주르댕 아, 이제야 오셨군. 화가 치밀려는 참인데.

재단사 더 빨리 올 수가 없었습니다. 나리 옷 만드느라 직원을 스무명이나 붙였는데요.

주르댕 스타킹이 꽉 죄어서 신느라 아주 힘들었소. 벌써 코가 두곳이나 풀렸어요.

재단사 좀 지나면 헐렁해질 겁니다.

주르댕 코가 풀어지면 저절로 헐렁해지겠구먼. 구두도 작아서 발이 무지 아프오.

재단사 발이 그럴 리가 없습니다, 나리.

주르댕 아니, 그럴 리가 없다니!

재단사 발이 아플 리가 없다는 뜻입니다.

주르댕 내가 아프다고 하지 않소.

25 원문에는 사일열(la Fièvre quartaine)이라고 되어 있다. 삼사일마다 주기적으로 고열이 나는 병이다. 옛날 사람들은 매일열, 삼일열, 사일열 등의 질병이 신의 힘에 의하여 발생한다고 믿었다.

재단사 아프다고 생각하시는 겁니다.

주르댕 정말 아프니까 생각도 하는 거요. 이제 이유를 알겠소?

재단사 자, 여기 정말 멋지고 잘 만든 궁정 예복이 왔습니다. 무게감 있으면서도 칙칙하지는 않게 만든 걸작이지요. 최고의 재단사들이 여섯번이나 손을 봤습니다.

주르댕 무슨 옷이오? 꽃의 줄기가 위로 가 있네.

재단사 꽃잎을 위로 하라고 안 하셨는데요.

주르댕 그걸 말씀이라고 하시오?

재단사 당연히 말씀을 해주셔야지요. 그리고 귀족들은 꽃을 그렇게 답니다.

주르댕 귀족들은 꽃이 거꾸로 되게 입는단 말이오?

재단사 예, 나리.

주르댕 그렇다면 잘된 거군.

재단사 나리가 원하시면 꽃잎이 위로 가도록 해드리겠습니다.

주르댕 아니, 됐어요.

재단사 말씀만 하십시오.

주르댕 아니, 그대로 좋아요. 옷이 나한테 잘 어울립니까?

재단사 당연히 어울리지요. 화가가 붓으로 옷을 아무리 잘 그려보았자 제가 실제로 만든 옷을 따라가지는 못할 겁니다. 이 바지는 제가 데리고 있는 제자가 만들었는데요, 그놈이 천재지요. 또 한 제자가 윗도리를 만들었어요. 금세기 최고죠.

주르댕 자, 나를 봐요. 가발, 모자 깃털 장식도 훌륭하오?

재단사 다 좋습니다.

주르댕 (재단사의 옷을 바라보면서) 아하? 재단사 양반, 당신 옷이 요전번 나에게 해준 옷과 천이 똑같네! 정말 똑같아.

재단사 옷감이 너무 탐나서요. 저도 한벌 만들었지요.[26]

주르댕 그래도 그렇지. 내 거에 손대면 안 되지.

재단사 이제 옷을 입어보실까요?

주르댕 그럽시다. 옷 주시오.

재단사 잠깐만요. 그렇게 입으시면 안 됩니다. 잠시 후 음악이 나오면 장단에 맞춰 입으셔야죠. 그러려고 사람들을 데려왔습니다. 이런 옷은 의식에 따라 입으셔야 합니다. 자네들, 들어와. 이 옷을 귀한 분들께 늘 하던 대로 잘 입혀드려.

제자 두명은 주르댕의 짧은 바지를, 다른 두명은 짧은 윗도리를 갈아입힌다. 주르댕은 자기 모습을 보여주고 싶어서 왔다 갔다 한다. 옷을 갈아입을 때부터 음악은 계속되고 배우들은 그 장단에 맞추어 움직인다.

재단사 제자 귀족 나리,[27] 저희에게 팁을 좀 주십시오.

주르댕 지금 나를 뭐라고 불렀지?

재단사 귀족 나리라고 했습니다.

주르댕 귀족 나리! 귀족 차림을 하니까 귀족이 되는구나. 언제나 부르주아 차림으로만 있어선 안 되지. 그랬다간 '귀족 나리'

26 부정직한 재단사가 훔친 천으로 옷을 지었음을 암시한다.

27 gentilhomme. 오래된 명망 높은 귀족에 대한 일반 호칭이다. 재단사 제자들이 뒤에 사용하는 다른 호칭들 중에서 'Monseigneur'는 작위를 받은 귀족, 가령 공작, 백작 등, 또는 기독교에서 직책을 가진 주교나 대주교 등에 대한 호칭. 'votre grandeur'는 국왕 또는 직계왕족에 쓰이는 '폐하'(Altesse)와 구분해서 방계 왕족 및 아주 높은 지위의 귀족에게 쓰인 듯한 호칭. 세 호칭의 번역은 점점 더 높은 칭호로 부르는 것을 나타내기 위해 귀족, 대귀족, 대대귀족으로 했다.

라고 불러주지도 않을 테니. 자, 받아라. '귀족 나리' 팁이다.

재단사 대귀족 나리, 황공무지로소이다.

주르댕 대귀족? 야, 대귀족이라니! 잠깐, 내 친구여. '대귀족'은 뭔가 다르네. 이건 예삿말이 아니구먼. 자, 대귀족이 한턱 쓰지.

재단사 대귀족 나리, 대대귀족 나리의 건강을 위해 축배를 들겠습니다.

주르댕 대대귀족? 잠깐 좀더 있어봐. 내게 '대대귀족'이라고 했나! 내가 확실히 알지. 날 폐하라고 부를 것 같은데, 지갑을 통째로 날리겠네. 자, 이번에는 대대귀족이 내리신다.

재단사 대귀족 나리, 나리의 관대함에 성은이 망극하옵니다.

주르댕 잘됐군. 다 줄 뻔했네.

네명의 제자가 기뻐하며 춤을 추고, 이 장면이 두번째 막간극을 펼친다.[28]

28 16~19세기의 두박자 무곡인 가보뜨가 주르댕의 관대함에 대한 재단사 일행의 만족감을 잘 표현한다.

3막 1장

주르댕, 하인들

주르댕 시내에서 만인에게 내 옷차림을 보여주려 하니 날 따라오거라. 잘 들어, 두놈 다 내 뒤에 바짝 붙어. 그래야 내 하인처럼 보이지.

하인들 예, 나리.

주르댕 몇가지 지시할 게 있으니 니꼴을 불러다오. 잠깐, 저기 오고 있네.

3막 2장

니꼴, 주르댕, 하인들

주르댕 니꼴!

니꼴 왜 그러세요?

주르댕 내 말 들어봐.

니꼴 히히히히히.

주르댕 왜 웃어?

니꼴 히히히히히히.

주르댕 버르장머리 없게 희희덕거려? 왜 그래?

니꼴 히히히. 옷이 그게 뭐예요? 히히히.

주르댕 내 옷이 어때서?

니꼴 아, 웃겨요. 히히히히히.

주르댕 이 요사한 것! 너 까불고 있어?

니꼴 아뇨, 나리! 천부당만부당이지요. 히히히히히히.

주르댕 더 히죽거리면 코를 분지를 줄 알아.

니꼴 나리, 너무 웃겨요. 히히히히히히.

주르댕 닥쳐!

니꼴 나리, 정말 죄송해요. 그런데 나리 모습이 너무 웃겨서 웃음을 참지 못하겠어요. 히히히.

주르댕 이런 무례한 년 같으니.

니꼴 나리 이렇게 입으시니까 진짜 재밌어요. 히히.

주르댕 이걸 그냥……

니꼴 죄송해요. 히히히히.

주르댕 이년, 한번 더 웃기만 해. 귀싸대기 맞을 줄 알아. 머리털 나고 제일 아플걸.

니꼴 나리. 그칠게요. 안 웃어요.

주르댕 명심해. 자, 대청소……

니꼴 히히.

주르댕 먼지 한톨 보이면 안 돼……

니꼴 히히.

주르댕 우선 거실부터……

니꼴 히히.

주르댕 또 웃어?

니꼴 아, 나리. 차라리 맞을게요. 그리고 실컷 웃어야지. 그래야 후련하겠어요. 히히히히히.

주르댕 환장하겠네.

니꼴 나리, 제발…… 웃음을 참을 수가 없어요. 히히히.

주르댕 요걸 그냥……

니꼴 나-으-리-님, 못 웃으면 전 죽어요. 히히히.

주르댕 이런 미친년을 봤나? 일은 안 하고 내 코앞에서 히죽거려?

니꼴 뭘 하라고 하셨더라, 나리?

주르댕 이것아, 귀 처먹었어? 손님 오니까 청소하란 말이야. 빨리.

니꼴 에고, 찬물을 끼얹으시네요. 그 망할 놈의 손님들이 집을 보통 어질러야지요. 지긋지긋해요.

주르댕 네년 때문에 내가 문을 걸어잠그고 있어야 돼?

니꼴 그럴 만한 작자들도 있어요.

3막 3장

주르댕 부인, 주르댕, 니꼴, 하인들

주르댕 부인 아이고, 또 시작하셨네! 여보, 그 옷차림이 뭐예요? 수컷 말이 색동저고리 입은 꼴이네, 세상이 웃어요. 남의 눈도 생각하셔야지요.

주르댕 무식한 연놈이나 웃지.

주르댕 부인 아이고, 이 지경까지 오다니. 사람들 좀 작작 웃기세요. 하루 이틀도 아니고.

주르댕 도대체 어떤 놈들이 웃어?

주르댕 부인　당신보다 더 분별있고 똑똑한 사람들이지요. 요즘 당신을 보면 창피해 죽겠어요. 그리고 집안 꼴은 이게 뭐예요? 하루가 멀다 하고 난리법석이잖아요. 눈뜨자마자 깽깽이 소리, 꽥꽥거리는 노랫소리, 조용할 날이 없네요. 하루라도 거르면 큰일 나요? 도대체 옆집에서 뭐라고 하겠어요?

니꼴　말씀 참 잘하셨어요. 손님들이 왔다 가면 진흙 발자국투성이예요. 청소를 해도 해도 끝이 없어요. 프랑수아즈가 걸레질하느라 죽을 지경이에요. 불쌍해 죽겠어요. 나리의 그 잘난 선생들은 말이죠, 매일 똥을 밟고 우리 집에 오니 말이에요.

주르댕　아이구, 요 촌년이 어지간히 꼬꼬댁거리네!

주르댕 부인　니꼴이 옳아요. 당신보다 낫네요. 대체 당신 나이에 무용 선생을 불러서 어떻게 하시겠다는 거예요?

니꼴　그 대단한 검투사는 뭐죠? 발을 어찌나 동동 구르는지 집이 무너질 지경이고, 방바닥 타일을 다 망쳐놓았어요.

주르댕　주둥이 닥쳐, 이년아. 당신도 입 다물고.

주르댕 부인　앉은뱅이 안 되려고 춤 배우시는 거예요?

니꼴　누구 찔러 죽이고 싶은 사람 있어요?

주르댕　그만두지 못해! 무식한 것들. 이걸 배우는 게 앞으로 얼마나 이득이 되는지 알기나 해?

주르댕 부인　그보다 우선 나이 꽉 찬 따님 시집보낼 생각이나 하시지요.

주르댕　마땅한 놈만 나타나면 고려해보지. 허나 남편이 새롭고 멋진 걸 배우는 것도 중요한 거야.

니꼴　아, 그런데 마님, 오늘 들은 얘긴데요, 나리께서 그걸로도 모자라 철학 선생님을 불렀어요.

주르댕　그분, 최고야. 지성을 연마하고 귀족 사회에 참여하여 논리를 펴고 싶어.

주르댕 부인　그러다가 그 나이에 매 맞으러 학교 가는 꼴이 되겠네요.

주르댕　그럼 안 돼? 만인이 보는 데서 종아리도 맞고 공부도 하고 그렇게 되면 얼마나 좋은 일이오!

니꼴　에고고, 나리 종아리가 멋있어지겠네요.

주르댕　물론 멋있어지지.

주르댕 부인　가문을 위하여 퍽도 잘하고 계시네요.

주르댕　당연하지. 둘 다 똑같네, 멍청하기는. 내가 다 창피해 죽겠어. 자, 날 봐요. 당신이 지금 지껄이는 말이 뭔지 알기나 하는 거요?

주르댕 부인　알지요. 내가 얼마나 멋지게 말했는데요. 당신에게 정신 좀 차리고 이런 식으로 살지 말라고 말했지요.

주르댕　그 얘기가 아니고…… 당신이 지금 하는 말이 뭔지나 아냐는 거야.

주르댕 부인　제가 한 말은 맞는 말이지요. 당신의 행동은 전혀 그렇지 않고요.

주르댕　허허, 말귀를 못 알아들으시네. 내가 우리 부인께 드린 말, 내가 조금 아까 한 말, 그게 뭐냐니까?

주르댕 부인　아무 말이나 한 거죠.

주르댕　당치도 않은 소리. 당신과 당신 남편이 나눈 말, 바로 지금 당신과 내가 나눈 말들이 뭐냐는 거야.

주르댕 부인　그게 뭐냐니요?

주르댕　그걸 부르는 말이 있단 말이오.

주르댕 부인　내키는 대로 부르라죠.

주르댕　어흠, 그건…… 바로 산문이라는 거요, 산문. 몰랐지?

주르댕 부인　산문?

주르댕　한 수 배웠지? 몽땅 산문이야. 산문이라 함은 운문의 반대말이요, 운문이라 함은 산문의 반대말이고. 이보시오, 공부를 한다는 것은 바로 이런 거요. 그럼 너, '위'를 발음하기 위해서는 입술과 이를 어떻게 해야 하는지 아냐?

니꼴　위가 왜 나와요?

주르댕　'위'를 발음할 때 어떻게 하냐고?

니꼴　아, 그거요?

주르댕　한번 해봐, 위.

니꼴　그러죠, 뭐. 위.

주르댕　너, 어떻게 한 거야?

니꼴　'위'라고 했는데요.

주르댕　그거야 알지. 근데 네가 '위'라고 할 때 어떻게 한 거냐고.

니꼴　나리가 하라는 대로 했는데요.

주르댕　아, 답답해 죽겠네. 아무것도 모르는 것들하고 상대해야 하다니! 입술을 앞으로 내밀고 아랫턱과 윗턱을 가까이 당기면서 '위' 하는 거야. 알겠지? 위, 그렇지? 위. 너, 보기 싫은 사람한테 하듯이 위—라고 해봐.

니꼴　참, 나. 별걸 다 아시네. 위—

주르댕 부인　별짓 다 하시네.

주르댕　당신도 오, 다, 다, 파, 파가 뭔지 안다면, 재밌을 텐데.

주르댕 부인　도대체 무슨 뚱딴지같은 소리예요?

니꼴　지금 마술사 흉내 내세요?

주르댕 무지렁이들하고 있으니 미치겠네!

주르댕 부인 쓰잘데기없는 소리 말고, 이제 그 사람들 다 끊어버리세요.

니꼴 특히 그 덩치 큰 검투사인지 검술사인지 하는 놈 먼저 쫓아냅시다. 이 깨끗한 집에 재 뿌리고 다니는 놈이에요.

주르댕 너 검술사한테 감정이 많구나. 네가 얼마나 잘못 알고 있고 무례한지 좀 있다 보여주마. (그는 검을 두개 가져오라 하고 그중 하나를 니꼴에게 준다.) 자, 시범. 자세 똑바로. 4번 자세 공격은 이렇게, 3번 자세 공격은 이렇게. 이렇게 하면 안 찔려. 결투할 때 이렇게 하면 멋있겠지? 자, 나를 공격해봐. 잘하나 보자.

니꼴 그래요. 이렇게 하는 거예요?

니꼴이 주르댕을 몇번 공격한다.

주르댕 살살해. 아이고, 천천히 하라고. 빌어먹을 년, 제멋대로 하네.

니꼴 저보고 공격하라고 하셨잖아요.

주르댕 그러긴 했지. 근데 넌 4번 자세보다 3번 자세로 먼저 찌르잖아. 왜 이렇게 서둘러? 기다려야지.

주르댕 부인 이 양반, 귀족 쫓아다니더니 제대로 망령 들었네. 미쳐도 단단히 미쳤어.

주르댕 귀족들 따라다니면서 뭘 좀 배웠어. 내 판단 능력이 살아났다고. 당신처럼 부르주아하고만 놀면 이런 거 모르지.

주르댕 부인 어련하시겠어요. 귀족들과 사귀면서 얻는 게 퍽도 많으시군요. 당신이 푹 빠진 그 잘난 백작 나리하고는 잘되어가고 있죠?

주르댕 잔소리 그만. 생각 좀 하고 말하시오. 부인, 그분이 어떤 분인지 아시오? 대단한 분이오. 궁정에서 존경받고, 왕과도 가까운 사이에요. 우리 둘이 대화하듯이 왕과 서슴없이 얘기하는 사이라오. 그런 분을 우리 집에 자주 모실 수 있다는 것만으로도 영광이지. 날 귀족 대우 해주시면서 나보고 '친구'라고 하지 않소. 정말로 다정하게 해주시니 내가 몸 둘 바를 모를 정도요.

주르댕 부인 그렇겠지요. 당신에게 친절하고 다정하게 대하지요. 그러고는 당신 돈을 빌리고요.

주르댕 그야 뭐! 그런 분께 돈을 빌려준다는 건 영광 아니오? 나를 다정한 친구라고 부르는 분에게 그 정도도 못 해주겠소?

주르댕 부인 근데 그 양반은 당신에게 뭘 해준답니까?

주르댕 그걸 알면 깜짝 놀랄 거야.

주르댕 부인 뭔데요?

주르댕 몰라도 돼. 그런 분은 돈을 빌려도 틀림없이 갚으니까 걱정 마시오.

주르댕 부인 그렇군요. 그렇게 자신있어요?

주르댕 물론이지. 나한테 확실하게 약속했어.

주르댕 부인 순진하기는. 분명히 안 갚을걸요.

주르댕 귀족의 명예를 걸고 맹세했다니까.

주르댕 부인 다 헛소리예요.

주르댕 세상에, 남편 말을 안 믿네. 약속을 하면 지키는 사람이라니까.

주르댕 부인 아닐걸요. 그 양반이 입에 발린 말로 당신을 꼬드긴 거 모르세요?

주르댕 그만하시오. 지금 오셨어.

주르댕 부인 할 수 없네요. 마이동풍이야. 또 돈 꾸러 왔겠지. 나는 상종하기도 싫어요.

주르댕 그만하라니까.

3막 4장

도랑뜨, 주르댕, 주르댕 부인, 니꼴

도랑뜨 내 친구 주르댕 씨,[29] 잘 지내셨어요?

주르댕 덕분에 아주 잘 지냈습니다.

도랑뜨 아, 부인도 계시네요. 부인은 잘 지내시지요?

주르댕 부인 그럼요. 부인은 잘 지내지요. 호호.

도랑뜨 아니, 주르댕 씨, 어쩜 이렇게 우아한 옷을 입고 계십니까!

주르댕 그렇습니까?

도랑뜨 옷이 정말 잘 어울립니다. 궁정의 젊은이보다 훨씬 멋있습니다.

주르댕 하하.

주르댕 부인 (혼잣말로) 나 원 참, 가려운 데를 잘도 긁어주네.

도랑뜨 한번 뒤돌아보세요. 참 멋지십니다.

---

29 예법에 따르면, 도랑뜨는 주르댕을 성씨로 부름으로써 그를 아랫사람 취급하는 것이다.

주르댕 부인 (혼잣말로) 놀고 있네. 앞을 보나 뒤를 보나 바보 같기만 하네.

도랑뜨 주르댕 씨, 정말 보고 싶었어요. 당신은 우리 상류사회에서 제가 가장 존경하는 분입니다. 오늘 아침에도 왕의 침소에서 당신 얘기를 했지요.

주르댕 오, 정말 영광입니다. (주르댕 부인에게) 왕의 침소에서라는 말 들었소?

도랑뜨 모자를 쓰셔도 됩니다……

주르댕 아닙니다. 격식을 차려야지요.

도랑뜨 쓰세요. 우리가 격식 따지는 사이는 아니지요.

주르댕 그래도 제가 송구스럽지요.

도랑뜨 모자 쓰세요, 주르댕 씨. 우리가 남입니까?

주르댕 황송합니다, 백작님.

도랑뜨 주르댕 씨가 안 쓰면 나도 안 쓰겠습니다.

주르댕 사양도 지나치면 결례로 알고 있습니다. 그럼 쓰겠습니다.

도랑뜨 주르댕 씨, 제가 좀 빚을 지지 않았습니까?

주르댕 맞습니다.

도랑뜨 고맙게도 여러번 빌려주셨지요. 이 은혜를 어떻게 보답해야 할지 모르겠습니다.

주르댕 별말씀을 다 하십니다.

도랑뜨 전 빌린 돈은 꼭 갚고 호의에 감사할 줄 아는 사람이지요.

주르댕 추호도 의심치 않습니다, 백작님.

도랑뜨 주르댕 씨, 그 문제를 매듭짓고 싶습니다. 제가 빌린 돈이 얼마나 되지요?

주르댕 (부인에게만) 이 사람아, 당신이 이 분께 크게 결례한 거야.

도랑뜨　저는 빚지면 잠도 잘 안 오는 사람입니다.

주르댕　거봐요, 부인. 내 말이 맞지?

도랑뜨　제가 얼마를 갚아야 하나요?

주르댕　터무니없이 사람을 의심이나 하고 말이야.

도랑뜨　제게 빌려주신 돈이 얼마인지 기억나십니까?

주르댕　제가 기록을 해두었지요. 여기 있습니다. 처음에는 200루이를 드렸습니다.

도랑뜨　그랬지요.

주르댕　그다음엔 120루이입니다.

도랑뜨　예, 맞습니다.

주르댕　그리고 또 140루이.

도랑뜨　그랬지요.

주르댕　세번을 합치면 460루이이고, 이건 5060리브르[30]에 해당하는 돈입니다.

도랑뜨　정확합니다. 제가 빌린 돈이 5060리브르 맞습니다.

주르댕　그리고 깃털 장식 상인, 1832리브르.

도랑뜨　맞습니다.

주르댕　양복 재단사, 2780리브르.

도랑뜨　그랬지요.

주르댕　백작님 전속 공급자,[31] 4379리브르 12솔 8드니에.

도랑뜨　맞습니다. 12솔 8드니에. 정확합니다.

주르댕　마구 상인, 1748리브르 7솔 4드니에.

---

30 당시 루이는 금화, 리브르는 은화였다. 1루이는 뒤에 나오는 삐스똘과 같이 대략 11리브르에 해당한다.

31 17세기에 대귀족들은 집에 필요한 모든 것을 제공해주는 전속 상인을 두곤 했다.

도랑뜨 다 맞아요. 합계가 얼마지요?

주르댕 합이 1만 5800리브르.

도랑뜨 모든 게 정확합니다. 1만 5800리브르. 그런데 200삐스똘만 더 빌려주시면 1만 8000프랑이 되지요. 몽땅 조만간 갚겠습니다.

주르댕 부인 그럼 그렇지. 또 빌려달라고 할 줄 알았어.

주르댕 쉿.

도랑뜨 말씀드린 걸 해주시는 게 곤란한가요?

주르댕 아니, 그렇지 않습니다.

주르댕 부인 저 작자는 당신을 이용해먹는 거라고요.

주르댕 쉿.

도랑뜨 곤란하시다면 다른 데를 알아보겠습니다.

주르댕 아닙니다, 백작님.

주르댕 부인 여보, 우리 파산 직전까지 계속 돈 꾸러 오게 생겼어요.

주르댕 이제 그만!

도랑뜨 거북하시면 안 하셔도 좋습니다.

주르댕 해드려야지요, 백작님.

주르댕 부인 진짜 사기꾼이네.

주르댕 입 다물고 있으라니까.

주르댕 부인 당신을 발가벗길 거예요.

주르댕 이 사람아, 주둥이 닥쳐.

도랑뜨 사실은 돈 빌려줄 사람이 줄을 섰지만, 제일 친한 친구인 주르댕 씨가 섭섭해할까봐 기회를 드리는 거예요.

주르댕 절 그렇게 생각주시니 영광입니다. 해드리겠습니다.

주르댕 부인 아이고, 또 속아넘어가네.

주르댕 다른 방도가 있어? 귀족의 부탁을 어떻게 거절해? 왕에게 내 이름까지 알려준 사람인데.

주르댕 부인 마음껏 해봐요. 내가 이런 얼간이 바보 천치하고 살고 있다니.

3막 5장

도랑뜨, 주르댕 부인, 니꼴

도랑뜨 우울해 보이십니다. 무슨 일 있으세요, 주르댕 부인?

주르댕 부인 주먹만 한 머리를 가지고 있다고 제가 바보인 줄 아시나본데 어림없는 말씀!

도랑뜨 따님은 어디 있어요? 보질 못하겠네요.

주르댕 부인 어딘가 있겠죠.

도랑뜨 따님은 어떻게 지내요?

주르댕 부인 꿋꿋이 잘 지냅니다.

도랑뜨 조만간 궁정에서 공연하는 발레도 있고 희극도 좋고, 함께 보러 오시지 않겠어요?

주르댕 부인 감사합니다. 우리도 한번 가서 실컷 웃고 즐기고 싶네요.

도랑뜨 부인, 젊으셨을 때 남자들이 많이 쫓아다녔지요? 분위기 좋으시고 아름다우시니까.

주르댕 부인 맙소사. 제가 지금은 늙어빠져서 전혀 아니올시다라는 말씀인가요?

도랑뜨 천만의 말씀이에요, 주르댕 부인. 죄송합니다. 부인이 여전히 젊으시다는 걸 깜박했습니다. 제가 멍한 상태로 엉뚱한 말을 종종 한답니다. 무례를 범해 정말 죄송합니다.

3막 6장

주르댕, 주르댕 부인, 도랑뜨, 니꼴

주르댕 여기, 정확히 200루이가 있습니다.

도랑뜨 주르댕 씨, 당신을 위해서라면 뭐든지 할 것을 약속드립니다. 궁정에 관한 일이라도 말씀만 하십시오.

주르댕 정말 감사드립니다.

도랑뜨 부인께서 폐하가 주관하시는 공연을 보고 싶으시다면 가장 좋은 자리를 마련해드리도록 하겠습니다.

주르댕 부인 주르댕 부인은 감히 도랑뜨 백작님의 손에 감사의 키스를 드리고자 합니다.[32]

도랑뜨 (주르댕에게 목소리를 낮추어서) 제가 보낸 그 멋진 후작 부인에 관한 편지 보셨지요? 발레도 보시고 식사도 할 겸 그분이 연회에 오시도록 제가 설득했습니다.

32 자신을 3인칭으로 지칭함으로써 아주 냉담하게 표현하고 있다. 흔히 남성 귀족이 다른 귀족 부인의 손에 키스하는 것이 관례였으나, 여기서는 주르댕 부인이 도랑뜨의 손에 키스한다고 말을 함으로써 반어적이고 냉랭하게 거절을 표현하고 있다.

주르댕 우리 저 구석으로 가서 조용히 얘기할까요?

도랑뜨 우리가 못 만난 지 일주일이나 되었네요. 주르댕 씨가 후작 부인에게 전달해달라고 했던 다이아몬드 얘기를 이제야 말씀드립니다. 워낙 조심스러워하셔서 설득하느라 대단히 힘들었습니다. 오늘에서야 겨우 받기로 결심하셨지요.

주르댕 보고 뭐라고 하던가요?

도랑뜨 감탄하셨어요. 다이아몬드의 아름다움이 그녀의 마음을 완전히 홀렸습니다. 틀림없을 겁니다.

주르댕 그렇게만 된다면, 하느님!

주르댕 부인 저 작자랑 한번 만나면 떨어질 줄을 모르네.

도랑뜨 이 선물이 얼마나 비싼 것인지, 그리고 당신이 그녀를 얼마나 사모하는지 말씀드렸습니다.

주르댕 백작님의 호의에 몸 둘 바를 모르겠습니다. 백작님같이 고귀하신 분이 절 위해 그런 일을 해주시다니 황송하기 그지없습니다.

도랑뜨 별말씀을 다 하십니다. 후작 부인이 거절한다고 해서, 누구의 부탁인데 제가 포기하겠습니까? 제가 주르댕 씨께 요청드려도 마찬가지로 하셨을 겁니다.

주르댕 당연히, 그리고 기꺼이 해드리지요.

주르댕 부인 저 작자가 와서 이렇게 죽치고 있으니 성가셔 죽겠어.

도랑뜨 전 말이죠, 친구에게 부탁을 받으면 물불을 가리지 않습니다. 하물며 저를 믿고, 사랑스러운 후작 부인에 대한 열정을 말씀해주신 분한테야. 아시다시피 그분은 제가 알고 지내왔던 분이기도 하고요. 그래서 제가 당신의 사랑을 도와드리기 위해 발 벗고 나선 겁니다.

주르댕 그랬지요. 백작님의 호의에 황송할 따름입니다.

주르댕 부인 저 영감탱이, 이 집에 눌러앉을 모양이네!

니꼴 두 영감탱이가 죽이 잘 맞는데요.

도랑뜨 당신은 후작 부인의 마음을 사로잡을 적절한 작전들을 잘 알고 계시는 듯합니다. 여자들은 특히 남자들이 돈을 써주기를 좋아하지 않습니까? 당신이 자주 쎄레나데를 들려주고 꽃다발을 안겨준 것, 멋진 수상 불꽃놀이를 펼치고 다이아몬드를 선물한 것, 그리고 연회를 베풀어주시려고 하는 이 모든 것들이 그 어떤 말보다 당신의 사랑을 잘 보여줄 겁니다.

주르댕 그녀 마음의 행로를 찾아갈 수만 있다면 부귀영화도 다 버릴 수 있습니다. 저를 옴짝달싹 못 하게 하는 매력을 가지신 분이지요. 그러니 어떤 대가를 치르더라도 그 여인을 잡을 수 있으면 저로서는 영광이지요.

주르댕 부인 저 영감탱이들 무슨 작당하는 거 아냐? 후딱 가서 살그머니 알아봐.

도랑뜨 주르댕 씨, 잠시 후면 그 여인을 보고 즐기시는 일만 남았네요. 당신의 눈은 영원히 충만한 행복감으로 빛날 것입니다.

주르댕 아내를 수녀님 댁으로 쫓아냈어요. 점심도 먹고 오후 내내 거기 있을 거니까 우리는 실컷 놉시다.

도랑뜨 참 주도면밀하십니다. 덕분에 우리끼리 있으니 거리낄 게 없네요. 요리사에게는 제가 대신 준비시켰습니다. 발레도 공연되게끔 조치했고요. (혼잣말로) 이게 내가 다 꾸민 일이지. 계획대로 일이 되면, 틀림없이 후작 부인은……

주르댕 (니꼴이 엿듣는 것을 알아채고 따귀를 때린다) 이 망할 년! 가시지요.

3막 7장

주르댕 부인, 니꼴

니꼴 아이구, 마님, 들켜서 한대 맞았어요. 그런데 뭔가 수상해요. 무슨 꿍꿍이가 있는 것 같아요. 마님이 외출하셔야 한다고 하던데요.

주르댕 부인 나리가 수상한 짓 하는 게 한두번이어야지. 나 모르게 감쪽같이 바람을 피우거나 아니면 지금 작업 중일지 몰라. 그게 뭐가 됐든 간에 꼭 찾아내고 말 거야. 그런데 당장은 내 딸 문제가 급해. 끌레옹뜨가 그애를 사랑하는 거 알지? 내 마음에도 드니 그 청년 소원을 들어주고 싶어. 가능한 한 뤼실과 맺어줘야지.

니꼴 있잖아요, 마님. 마님이 그리 좋아하시니 뛸 듯이 기뻐요. 솔직히 저는 그분 하인을 좋아하거든요. 두분이 결혼할 때 저도 덩달아 결혼하면 안 될까요?

주르댕 부인 당장 끌레옹뜨에게 가서 내 말 전하고 즉시 오라고 해. 결혼 문제를 나리께 함께 말씀드려야 한다고 전해라. 같이 대책을 세워야지.

니꼴 한걸음에 달려갈게요. 신난다! 이보다 더 기분 좋은 심부름은 없어요. 끌레옹뜨 나리와 그분 하인이 정말 좋아하겠네요.

3막 8장

끌레옹뜨, 꼬비엘, 니꼴

니꼴 아, 때마침 여기들 계셨네요. 기쁜 소식을 전해드리려고 왔어요. 제가……

끌레옹뜨 저리 가, 이 배신자! 번지르르한 말로 나를 또 속이려고?

니꼴 왜 절 그렇게 대하시는지요?

끌레옹뜨 꺼지라고 했지. 당장 가서 변덕쟁이에게 말해. 순진한 끌레옹뜨를 다시는 가지고 놀지 말라고.

니꼴 왜 이렇게 돌변하셨지? 내 사랑 꼬비엘, 제발 설명 좀 해줘.

꼬비엘 내 사랑 꼬비엘 좋아하네. 나쁜 계집! 당장 내 눈앞에서 사라져. 고약한 것.

니꼴 뭐라고? 너는 덩달아서 왜 그래?

꼬비엘 꺼지란 말이야. 앞으로 다시 말도 걸지 마.

니꼴 왜들 이래! 둘 다 똥파리에 물렸나? 얼른 가서 이 사실을 아가씨한테 일러야지.

3막 9장

끌레옹뜨, 꼬비엘

끌레옹뜨 아니! 애인에게 그따위로 대해? 세상에서 둘도 없이 충실하게 사랑하는 나 같은 사람을.

꼬비엘 그 두 여자가 정말 끔찍한 일을 했지요.

끌레옹뜨 나는 모든 열정과 다정함을 보여줬지. 그녀 말고는 아무 것도 사랑하지 않아. 내 영혼에는 그녀만이 있을 뿐. 모든 나의 근심, 나의 욕망, 나의 환희, 모두 그녀로 인한 거야. 말도 생각도 꿈도 온통 그녀뿐이지. 그녀 덕분에 숨을 쉬어. 난 그녀 속에서 살고 있어. 그런 절실함을 이런 식으로 보상하다니! 이틀간 그녀를 보지 못했어. 200년의 끔찍한 시간이었지. 우연히 그녀와 마주쳤지. 내 심장이 몸 밖으로 튀어나갔어. 환희가 내 얼굴을 뒤덮었지. 그녀에게 황홀하게 날아갔어. 못 본 체하는 그녀의 배신! 처음 본 사람인 듯 순식간에 사라졌지!

꼬비엘 저도 나리와 똑같은 입장입니다.

끌레옹뜨 꼬비엘, 뤼실처럼 이렇게 맹랑하게 배신하는 여자가 있을까?

꼬비엘 나리, 니꼴처럼 이렇게 악질적인 배신자는 어떻고요?

끌레옹뜨 그녀의 매력에 희생적인 사랑을 바치고, 한숨짓고, 무수히 맹세를 했는데.

꼬비엘 무던히 칭찬해주고 세심하게 돌봐주고 부엌일까지 도와줬건만!

끌레옹뜨 그녀의 무릎에 기대 얼마나 눈물을 흘렸는지!

꼬비엘 개 때문에 우물에서 길어다준 물이 수백통은 될 텐데!

끌레옹뜨 그녀를 나 자신보다도 더 미치도록 좋아했는데!

꼬비엘 그애 일을 대신 맡아 꼬치를 굽느라 얼마나 땀을 흘렸는데!

끌레옹뜨 그런 나를 무시하고 사라지다니!

꼬비엘 그런 나에게 뻔뻔하게도 등을 돌리다니!

끌레옹뜨 끔찍한 형벌을 받아 마땅한 배신 행위야!

꼬비엘 따귀를 수천대 맞아도 싼 배반이야.

끌레옹뜨 자, 이제 넌 그 여자를 절대 좋게 말하지 마.

꼬비엘 하늘에 맹세하지요.

끌레옹뜨 이런 변덕쟁이 여자는 절대 봐주지 마.

꼬비엘 제가 미쳤다고 편듭니까?

끌레옹뜨 제대로 알아들은 거야? 네가 아무리 그녀 편을 들어도 소용없어.

꼬비엘 그럴 생각은 추호도 없어요.

끌레옹뜨 평생 원망하면서 완전히 절교할 거야.

꼬비엘 아무렴요, 그렇게 하셔야죠.

끌레옹뜨 망할 놈의 백작이 그녀 집을 들락날락하더니만 꼬드겼을지 모르지. 귀족이라고 현혹되었을지 몰라. 그렇지만 내 명예를 위해서라도 그녀의 변심이 소문나는 건 막아야지. 그녀가 나한테 한 짓을 똑같이 갚아주겠어. 나를 보고도 그냥 사라졌다 이거지? 날 버리면서 의기양양해하는 그 꼬락서니 용서하지 않겠어.

꼬비엘 당연하지요. 저도 나리와 똑같이 니꼴에게 복수할 겁니다.

끌레옹뜨 나의 분노에 불을 지펴주게. 미련 때문에 약해질 수 있는 나를 단단히 붙들어주게. 그 여자의 나쁜 면을 몽땅 말해줘. 내가 경멸할 만한 점만 읊어보게. 내가 역겨워할 만한, 네가 아는 모든 결점을 낱낱이 지적해봐.

꼬비엘 그 여자는요, 꼴사납게 새침 떼는데다가 더럽게 잘난 척해요. 정말 별 볼일 없는 여자예요. 나리가 상종할 수 없는 수준이에요. 나리의 격에 맞는 여자들은 쌔고 쐈지요. 첫째, 눈이

단춧구멍이에요.

끌레옹뜨　맞아! 뱁새눈이지. 그런데 말이야, 그 눈에 열정이 있어. 반짝반짝 빛도 나. 예리함도 있지. 호소력도 있어. 내가 본 여자들 중에 최고야.

꼬비엘　입은 오지게 크죠.

끌레옹뜨　크긴 크지. 그런데 말이야. 보기 드물게 하늘이 내린 입술이야. 보기만 해도 욕망으로 아득해져. 세상에서 가장 매력있고 사랑스러운 입술이야.

꼬비엘　키는 쥐방울만 하고.

끌레옹뜨　크지는 않지. 그런데 말이야, 아담하고 균형이 잡혔어.

꼬비엘　말과 행동이 제멋대로지요.

끌레옹뜨　그건 인정해. 그런데 말이야, 거기에 묘한 끌림이 있어. 바로 그 자유분방함이 매력이지. 글쎄, 뭐라고 할까? 마음을 설레게 하는 뭔가가 있어.

꼬비엘　머리도 나쁘지요.

끌레옹뜨　글쎄, 영리하고 섬세한데.

꼬비엘　말하는 꼬락서니하고는……

끌레옹뜨　말해보면 재미있어.

꼬비엘　그 여자 쓸데없이 심각해요.

끌레옹뜨　네 스타일은 아니지. 너야 쾌활하고 명랑한 여자를 좋아하니까. 시도 때도 없이 웃는 여자는 한심한 여자야.

꼬비엘　마지막으로 나리, 그 여자의 죽 끓듯 하는 변덕도 좋아하세요?

끌레옹뜨　그렇지, 변덕스럽긴 해. 네 말이 맞아. 그러나 미인들은 뭘 해도 어울려. 예쁘면 모든 게 용서되니까.

꼬비엘 말씀을 듣자 하니 아직도 사랑하시네요.

끌레옹뜨 천만에! 앓느니 죽지. 사랑한 만큼 증오할 거야.

꼬비엘 아니, 그 완벽한 여자를 어떻게 미워해요?

끌레옹뜨 그래서 내 복수가 더 멋지게 되는 거야. 그 예쁘고 매력이 넘치고 사랑스러운 여자를 과감히 차버려서, 이 남성적인 결단이 얼마나 무서운지 보여줄 거야. 아, 저기 주인공이 나타났다!

3막 10장

끌레옹뜨, 뤼실, 꼬비엘, 니꼴

니꼴 아, 열 받아요.

뤼실 바로 그 일 때문일 거야. 어머머, 딱 마주쳤네.

끌레옹뜨 상대도 말자.

꼬비엘 저도요.

뤼실 끌레옹뜨, 무슨 일 있으세요?

니꼴 왜 그래, 꼬비엘?

뤼실 왜 그렇게 우울해 보여요?

니꼴 웬 우거지상이야?

뤼실 끌레옹뜨, 당신 벙어리 됐어요?

니꼴 벙어리가 꿀 먹었나? 꼬비엘!

끌레옹뜨 고약한 여자!

꼬비엘 유다 같은 년!

뤼실 조금 전 제가 모른 척해서 속상한 거죠?

끌레옹뜨 아, 알긴 아시는구먼.

니꼴 아침에 우리가 본체만체했더니, 그 일로 골나셨나?

꼬비엘 잘도 맞추셨네.

뤼실 끌레옹뜨, 바로 그것 때문에 화난 거죠?

끌레옹뜨 그렇소, 말을 시키니 할 수 없이 대답해주지. 하나 짚고 넘어갑시다. 당신이 나와 절교할 생각에서 의기양양할지 모르지만 어림도 없지. 내가 먼저 당신을 잘라버리겠소. 물론 미련 때문에 한동안 좀 슬프고 힘들 수도 있겠지. 그러나 끝까지 할 거요. 혹시나 망설이다 당신에게 돌아가느니 내 가슴을 내가 찌르겠소.

꼬비엘 우리 나리 최고!

뤼실 왜 이러실까? 별일도 아닌 걸 가지고 웬 소란이에요, 끌레옹뜨. 왜 오늘 아침에 당신을 못 본 척했는지 해명할게요.

끌레옹뜨 필요 없소. 듣고 싶지 않소.

니꼴 우리가 왜 헐레벌떡 지나갔는지 알아맞혀봐.

꼬비엘 안 알아맞힐 거야.

뤼실 사실은 아침에……

끌레옹뜨 듣고 싶지 않다니까.

니꼴 사실은 말이지……

꼬비엘 됐어, 이 변덕쟁이야.

뤼실 들어봐요.

끌레옹뜨 필요 없어요.

니꼴 제발 좀 들어봐.

꼬비엘 난 귀머거리야.

뤼실　끌레옹뜨.

끌레옹뜨　듣기 싫어요.

니꼴　꼬비엘.

꼬비엘　일없어.

뤼실　이제 그만할 때가 됐어요.

끌레옹뜨　변명하지 마시오.

니꼴　좀 들어보라니까.

꼬비엘　허튼 수작.

뤼실　몇 마디라도 들어보세요.

끌레옹뜨　싫소.

니꼴　좀 참고.

꼬비엘　참는 거 좋아하네.

뤼실　딱 두 마디만.

끌레옹뜨　들을 것도 없소.

니꼴　그럼 한 마디면 들을래?

꼬비엘　거래하자는 거야?

뤼실　좋아요, 그럼. 안 듣겠다면 생각대로 하세요. 원하는 대로 하시라고요.

니꼴　너 그따위로 말하려면 마음대로 해.

끌레옹뜨　정 그렇다면 왜 우리를 그렇게 어처구니없이 대했는지 들어볼까요?

뤼실　이제 와서 무슨 말을 해요?

꼬비엘　나도 왜 우리가 그런 대우를 받았는지 알고 싶어.

니꼴　이제 안 가르쳐줄 거야.

끌레옹뜨　말해주세요……

뤼실 싫어요.

꼬비엘 얘기해줘……

니꼴 나도 싫어.

끌레옹뜨 부디 말해주오.

뤼실 싫다고 말했잖아요.

꼬비엘 내가 가엾지도 않아?

니꼴 흥.

끌레옹뜨 부탁하오.

뤼실 그만하시죠.

꼬비엘 제발, 봐줘.

니꼴 저리 가, 어림없어.

끌레옹뜨 뤼실, 제발.

뤼실 싫어요.

꼬비엘 니꼴, 제발.

니꼴 일없어.

끌레옹뜨 하느님, 저 좀 도와주세요.

뤼실 잘 안 될걸요.

꼬비엘 말해줘.

니꼴 절대로.

끌레옹뜨 오해가 있었다면 풀고 싶소.

뤼실 싫어요. 제가 왜 풀어요?

꼬비엘 내 머리가 뒤죽박죽인데, 좀 고쳐줘.

니꼴 싫어. 내가 왜 고쳐줘?

끌레옹뜨 이토록 힘든 나를 모른 척하고, 나의 뜨거운 사랑을 무시하고서 해명도 안 하려 하다니, 정말 허망하구려. 그렇게 의리 없이 대하니 앞으로 날 보지 못할 거요. 어디 멀리 가서 고통스러운 사랑을 짊어지고 죽어버릴 거요.

꼬비엘 저도 나리를 따라가겠습니다.

뤼실 끌레옹뜨.

니꼴 꼬비엘.

끌레옹뜨 왜요?

꼬비엘 왜?

뤼실 어디로 간다고요?

끌레옹뜨 방금 말했잖소.

꼬비엘 우리는 죽으러 갑니다.

뤼실 정말 죽으러 가요, 끌레옹뜨?

끌레옹뜨 가야죠, 매정한 여인을 원망하며. 이 잔인한 여인이여, 그게 원하는 거 아니오?

뤼실 제가 원한다고요?

끌레옹뜨 그게 그 말 아니오?

뤼실 그 말이라니요?

끌레옹뜨 해명을 안 하니 나보고 죽으라는 거 아닙니까?

뤼실 그게 내 잘못이라고요? 내 설명을 들었어야지요. 대단한 일도 아닌 걸 가지고 트집 잡은 거예요. 들어봐요. 아침에 우리가 연로하신 숙모님과 함께 있었는데, 그분은 남자를 싫어해요. 남자가 근처에만 있어도 큰일 날 것처럼 생각하시죠. 남자는 다 마귀라고 하면서 피해야 한다고 끝도 없이 설교하시고요.

니꼴 이제 오해가 풀렸지요?

끌레옹뜨 거짓말은 아니지요, 뤼실?

꼬비엘 뭔가 감추는 거 없지?

뤼실　사실 그대로예요.

니꼴　더도 말고 덜도 말고지.

꼬비엘　믿어야 되나?

끌레옹뜨　아, 사랑하는 뤼실. 당신의 입술이 들려주는 그 말 한마디에, 내 얼어붙은 가슴이 녹아버렸어요. 사랑의 힘으로 그리 쉽게 풀리게 되었네요.

꼬비엘　여우 두마리한테 홀린 기분이네!

3막 11장

주르댕 부인, 끌레옹뜨, 뤼실, 꼬비엘, 니꼴

주르댕 부인　만나서 반가워요, 끌레옹뜨. 마침 잘 왔어요. 남편도 곧 올 테니, 이 기회에 뤼실과의 결혼 승낙을 받으세요.

끌레옹뜨　아, 부인, 그런 말씀을 해주시니 너무 행복합니다. 희망도 생기고요! 이렇게 저를 생각해주시고 아껴주시니 어떻게 감사를 드려야 할지 모르겠습니다.

3막 12장

주르댕, 주르댕 부인, 끌레옹뜨, 뤼실, 꼬비엘, 니꼴 끌레옹뜨 나리, 오래전부터 마음에 품었던 말씀을 드리려고 찾아뵙게 되었습니다. 따님을 너무나 좋아해서 제가 직접 말씀드리고자 합니다. 단도직입적으로 말씀드리면, 나리의 사위가 되는 영광을 베풀어주시기 바랍니다.

주르댕 우선, 자네에게 물어볼 게 하나 있네. 자네 혹시 귀족 집안 출신인가?

끌레옹뜨 대부분은 이런 질문에 아주 쉽게 대답합니다. 신분에 대한 호칭을 서슴없이 사용하지요. 요즘 귀족 같지 않은 귀족이 너무나 많습니다. 솔직히 말씀드리면 가짜 귀족도 많고요. 저는 이 문제를 깊이 생각해보았습니다. 신사는 어떤 속임수도 써서는 안 된다고 생각합니다. 타고난 신분에 불만을 가진 나머지 자신을 속이고, 훔친 직함으로 사람들 앞에서 과시하고, 딴 사람 행세를 하는 사람들이 많지요. 그것은 비겁한 일입니다. 저희 부모님은 부끄럽지 않은 일을 하셨고 저도 6년간의 군 복무를 자랑스럽게 마쳤습니다. 현재 꽤 알아주는 직업을 갖고 만족하며 살고 있지요. 저와 비슷한 조건을 가진 사람들이 귀족인 척하는 걸 많이 보았습니다. 저는 다릅니다. 자신있게 저는 귀족이 아니라고 말씀드리겠습니다.

주르댕 자네 말 잘 들었네, 젊은이. 그런데, 내 딸은 줄 수가 없네.

끌레옹뜨 아니, 무슨 말씀이십니까?

주르댕 내 딸은 귀족 아니면 안 되네.

주르댕 부인 귀족인지가 뭐가 그렇게 중요해요? 우리도 그렇고, 우리 주변도 그렇고, 성 루이 집안 출신이라도 되나요?[33]

33 17세기에는 대귀족 집안 출신이라고 뻐기는 사람에 대해 '자신이 성 루이 집안 출신인 줄 안다'고 비꼬았다.

주르댕 그만하시오, 부인. 또 그 이야기.

주르댕 부인 우리 두 사람 다 꽤 괜찮은 부르주아 집안 출신이잖아요?

주르댕 무슨 그런 망발을!

주르댕 부인 당신 아버지나 제 아버지, 두분 다 상인이셨잖아요?

주르댕 이 여편네가 정신이 나간 게 틀림없군. 그래, 당신 아버지는 상인이라고 칩시다. 우리 아버지는 남들이 뭘 좀 잘못 알고 그렇게 말하는 거야. 그게 중요한 건 아니고, 내 사위는 당연히 귀족이어야 하오.

주르댕 부인 우리 딸에게 어울리는 짝을 맺어줘야죠. 알량한 빈털터리 귀족보다는 돈 많고 두루 갖춘 교양인이 나아요.

니꼴 사실 그래요! 우리 고향에는, 세상에, 어리벙벙하고 멍청한 놈이 하나 있는데, 알고 보니 귀족 집안 자제분이더라고요.

주르댕 쓸데없는 소리 하고 있네. 저 버르장머리하고는! 넌 왜 사사건건 끼어들어? 내 말 잘 들어. 돈이야 나도 충분히 있어. 중요한 건 명예야. 그애를 후작 부인[34]으로 만들 거야.

주르댕 부인 후작 부인이라고요!

주르댕 후작 부인이지.

주르댕 부인 아이고, 하느님 맙소사!

주르댕 이게 나의 결론이야.

34 앙시앵레짐 아래서는 공작(duc)과 직계 왕족(prince du sang)을 제외하고는 귀족 직함들 사이에 서열은 거의 없었다. 주르댕이 딸을 후작 부인으로 만들겠다고 명시하는 이유는 루이 14세와 루이 15세가 자신들의 애인들(몽떼스빵 후작 부인, 뽕빠두르 후작 부인 등)에게 후작 부인 작위를 하사한 것과 무관하지 않다. 후작 부인이라는 말을 쓴 것은 출세한 평민 출신의 여자라는 것을 나타내기 위한 것으로 보인다.

주르댕 부인 저는 당신의 결론에 동의 못 해요. 신분의 차이가 큰 결혼은 수많은 골치 아픈 문제를 만들어요. 사위가 딸에게 처가 흉보고, 손자들이 외할머니를 창피해할 수 있지요. 딸이 거창한 귀족 행차로 친정에 올 때 우리 이웃들에게 경황이 없어 인사를 놓치기라도 하면 즉시 나쁜 소문이 쫙 퍼질 겁니다. '시집간 주르댕 씨 딸 말인데요, 거드름 어지간히 피웁디다. 어렸을 때는 우리하고 귀족 놀이하면서 즐겁게 놀았었는데 말이에요. 그애 두 조부님이 성 이노상 성문[35] 옆에서 옷감 장사할 때만 해도 예의가 꽤 발랐죠. 재산을 대물린 조부님들이 저승에서 벌 받고 있는 셈이지요. 정직한 사람이 그렇게 돈을 벌 수 있었겠어요?' 이렇게 짹짹거리는 참새들의 소리 듣고 싶지 않아요. 딸아이와 결혼해서 나에게 고마워하는 사위, 또 장모가 '자네, 오늘 이리 와서 같이 식사하세'라고 허물없이 말할 수 있는 사위를 원해요.

주르댕 그게 바로 낮은 신분에서 못 벗어나는 소인배의 생각이야. 더이상 참견하지 마시오. 여하튼 기필코 내 딸을 후작 부인으로 만들 거고, 당신이 내 화를 더 돋구면 공작 부인까지 만들어버리겠소.

주르댕 부인 절대 용기를 잃지 마세요, 끌레옹뜨. 뤼실, 엄마랑 가자. 아버지께 분명히 말씀드려. 끌레옹뜨가 아니면 아무하고도 결혼 안 한다고 말이야.

35 빠리에는 이런 이름을 가진 성문이 없다. 아마도 레 알 지역에 있는 성 이노상 묘지의 입구 문일 것이다.

3막 13장

끌레옹뜨, 꼬비엘

꼬비엘 퍽도 잘하셨습니다. 그 고결한 논리를 늘어놓으면서.

끌레옹뜨 그럼 어쩌겠어. 다른 사람이야 어쩌든 간에 난 진실만을 말하겠어.

꼬비엘 지금 농담하시는 거죠? 그 작자를 그렇게 진지하게 대하시다니! 그 사람 미친 사람이에요. 그 말 같지도 않은 말에 장단 좀 맞춰주는 게 그렇게 힘들어요?

끌레옹뜨 그렇게 할 수는 있어. 그러나 그 양반의 사위가 되려고 귀족 행세할 생각은 없었어.

꼬비엘 하하하.

끌레옹뜨 왜 웃어?

꼬비엘 그 양반 속여먹을 묘안이 떠올랐거든요. 나리는 원하는 걸 얻게 될 거고요.

끌레옹뜨 어떻게?

꼬비엘 기똥찬 아이디어!

끌레옹뜨 그게 뭔데?

꼬비엘 주르댕 씨 댁에서 하면 딱 적합할 공연이 최근에 하나 있습니다. 그 양반을 거기 출연시켜 골려줄 생각이에요. 웃기는 짓 하는 걸 보며 즐깁시다. 그는 뭐를 하든 다 속아넘어가는 사람이라 골탕 먹이는 게 식은 죽 먹기죠. 주르댕 씨가 아주 잘할 수 있는 역을 맡게 될 겁니다. 다른 배우들이 말도 안 되는 어떤 말을 그에게 해도 잘 속아넘어갈 거예요. 그 팀을 불러올 생각입니다. 당연히 의상도 준비되었고요. 제가 알아서 다 하겠습니다.

끌레옹뜨 좀 자세히 말해보게.

꼬비엘 다 설명드릴게요. 아, 그런데 주르댕 씨가 오네요. 잠깐 피합시다.

3막 14장

주르댕, 하인

주르댕 지긋지긋하군. 흠잡을 게 없으니까 귀족과 친하다는 이유로 나에게 시비를 걸어? 너희들은 모르지, 귀족들 따라다니는 게 얼마나 즐거운지를. 귀족과 함께 있으면 명예와 교양이 절로 따라온단 말이야. 내가 백작 또는 후작이 될 수 있다면 손가락 두개는 잘라도 아깝지 않아.

하인 나리, 도랑뜨 백작님께서 귀부인을 모시고 오셨습니다.

주르댕 어, 벌써 오셨어? 준비가 덜 되었는데. 잠깐만 기다리시라고 말씀드려라.

3막 15장

도리멘, 도랑뜨, 하인

하인　나리께서 곧 오십니다.

도랑뜨　역시 주르댕 씨입니다!

도리멘　그런데, 도랑뜨. 또 희한한 일을 하시는 것 같네요. 아는 사람 하나 없는 집에 절 왜 데려오셨어요?

도랑뜨　글쎄, 우리가 어디를 가겠소? 괜한 오해를 살까봐 당신 집도, 내 집도 안 된다고 하시지 않았습니까?

도리멘　그런데 말이죠, 당신이 매일 보여주시는 사랑의 표현을 저도 모르게 받아들이고 있다는 걸 당신은 모르시는 것 같네요. 처음에는 어려웠는데, 그게 소용없다는 걸 알았어요. 집요하면서도 어찌나 정중하신지…… 자주 찾아오시고, 고백하시고, 음악회와 연회에 초대해주시고, 큰 선물까지 주셨죠. 제가 버티려 해도 당신은 물러서지 않고 조금씩 제 마음을 사로잡으니 방법이 없네요. 결혼은 생각을 안 하고 있었는데 결국엔 당신의 청혼을 받아들이게 될지도 모르겠네요.

도랑뜨　정말이지, 진작 그런 생각을 하셨으면 좋았을 텐데요. 미망인이신데 거리낄 게 뭐 있습니까? 저도 자유로운 몸입니다. 그리고 부인을 목숨보다 사랑합니다. 그러니 지금이라도 저를 행복하게 해주실 수 있으시죠?

도리멘　어머, 도랑뜨 씨. 행복하게 함께 살려면 모든 게 잘 맞아야 해요. 두 사람이 아무리 어울려 보여도 만족스러운 결혼 생활을 하기는 쉽지 않아요.

도랑뜨　농담이시죠, 부인? 참 어렵게 생각하십니다. 부인이 경험하신 게 다른 사람에게 똑같이 적용되는 건 아닌 것 같습니다.

도리멘　늘 하는 말이지만 저 때문에 돈을 많이 쓰셔서 두가지 이유로 걱정돼요. 우선 제 바람 이상으로 돈을 허비하시는 것 같아요. 그리고 두번째, 듣기 거북하시겠지만 이해하리라 믿고 말씀드릴게요. 돈이 없으시잖아요. 저는 그런 것 원치 않습니다.

도랑뜨 아, 부인, 별것 아닌데요. 그리고 사실은요……

도리멘 예를 하나 들어볼까요? 제게 그 다이아몬드를 꼭 받으라고 하셨는데, 도대체 가격이 얼마……

도랑뜨 아니 세상에, 어떻게 그런 생각을…… 당신을 향한 제 사랑에 비하면 보잘것없는 건데요, 뭘. 어려우시더라도 받아주세요…… 아, 집주인이 오네요.

3막 16장

주르댕, 도리멘, 도랑뜨, 하인

주르댕 (두번 인사를 한 다음, 도리멘에게 아주 가까이 다가가서) 조금만 뒤로 가주시겠습니까, 부인?[36]

도리멘 뭐라고 그러셨어요?

주르댕 한걸음만 뒤로 가주세요.

도리멘 무슨 말씀이세요?

주르댕 조금만 뒤로 물러나달라는 말씀입니다. 세번째 인사를 하려고요.

36 이 장면은 2막 1장에서 춤 선생으로부터 배운 귀부인에게 인사하는 법에 따라서 주르댕이 도리멘에게 실제로 해보는 장면이다.

도랑뜨 부인, 주르댕 씨는 예의를 아시는 분이랍니다.

주르댕 부인이 저희 집에 오시니 저는 영광스러울 따름입니다. 저를 명예롭게 해주시고 은혜를 베풀어주셔서 전 너무나 행복합니다. 제게 자격이 있다면, 당신 같은 고귀한 분을 뵐 자격이 있다면, 하늘이 제 재산을 탐내며 당신을 뵐 수 있는 특권을 부여해주기만 한다면……

도랑뜨 주르댕 씨, 그 정도면 훌륭합니다. 후작 부인께서는 너무 형식적인 인사는 좋아하지 않아요. 그리고 당신이 재치있게 얘기하는 것도 잘 알고 계시고요. (도리멘에게 작은 목소리로) 아시겠지만 주르댕 씨는 좀 재미난 부르주아입니다.

도리멘 저는 금방 알았지요.

도랑뜨 부인, 가장 가까운 제 친구입니다.

주르댕 너무나 영광입니다.

도랑뜨 제가 존경하는 멋쟁이이지요.

도리멘 참 존경할 만한 분이시네요.

주르댕 칭찬 들을 만한 게 별로 없습니다, 부인.

도랑뜨 (주르댕에게 작은 목소리로) 다이아몬드 얘기는 하지 마세요.

주르댕 마음에 드셨는지만 물어봐도 될까요?

도랑뜨 뭘 물어보신다고요? 그러시면 안 되지요. 선물을 주고 생색을 내시면 안 됩니다. 귀족 사회의 예법에 어긋나요. 도리멘, 부인이 오셔서 무척 기쁘다고 주르댕 씨가 말씀하시네요.

도리멘 오히려 제가 영광이에요.

주르댕 제 말을 대신 해주셔서 감사드립니다, 백작님!

도랑뜨 여기로 모셔오느라 정말 힘들었어요.

주르댕 어떻게 감사를 드려야 할지 모르겠습니다.

도랑뜨 부인, 주르댕 씨가 세상에서 가장 아름다운 분을 뵀다고 말씀하시는군요.

도리멘 절 그렇게 봐주시니 정말 감사합니다.

주르댕 타고난 아름다움이 있으시니까요.

도랑뜨 이제 식사하실까요?

하인 준비가 다 되었습니다, 나리.

도랑뜨 자, 이제 식사하러 가시지요. 가수들도 부르겠습니다.

요리사 여섯명이 춤추며 세번째 막간극을 펼쳐준다. 그런 다음 음식이 차려진 식탁을 들고 온다.

4막 1장

도랑뜨, 도리멘, 주르댕, 가수 두명, 여가수, 하인

도리멘 놀랍군요, 도랑뜨. 정말 근사하게 식탁을 차리셨네요!

주르댕 별 말씀을 다 하십니다, 부인. 최선을 다했습니다만 약소합니다.

모두 다 식탁에 앉는다.

도랑뜨 주르댕 씨 말이 맞아요. 고맙게도 주르댕 씨가 부인을 정중히 모시겠다고 했지요. 그러나 당신이 만족할 만한 식사는 아닐 겁니다. 음식 준비는 제가 시켰습니다만, 요리를 잘 아는 전문가의 자문은 구하지 않고 제가 혼자 준비했습니다. 맛이 이상하거나 잘 어우러지지 않는 요리들도 있을 거예요. 다미스 같은 친구가 맡아서 했더라면 아주 훌륭하게 잘했을 텐데 말이에요. 나오는 요리마다 우아하고 대단한 식견이 느껴졌을 거예요. 요리에 대해서도 자세히 설명해드렸을 거고 뛰어난 요리 비법도 확실히 보여주었을 겁니다. 껍질을 씹으면 바삭거리고 가장자리가 비스듬한 금빛의 리브 빵,[37] 부드러운 향이 나는 신맛의 포도주, 파슬리가 뿌려진 양고기, 하얗고 부드러우며 입안에서 아몬드 파이처럼 살살 녹는 길쭉한 송아지 등심, 향이 좋은 자고새 요리, 그의 최고 요리인 진줏빛

37 오븐의 가장자리(rive)에서 구운 빵.

이 도는 수프를 내놓으면서 감칠맛 나는 설명을 곁들였을 겁니다. 수프는 새끼 비둘기로 가장자리를 장식하고 양파와 치커리를 곁들인 살찐 새끼 칠면조와 같이 먹는다는 것도 말했겠지요. 그렇지만 전 요리에 대해 아는 게 없다보니, 주르댕 씨 말처럼 오늘 식사는 당신이 드시기에는 좀 미흡합니다.

도리멘 그렇게 말씀하시니 맛있게 먹는 걸로 보답하겠습니다.

주르댕 아! 부인, 손이 정말 아름다우시군요!

도리멘 별로 예쁜 손은 아니에요, 주르댕 씨. 다이아몬드 반지가 예뻐 보이시나봐요?

주르댕 그럴 리가요, 부인! 절대로 그 이야기를 하는 게 아니에요. 신사가 할 행동이 아니지요. 다이아몬드는 제게 보이지도 않는데요.

도리멘 좀 까다로우신 것 같아요.

주르댕 정말 마음씨가 고우십니다.

도랑뜨 자, 주르댕 씨, 우선 한잔합시다. 그리고 가수분들에게도 한잔 드립시다. 권주가를 불러줄 거예요.

도리멘 음악을 들으면 훨씬 더 맛있을 겁니다. 오늘 제가 여기서 최고의 대접을 받고 있네요.

주르댕 부인, 별말씀을 다……

도랑뜨 주르댕 씨, 우리 이제 조용히 하고 이분들의 노래를 들어보지요. 우리의 대화보다 아름다울 거예요.

가수들이 잔을 들고 오케스트라 연주와 함께 권주가 두곡을 부른다.

첫번째 권주가

필리스여, 한모금씩 시작하여 잔을 돌려보아요.
아! 잔을 든 그대의 손, 내 마음을 잡아끄네.
그대와 술이 취기로 무장하니
내가 품은 사랑 두배가 되네.
술과 그대, 그리고 나, 맹세해요,
영원한 사랑의 불꽃을.

술은 그대 입술을 촉촉이 적셔주고
그대는 술에게 기쁨을 선사하네.
술은 그대 입술을 활활 불태우고.
아! 술과 그대 입술은 나의 욕망을 일으키네.
그대에게도 취하고 술에도 취하네, 아주 천천히.
술과 그대, 그리고 나, 맹세해요.
영원한 사랑의 불꽃을.

두번째 권주가

마시자, 친구들아, 마셔라.
흘러가는 시간이 우리를 초대하네.
할 수 있는 끝까지
인생을 즐기자.
검은 파도[38]를 넘어설 때

술도 사랑도 파묻히리라.
서두르자. 마시자.
시간은 흘러가네.

바보들이여, 따져보아라.
진정한 행복이 무엇인지를.
우리의 참 인생은 술독과 함께.
재산도, 지식도, 영예도
근심을 벗기지 못하지.
날아갈 듯한 이 행복
술만이 안겨주네.

술 위에 둥둥 떠서, 이곳저곳, 온천지에
부어라, 마셔라. 얘야, 부어라. 또 부어라, 또 한번 더.
'그만!' 할 때까지.

도리멘 이렇게 잘 부르는 노래는 들어본 적이 없어요. 정말 아름답네요.

주르댕 더 아름다운 것도 보여드릴 수 있는데요, 부인.

도리멘 어머, 이렇게 멋지실 줄은 몰랐어요.

도랑뜨 뭐라고요, 부인? 주르댕 씨가 어떻다고요?

주르댕 있는 그대로 봐주시길 바랍니다.

도리멘 어쩜, 말씀도 점잖게 하시네요.

---

38 죽음의 강인 스틱스 강.

도랑뜨 부인은 주르댕 씨를 제대로 모르십니다.

주르댕 때가 되면 아시게 될 겁니다.

도리멘 오! 그만해요.

도랑뜨 주르댕 씨는 순발력이 뛰어난 분입니다. 그런데, 부인, 모르시겠어요? 부인이 맛보신 음식을 주르댕 씨가 똑같이 먹고 있네요.

도리멘 정말 재미있는 분이시네요.

주르댕 부인을 즐겁게 해드릴 수만 있다면, 저는……

4막 2장

주르댕, 주르댕 부인, 도리멘, 도랑뜨, 남녀 가수들, 하인

주르댕 부인 역시 다들 계시네요. 뜻밖에 제가 나타난 모양입니다. 여보, 나보고 수녀님 댁에 가서 점심식사 하라고 안달을 떨더니 이런 짓 하려고 그런 거군요. 방금 집 앞에서 연극 단원들[39]을 봤는데, 들어와보니 홍청망청 판이 벌어졌네요. 내가 없는 사이에 여자들을 불러 잔치하고 음악이랑 연극까지 해요? 돈이 썩는답니까?

도랑뜨 오해이십니다, 부인. 당신 남편이 돈을 써가면서 이런 일을 할 분이 아니지요. 더욱이 여자분들한테…… 이건 제가 한 겁

39 꼬비엘이 이끌고 온 연극배우들.

니다. 주르댕 씨는 집을 빌려준 것뿐입니다. 좀더 잘 알아보시고 말씀하셔야지요.

주르댕 당신 이게 무슨 무례한 짓이오? 이 귀한 후작 부인을 백작님이 초청하신 거요. 영광스럽게도 백작님이 우리 집을 장소로 정하신 거라고요.

주르댕 부인 꾸며대기도 잘하십니다. 내가 바보인 줄 알아요?

도랑뜨 부인, 눈을 좀더 맑은 물에 씻고 보셔야겠어요.

주르댕 부인 차라리 나보고 색안경을 쓰라고 하시죠! 색안경 써도 저는 잘 봅니다! 바보가 아닌 다음에야 그 냄새를 못 맡겠어요? 남편의 미친 짓을 부추기다니, 고결하신 백작님이 하기에는 너무 치사하지 않아요? 그리고 후작 부인, 내 남편이 당신을 좋아한다고 해서 받아주시면 안 되는 거 아닙니까? 아름답고 정숙하신 귀부인이 남의 가정을 파괴하다니요.

도리멘 아니, 세상에 이런 일이! 도랑뜨, 도대체 이게 다 뭐예요? 이 해괴망측하고 웃기지도 않는 상황에 절 끌어들이시다니.

도랑뜨 도리멘, 잠깐만요, 후작 부인. 그렇게 황급히 가시지 말고 제 말 좀 들어보세요.

주르댕 후작 부인…… 백작 나리! 저분께 해명 좀 해주세요. 그리고 모셔오세요. 당신은 말이야, 미친 짓을 했어. 이런 자리에서 나를 망신시키고 귀족분들을 다 쫓아내버려?

주르댕 부인 귀족분들 좋아하시네.

주르댕 망할 여편네 때문에 식사 자리가 엉망진창이 되었어. 접시로 저 여편네 머리를 박살 내야 하는데.

식탁을 치운다.

주르댕 부인 (퇴장하면서) 마음대로 해요. 내가 부인인데 그 정도는 막아야지. 다른 여자라도 마찬가지로 했을걸!

주르댕 당신 오늘 운 좋은 줄 알아. 접시 집어던지려다가 겨우 참았네. 하필이면 마누라가 그때 올 게 뭐야? 내가 도리멘을 딱 꼬실 수 있는 절호의 기회였는데…… 내 머리도 반짝였고 말이야. 저건 또 뭐야?

4막 3장

꼬비엘(변장한 차림으로), 주르댕, 하인

꼬비엘(통역관) 자네, 나 알아보겠나?

주르댕 아니요. 모르겠는데요.

꼬비엘(통역관) 내가 자네 어렸을 때부터 아는데.

주르댕 저를요?

꼬비엘(통역관) 암, 세상에서 제일 예쁜 아이였지. 귀부인들이 안고 뽀뽀하려고 난리였어.

주르댕 뽀뽀라니요?

꼬비엘(통역관) 내 말 들어보게. 자네 부친과는 둘도 없는 친구였네.

주르댕 그렇게 친하셨단 말이에요?

꼬비엘(통역관) 자네 아비가 아주 훌륭한 귀족이셨어.

주르댕 정말 귀족이셨나요?

꼬비엘(통역관) 아주 훌륭한 귀족이셨지.

주르댕 아버님이!

꼬비엘(통역관) 그래.

주르댕 그렇게 잘 아셨어요?

꼬비엘(통역관) 암.

주르댕 아버님이 정말 귀족이셨단 말이죠?

꼬비엘(통역관) 뭘 자꾸 물어봐.

주르댕 제가 딴 세상에 와 있는 것 같습니다.

꼬비엘(통역관) 그건 또 무슨 소리인가?

주르댕 제가 듣기로는요, 제 아버님은 장사꾼이셨대요. 그렇게 얘기하는 놈들 좀 돈 것 아닙니까?

꼬비엘(통역관) 장사꾼? 맹랑하게 지어낸 소리네. 자네 부친은 직물에 대해 지나칠 정도로 해박하셨지. 그런데 박애정신과 봉사정신이 투철하신 나머지 도처에서 최상품을 구해 친구들을 집에 불러 나눠주셨다네. 돈은 조금 받긴 했지만.

주르댕 어르신을 뵈니까 모든 걸 알게 되어서 기쁩니다. 제 부친이 진짜 귀족이셨네요.

꼬비엘(통역관) 그건 내가 증인일세.

주르댕 정말 감사드립니다. 그런데 제가 뭐 도와드릴 일이라도……

꼬비엘(통역관) 내 말 들어보게. 자네의 훌륭한 선친을 알고 지낸 무렵부터 나는 세계 곳곳을 여행하게 되었다네.

주르댕 세계 곳곳을요?

꼬비엘(통역관) 암!

주르댕 아주 멀리 떨어진 나라도 다니셨겠고요.

꼬비엘(통역관) 암. 지금도 긴 여행에서 돌아온 지 나흘밖에 안 되었다네. 자네가 좋아할 만한 기가 막힌 소식을 가지고 왔지.

주르댕 그게 뭔가요?

꼬비엘(통역관) 자네, 터키제국의 왕자님이 여기 오신 걸 알고 있나?

주르댕 전혀 모르고 있었습니다.

꼬비엘(통역관) 그걸 몰랐다니! 행차가 어마어마해서 다들 보러 가고 난리 났었어. 우리 나라에서 왕자님은 대귀족 예우를 받고 계시거든.

주르댕 세상에, 저야 전혀 모르는 일입니다.

꼬비엘(통역관) 그분이 자네 딸을 사랑한다고 하니, 얼마나 좋은 일인가?

주르댕 터키제국의 왕자님이요?

꼬비엘(통역관) 암. 그분이 자네의 사위가 되고 싶어하네.

주르댕 터키제국의 왕자님이 내 사위가!

꼬비엘(통역관) 그 왕자가 자네 사위가 되는 거야! 왕자를 보러 갔다가 내가 터키어를 잘해서 이런저런 얘기를 하게 되었어. 그런데 왕자님이 '악시암 크록 솔레르 우크 알라 무스타프 지델룸 아마나헴 바라히니 우세레 카르불라트',[40] 즉 '빠리 귀족인 주르댕 씨의 아리따운 딸을 본 적이 있느냐?'라고 하지 않겠나.

주르댕 터키 왕자가 저를 빠리의 귀족이라고 했습니까?

꼬비엘(통역관) 그랬지. 내가 자네를 잘 안다고 하면서 자네 딸을 본 적이 있다고 하니까 '마라바바 사헴', 즉 '아, 그녀를 얼마나 사랑하는지!'라고 했어.

주르댕 '마라바바 사헴'은 '아, 그녀를 얼마나 사랑하는지!'라는

40 이하 터키 왕자의 말은 아랍어나 터키어를 연상시키는 단어를 중간중간 끼워넣었으나 아무 의미 없는 우스꽝스러운 말들이다.

뜻인가요?

꼬비엘(통역관) 암.

주르댕 제가 터키말도 배우네요. 감사합니다. 난 '마라바바 사헴'이 '아, 그녀를 얼마나 사랑하는지!'라는 걸 전혀 몰랐지요. 터키어는 참 멋있네요.

꼬비엘(통역관) 터키어, 멋있는 말이지. '카카라카무셴'의 뜻은 아는가?

주르댕 카카라카무셴? 모르겠는데요.

꼬비엘(통역관) '사랑하는 그대여'라는 뜻이네.

주르댕 '카카라카무셴'이 '사랑하는 그대여'?

꼬비엘(통역관) 암.

주르댕 놀랍네요! '카카라카무셴'이 '사랑하는 그대여'라는 뜻이라니. 그렇게 말하나보죠? 아, 헷갈려요.

꼬비엘(통역관) 이제 내가 맡은바 이야기를 전하겠네. 그 왕자님이 자네 딸에게 청혼을 하기 위해서 올 걸세. 그런데 장인이 격에 맞아야 하니까 자네에게 '마마무시'[41] 작위를 수여하겠다는 거야. 그 나라에서는 이게 대단한 작위일세.

주르댕 마마무시? 마마무시는 뭔가요?

꼬비엘(통역관) 그렇다네, 마마무시. 우리말로는 빨라댕, 즉 옛날에 있던 편력 기사이지. 가장 귀족적인 명칭일세. 지구상에 있는 최고 귀족의 칭호라네.

---

41 아랍어를 이용해 몰리에르가 만든 말로, 두가지 어원을 짐작해볼 수 있다. '바바 무시르'(baba mouchir)라는, '고관 나리'를 의미하는 아첨하는 표현에서 만들었거나, 아니면 '마 므누 시'(ma menou schi)라는, 말 그대로 '아무 짝에도 쓸모없는 사람'에서 취했을 수 있다.

주르댕 터키 왕자께서 제게 너무나 큰 영광을 베푸시는군요. 그분이 계시는 곳으로 절 데려다주세요. 감사의 인사를 드려야겠습니다.

꼬비엘(통역관) 아, 그럴 거 없어. 왕자님이 자네 집으로 오실 거야.

주르댕 저희 집으로 오신다고요?

꼬비엘(통역관) 마마무시 즉위식에 필요한 모든 걸 가져오실 거야.

주르댕 정말 기가 막힌 분이네요.

꼬비엘(통역관) 늦어지면 자신의 사랑이 고통받는다고 생각하는 분이지.

주르댕 그런데 큰 고민이 있습니다. 제 딸년이 끌레옹뜨라는 이상한 놈 아니면 아무하고도 결혼 안 한다고 고집 피우고 있어요.

꼬비엘(통역관) 자네 딸도 터키 왕자를 보면 마음이 달라질 걸세. 사람들이 말해줘서 지금 막 끌레옹뜨를 우연히 봤지. 놀랍도록 터키 왕자와 닮았더군. 그러니 금방 끌레옹뜨에서 왕자님으로 사랑이 옮겨갈 거야. 아, 마침 왕자님이 오시는군.

4막 4장

끌레옹뜨(터키인 복장을 하고 있다. 뒤에는 시동 세명이 그의 긴 옷자락을 들고 있다), 주르댕, 꼬비엘(변장한 차림으로)

끌레옹뜨(왕자) 암부사힘 오키 보라프, 조르디나 살라말레키.

꼬비엘(통역관) '주르댕 씨, 당신이 항상 장밋빛 인생을 살기를 바랍니다'라는 뜻이네. 터키에서 호의를 나타내는 표현이네.

주르댕 황송하옵니다, 왕자 전하.

꼬비엘(통역관) 카리가르 캄보로 우스탱 모라프.

끌레옹뜨(왕자) 우스탱 요크 카타말레키 바숨 바제 알라 모란.

꼬비엘(통역관) '하늘이 당신께 사자 같은 힘과 뱀 같은 용의주도함을 주시기를!'이라고 말씀하셨네.

주르댕 전하께서 제게 너무도 큰 영광을 베풀어주십니다. 전하의 건승을 기원합니다.

꼬비엘(통역관) 오사 비나멘 사독 바발리 오라카프 우람.

끌레옹뜨(왕자) 벨 멘.

꼬비엘(통역관) 전하께서 자네에게 수여하는 마마무시 의식을 빨리 끝내고, 자네 딸과의 결혼식을 올리자고 말씀하셨어.

주르댕 그 긴 말을 단 두 마디로 하셨어요?

꼬비엘(통역관) 암, 터키말의 특징이지. 짧은 말로 많은 의미를 표현할 수 있어. 전하가 서두르시니 빨리 하게나.

4막 5장

도랑뜨, 꼬비엘

꼬비엘 히히히. 세상에, 요렇게 재미있을 수가 있나! 바보 얼간이 속이기 쉽네요. 그 양반, 대본을 외워서 해도 이보다 잘하기는 어려울 거예요. 백작님! 지금 제가 일을 하나 꾸미고 있는데요, 꼭 도와주셔야 합니다.

도랑뜨 아, 꼬비엘이었군. 못 알아볼 뻔했네! 아주 감쪽같아.

꼬비엘 감쪽같지요? 히히히.

도랑뜨 뭐가 그리 우습지?

꼬비엘 아주 기똥찬 일이 생겼어요, 백작님.

도랑뜨 그게 뭔데?

꼬비엘 한번 알아맞혀보세요. 주르댕 씨와 관련된 치밀한 작전을 꾸몄거든요. 그분 따님과 저희 끌레옹뜨 나리의 결혼 허락을 받아내기 위해서예요.

도랑뜨 그 작전이 뭔지 잘 모르겠지만, 자네가 꾸몄으니 효과가 있을 것 같군.

꼬비엘 이 보잘것없는 소인을 백작님이 알아주시네요.

도랑뜨 자세히 설명 좀 해주게.

꼬비엘 백작님, 지금 바로 시작할 겁니다. 조금 옆으로 가셔서 시작하는 걸 보세요. 나머지는 좀 있다 설명드릴게요.

주르댕을 귀족으로 서임하는 터키 의식은 무용과 음악으로 이루어지며 이것이 네번째 막간극이다.

회교 사제 한명, 수도승 네명, 터키 무용수 여섯명, 터키 가수 여섯명, 터키 음악 연주자 다수가 등장한다. 이들이 모두 참여하여 의식을 거행한다. 회교 사제는 터키인 열두명과 수도승 네명과 함께 무함마드에게 기도를 한다. 주르댕은 터키식 복장을 하고 사제 앞으로 다가온다. 예식의 시작이므로 아직은 터번과 칼은 지니지 않았다. 사제가 주르댕을 보면서 노래한다.

회교 사제

세 티 사비르(안다면)[42]

티 레스폰디르(대답하고)

세 논 사비르(모른다면)

타지르, 타지르.(침묵하라.)

미 스타르 무프티(나는 회교 사제)

티 키 스타르 티(넌 누구냐?)

논 인텐디르(할 말 없으면)

타지르, 타지르.(침묵하라.)

회교 사제는 같은 말로 터키인들에게 주르댕의 종교가 무엇인지를 물어본다. 그들은 회교라고 답한다. 사제는 링구아프랑카로 무함마드에게 기도하고 다음과 같이 노래한다.

회교 사제

마하메타 페르 지우르디나[43](무함마드여, 주르댕을 위해)

미 프레가르 세라 에 마티나(밤낮으로 기도드립니다)

---

42 터키어와 아무 상관없는 이 대화는 링구아프랑카(lingua franca, 프랑스어, 이탈리아어, 에스빠냐어 등이 뒤섞인 언어로, 중세부터 19세기까지 지중해 연안 주변국의 선원과 상인이 사용했다)를 모방한 엉터리 말로 이루어져 있다. 단어의 끝을 변형시키거나(Turbanta, Paladina, Brigantina와 같은 단어들의 경우 끝을 a로 다 바꾸었다) 이딸리아어를 섞어 쓰는 것과 같은 다양한 방법으로 변형한 프랑스어라고 할 수 있다.

43 여기서는 주르댕이라는 이름을 지우르디나라고 부르나, 뒤에 가면 조르디나, 이오르디나 등 다양한 발음으로 혼동하여 부르는 장면이 나온다.

볼레르 파르 운 팔라디나(편력 기사로 만들기 위해서)
데 지우르디나, 데 지우르디나.(주르댕을, 주르댕을.)
다르 투르반타 에 다르 스카르시나(터번을 주시오, 검을 주시오)
콘 갈레라 에 브리간티나(갤리선과 범선도 함께 주시오)
페르 데펜데르 팔레스티나.(팔레스타인을 지키기 위해서.)
마하메타, 등등……(무함마드여, 등등……)

회교 사제가 터키인들에게 주르댕이 회교를 계속 믿을지 묻는다.
그리고 다음과 같이 노래한다.

회교 사제

스타르 본 투르카, 지우르디나.(주르댕은 선량한 터키인인가?)

터키인들

히 발라.(그렇고말고요.)

회교 사제

(춤추면서 다음과 같이 노래한다.)
후라바바라슈바라바바라다

터키인들은 똑같이 화답한다. 이제 주르댕에게 터번을 수여할 차례다.
사제는 다음과 같이 노래한다.

회교 사제

티 논 스타르 푸르바?(너는 음흉한 사람인가?)

터키인들

노 노 노.(아닙니다.)

회교 사제

논 스타르 포르판타?(너는 위선자인가?)

터키인들

노 노 노.(아닙니다.)

회교 사제

도나르 투르반타, 도나르 투르반타.(터번을 주어라, 터번을 주어라.)

터키인들은 회교 사제의 말을 똑같이 반복하면서 주르댕에게 터번을 준다. 회교 사제와 수도승들은 의식용 터번을 두르고, 사람들은 회교 사제에게 코란을 바친다. 회교 사제는 참석한 모든 터키인들과 두번째 기도[44]를 한다. 기도 후 사제는 주르댕에게 검을 주고 다음과 같이 노래한다.

회교 사제

티 스타르 노빌레 에 논 스타르 파볼라.(너는 귀족이 되었노라. 이건 장난이 아니야.)

피글리아르 시아볼라.(검을 쥐어라.)

44 다음에 이어지는 춤(몽둥이찜질)에서 보듯 기도는 회교 사제와 수도승의 희극적인 제스처를 부각시키면서 추는 춤으로, 빠르고 우아한 지그 춤과 비슷하다.

터키인들은 손에 검을 쥐고 이 노래를 반복한다. 그들 중 여섯명은 주르댕을 둘러싸고 춤을 추면서 그를 검으로 여러번 공격하는 척한다. 사제는 터키인들에게 주르댕을 막대기로 때리라고 명하면서 다음과 같이 노래한다.

다라 다라 바스토나라 바스토나라.
(때려라, 때려라, 막대기로, 막대기로.)

터키인들이 노래를 반복하며 박자에 맞추어 주르댕을 몇대 때린다. 곧이어 회교 사제가 노래한다.

회교 사제
논 테네르 혼타(부끄러워 말지어다)
케스타 스타르 룰티마 아프론타.(이게 마지막 수모니까.)

터키인들이 노래를 반복한다.
사제는 기도를 다시 하고 의식을 끝낸다.
터키 음악에 맞추어 춤추고 노래하며 전원 퇴장.

5막 1장

주르댕 부인, 주르댕

주르댕 부인 하느님 맙소사, 이게 웬일이에요? 이 차림새가 다 뭐예요? 가면을 쓰고 주사위 놀이[45]라도 할 작정이세요? 지금 이럴 때예요? 이게 다 뭔지 말 좀 해보세요. 누가 이렇게 괴상하게 옷을 입힌 거예요?

주르댕 무례하기는! 마마무시에게 그따위로 말해?

주르댕 부인 무슨 뚱딴지같은 말이에요?

주르댕 조금 전에 내가 마마무시가 되었으니까 경의를 표하시오.

주르댕 부인 마-마-무-치? 당신 지금 제정신이에요?

주르댕 마마무시라고 하지 않소. 내가 바로 마마무시요.

주르댕 부인 미치고 환장하겠네. 무슨 얼어 죽을 마마무시요?

주르댕 마-마-무-시. 다시 말해서 우리 말로 빨라댕.

주르댕 부인 아, 발라댕.[46] 당신이 지금 나이가 몇인데 발레를 하려고요?

주르댕 무식하기는! 빨-라-댕. 알겠소? 조금 전에 내가 받은 높은 작위요.

주르댕 부인 조금 전에 어디서 받았다는 얘기예요?

주르댕 마하메타 페르 조르디나[47]

45 사육제 기간에 가면을 쓰고 하는 주사위 놀이를 멸시하는 표현.

46 주르댕이 말한 빨라댕(Paladin, 편력 기사)의 발음을 잘못 알아들어서 부인은 발라댕(baladin, 무용수)으로 착각했다.

47 여기서 주르댕이 하는 말들은 4막 막간극에서 이미 나왔던 말을 변형하거나 반복한 것이다.

주르댕 부인　그건 또 무슨 말이에요?

주르댕　조르디나, 그게 주르댕이지.

주르댕 부인　나, 참 기가 막혀. 그건 또 뭐예요?

주르댕　볼레르 파르 운 팔라디나 데 이오르디나

주르댕 부인　이오르디나?

주르댕　다르 투르반타 콘 갈레라

주르댕 부인　도대체……

주르댕　페르 데펜데르 팔레스티나

주르댕 부인　뭔 말을 하는 건지……

주르댕　다라 다라 바스토나라

주르댕 부인　자다가 봉창 두드리는 소리!

주르댕　논 테네르 혼타 케스타 스타르 룰티마 아프론타

주르댕 부인　맛이 갔네.

주르댕　(춤추며 노래한다) 후라바바라슈바라바바라다

주르댕 부인　하느님 아버지! 제 남편이 드디어 미쳤어요.

주르댕　(나가면서) 닥치시오. 망할 여편네. 마마무시에게 경외심을 갖지는 못할망정.

주르댕 부인　어쩌다 저 지경이 되었지? 큰일 났네. 빨리 가서 외출 못하게 막아야지. 세상에, 보기 싫은 것들이 또 오네. 아이고, 내 팔자야.

주르댕 부인 퇴장.

5막 2장

도랑뜨, 도리멘

도랑뜨 부인, 이제부터 정말 재미난 걸 보여드릴게요. 세상에서 가장 정신 나간 사람이 나오는 연극입니다. 거기에 끌레옹뜨가 출연하지요. 그를 지원해줍시다. 그의 사랑이 이루어지게 하자는 거지요. 멋진 청년이니 그럴 가치가 있어요.

도리멘 동감이에요. 그 젊은이는 행복할 권리가 있어요.

도랑뜨 게다가 부인, 그다음에는 놓치면 아까울 멋진 발레 공연도 있습니다. (혼잣말로) 이런 식으로 잘 나가야 할 텐데.

도리멘 저기 화려한 잔칫상이 보이네요. 그런데 도랑뜨, 제 말 좀 들어보세요. 당신이 돈을 너무 많이 쓰는 걸 보기가 힘들어요. 저 때문에 낭비하시는 걸 막는 유일한 방법은 당신과 빨리 결혼하는 거예요.

도랑뜨 아! 부인, 저를 생각해서 그런 결심을 하시다니 너무 감동입니다.

도리멘 제가 바라는 건 오로지 당신이 파산하지 않는 거예요. 이것을 제가 막지 않으면 얼마 못 가 빈털터리가 될 거 아니에요?

도랑뜨 제 돈을 아껴주시려는 그 마음이 고맙습니다. 제 돈과 마음은 모두 부인 것입니다. 부인 원하시는 대로, 마음대로 쓰십시오.

도리멘 둘 다 잘 쓰겠어요. 그 양반이 오고 있네요. 차림새가 희한하군요.

5막 3장

주르댕, 도랑뜨, 도리멘

도랑뜨 작위 받으신 것을 축하드리고 따님이 터키 왕자와 결혼하는 기쁨을 나누기 위해 부인을 모시고 왔습니다.

주르댕 (터키식으로 인사를 한 다음) 백작님께 뱀 같은 힘과 사자 같은 용의주도함이 함께하시기를.[48]

도리멘 영광스러운 지위에 오르신 나리[49]를 축하하기 위해 서둘러 왔습니다.

주르댕 부인, 당신이 장밋빛 인생을 살기를 기원합니다. 저의 영광스러운 자리에 참석해주셔서 뭐라 감사를 드려야 할지 모르겠습니다. 이렇게 와주셔서 제 아내가 저지른 무례함에 사과드릴 수 있게 되어 대단히 기쁘게 생각합니다.

도리멘 염려 마세요. 제가 그 입장이라도 똑같이 했을 거예요. 부인은 당신을 사랑하니까요. 당신 같은 분이 딴 여자를 마음에 품고 있다면, 부인으로서 경계심을 갖는 건 당연하지요.

주르댕 제 마음은 이미 부인의 것입니다.

도랑뜨 부인, 보셨지요? 주르댕 씨는 지위가 높아졌다고 해서 안하무인으로 행세하지 않습니다. 아무리 출세해도 친구를 좋아하지요.

48 4막 4장에서 꼬비엘(통역관)이 옮긴 끌레옹뜨(왕자)의 말('사자 같은 힘과 뱀 같은 용의주도함')을 혼동하여 표현한 것.

49 지금까지는 'Monsieur Jourdain'이라고 불렀는데, 여기서는 'Monsieur'라고만 부름으로써 훨씬 격상된 호칭을 쓰고 있다.

도리멘 그게 바로 너그러운 분이시라는 증거지요.

도랑뜨 그런데 터키 왕자는 어디 계십니까? 주르댕 씨의 친구로서 저희도 예를 갖추고 싶군요.

주르댕 아, 저기 오십니다. 그분의 청혼을 받아들이기 위해 딸아이를 오라고 불렀습니다.

5막 4장

끌레옹뜨, 꼬비엘, 주르댕, 도랑뜨

도랑뜨 전하, 우리는 전하의 장인 되실 분의 친구로서 미천하나마 온 마음을 다해 전하께 인사드리러 왔습니다.

주르댕 통역관이 안 보이네요. 왕자님께 백작님도 소개해드리고 두분 대화를 통역해드려야 하는데…… 터키 왕자님은 터키 말을 아주 잘하신답니다. 이 망할 놈의 통역관은 왜 안 오지? (끌레옹뜨에게) 스트루프, 스트리프, 스트로프, 스트라프. 이 분은 그랑드 세뇨르, 그랑드 세뇨르, 그랑드 세뇨르이십니다. 이 귀부인은 그랑다 다마, 그랑다 다마[50]이십니다. 이 남자분은 프랑스의 마마무시, 이 여자분은 프랑스의 여자 마마무시입니다. 더이상은 말씀드리지 못하겠네요. 아, 통역관이 이제

50 주르댕이 아무렇게나 지어낸 말이다. '스트루프, 스트리프' 등은 무슨 뜻인지 전혀 알 수가 없고, '그랑드 세뇨르', '그랑다 다마'는 에스빠냐어와 프랑스어를 적당히 섞어 '대귀족', '귀부인'이라는 뜻으로 쓰고 있다.

오네! 도대체 어디 계셨습니까? 말이 통해야지요. 이분들은 대귀족인 제 친구인데요. 왕자님께 인사를 드리고 보위하겠다고 찾아온 귀족이라고 말씀드려주세요. 그리고 왕자님 대답을 통역해주세요.

꼬비엘(통역관) 알라발라 크로시암 악시 보람 알라바멘.

끌레옹뜨(왕자) 카탈레키 투발 우린 소테르 아말루샨.

주르댕 뭐라고 하시는 겁니까?

꼬비엘(통역관) 전하께서 '번성의 비가 당신들의 정원에 항시 뿌려지기를 바란다'고 하셨네.

주르댕 그거 보세요. 왕자님이 터키말을 이렇게 잘하시잖아요.

도랑뜨 정말 감탄할 만하네요.

5막 5장

뤼실, 주르댕, 도랑뜨, 도리멘 등

주르댕 내 딸, 이리 오거라. 네게 청혼하신 왕자님의 손을 잡으렴.

뤼실 어머, 아버지, 그게 무슨 말씀이세요? 지금 혹시 연극하시는 거예요?

주르댕 아니다, 아니야. 연극이 아니야. 이건 중요한 일이야. 이렇게 청혼을 받다니 너에게 이보다 더 영광스러운 일이 어디 있겠니! 자, 이분이 바로 너의 남편 될 분이다.

뤼실 제 남편이요, 아버지?

주르댕 암. 손을 잡아드리렴.[51] 그리고 이런 복을 주신 하늘에 감사 드리렴.

뤼실 아버지, 전 결혼 안 해요.

주르댕 네 아버지의 명령이다.

뤼실 절대로 안 해요.

주르댕 쓸데없는 소리! 빨리 손을 잡아.

뤼실 싫다고 말씀드렸잖아요, 아버지. 아무도 저에게 결혼을 강요 못 해요. 끌레옹뜨랑 결혼 못 하면 차라리 극단적인 선택을 하겠어요. (이때 끌레옹뜨가 왕자로 변장한 것을 알아차린다) 하지만…… 저는 아버지 딸이니까…… 아버지 말씀을 들을게요. 아버지 명령을 전적으로 따를 수밖에 없습니다.

주르댕 이제서야 우리 딸이 본분을 알아차렸구나. 아버지 말에 순종하는 딸을 보니 너무나 기쁘다.

5막 6장

주르댕 부인, 주르댕, 끌레옹뜨 등

주르댕 부인 이게 무슨 난리예요? 얘기 좀 해요. 우리 딸을 정신 나간 것처럼 이상하게 옷을 입은 사람에게 시집보내려고요?

주르댕 이 건방진 여편네야, 입 좀 다물어. 엉뚱한 생각으로 사리분

51 보통 매매 계약서에 조인할 때 쓰이는 동의의 표시이다.

별을 못 하는 당신을 어떻게 잡아줘야 할지 모르겠군.

주르댕 부인 내가 할 말을 하시네요. 당신은 점점 더 미치광이가 되어가고 있어요. 도대체 무슨 꿍꿍이예요? 무슨 정략결혼[52] 같은 걸 시키려고요?

주르댕 우리 딸을 터키 왕자와 결혼시키려는 거야.

주르댕 부인 터키 왕자와 결혼시킨다고요!

주르댕 그렇다니까. 저기 통역관이 있으니 왕자님께 인사를 하도록 하시오.

주르댕 부인 통역관은 필요 없어요. 내가 직접 말하죠, 뭐. 절대 결혼은 못 한다고 할 거예요.

주르댕 다시 경고하는데, 그 입 못 닥쳐?

도랑뜨 주르댕 부인, 넝쿨째 굴러들어온 복을 차버리시려고 합니까? 터키 왕자 전하를 사위로 삼는 걸 거부하신다고요?

주르댕 부인 아니, 백작님! 이 일에서는 좀 빠져주시지요.

도리멘 이 좋은 일을 거절하실 이유가 없으실 텐데요.

주르댕 부인 후작 부인, 부인도 부인과 상관없는 일에 괜히 참견하지 마시지요.

도랑뜨 저는 친구에게 도움 되는 일이라면 발 벗고 나섭니다.

주르댕 부인 그런 우정 따위는 필요 없어요.

도랑뜨 마침, 아버지의 뜻을 따르는 착한 따님이 오네요.

주르댕 부인 터키 놈하고 결혼한다고요?

도랑뜨 저는 그렇게 들었습니다.

주르댕 부인 끌레옹뜨는 어떻게 하고요?

52 '결혼'(union) 대신에 '조합, 결합'(assemblage)이라는 말을 쓰고 있다. 흔히 쓰이지 않는, 경멸적인 표현이다.

도랑뜨 귀부인이 된다는데 뭔들 못 하겠어요?

주르댕 부인 우리 딸이 만일 그랬다면 목을 졸라 죽이겠어요.

주르댕 어지간히 짹짹거리네. 이 결혼은 반드시 성사될 거요.

주르댕 부인 절대 그렇게는 안 됩니다.

주르댕 시끄럽소.

뤼실 어머니.

주르댕 부인 여우 같은 년!

주르댕 내 말 들었다고 애를 욕해?

주르댕 부인 그럼요. 당신 딸이기도 하지만 내 딸이기도 하지요.

꼬비엘(통역관) 마님!

주르댕 부인 당신은 또 누구죠? 무슨 말씀을 하려고요?

꼬비엘(통역관) 한마디만 드리겠습니다.

주르댕 부인 필요 없어요.

꼬비엘(통역관) (주르댕에게) 내가 자네 부인에게 따로 말만 하면 자네 원하는 대로 동의할 걸세.

주르댕 부인 동의라니, 누구 마음대로?

꼬비엘(통역관) 그래도 제 말 좀 들어보세요.

주르댕 부인 절대 안 듣습니다.

주르댕 저 사람 말 좀 들어보지그래.

주르댕 부인 아무 말도 듣고 싶지 않아요.

주르댕 당신은 듣게 될 거요……

주르댕 부인 한마디도 듣고 싶지 않아요.

주르댕 고집불통이네. 말 좀 듣는다고 어떻게 돼?

꼬비엘(통역관) 잠깐이면 됩니다. 판단은 부인이 하십시오.

주르댕 부인 듣기만 하면 된단 말이죠? 그럼 해보세요.

꼬비엘(통역관) (부인에게만 들리게) 한시간 전부터 마님께 계속 신호를 보냈는데 눈치를 못 채셨습니다. 지금 벌어지고 있는 일을 설명해드릴게요. 주르댕 나리의 허무맹랑한 생각에 장단을 맞추면서, 끌레옹뜨 나리가 터키 왕자로 감쪽같이 변장을 하여 연극을 하는 중이에요.

주르댕 부인 어머나.

꼬비엘(통역관) 저 몰라보시겠어요? 제가 바로 꼬비엘입니다.

주르댕 부인 세상에, 이런 일이! 이제 알겠어.

꼬비엘(통역관) 아무것도 모르는 척하세요.

주르댕 부인 당연하지. 이분 말을 듣고 보니 이해가 되네요. 이 결혼 저도 찬성해요.

주르댕 자, 이제서야 모두 제정신이 들었군. 저 양반한테 듣기를 잘 했지? 터키제국의 왕자님이 얼마나 대단한 분인지, 잘 설명 들을 거라고 믿었소.

주르댕 부인 제대로 설명을 들었어요. 아주 만족스러워요. 이제 공증인을 부릅시다.

도랑뜨 아주 잘되었습니다. 주르댕 부인, 제가 방금 결심했지요. 남편께 잠시 품었던 질투심을 지우십시오. 공증인도 곧 오시겠다, 후작 부인도 여기 계시겠다, 저와 후작 부인도 함께 아예 합동결혼식을 하겠습니다. 만족하시지요?

주르댕 부인 참 잘 결정하셨습니다.

주르댕 (도랑뜨에게만) 우리 마누라를 안심시키려고 그러는 거지요?

도랑뜨 (주르댕에게만) 이런 속임수로 부인이 눈치 못 채게 해야 해요.

주르댕 좋습니다. 공증인 빨리 불러오너라.

도랑뜨 공증인이 오셔서 결혼 계약서를 준비하는 동안 우리는 발레를 구경합시다. 터키 왕자 전하도 즐겁게 해드리면서 말이지요.

주르댕 좋은 생각입니다. 자, 모두 자리에 앉읍시다.

주르댕 부인 그럼 니꼴은 어떻게 해요?

주르댕 통역관한테 줘버려. 그리고, 우리 마누라도 원하는 사람 있으면 주어버릴까?

꼬비엘(통역관) 영감님, 정말로 감사드립니다. (혼잣말로) 이 분보다 더 미친 사람을 찾게 되면 로마까지 알리러 가야지![53]

(사전에 준비된 짧은 발레로 대단원의 막이 내린다.)

첫번째 서두부

한 사람이 발레의 대본을 가져오자마자 주변이 소란해진다.
각 지방에서 온 많은 사람들이 대본을 받으려고 합창하듯이
아우성치고, 또 관중 세명이 좇아간다.

관중의 대화[54]

53 희극에서 많이 쓰이던 표현. "그의 말을 더 잘 듣는 사람이 있으면 로마까지 알리러 가야지"(Pierre Corneille, *Le Menteur*, 1644); "하, 팽 마투아 씨, 당신이었군요. 속임수를 더 잘 쓰는 사람이 있으면 로마까지 알리러 갈 겁니다"(Boisrobert, *La folle gageure*, 1653); "크리스뺑이 그걸 피하고 내 하인이 없으면 난 차라리 웃음거리가 되고 싶어. 그러면 로마까지 가서 말할 거야"(Chapuzeau, *L'avare dupé*, 1663).

(노래를 부르며 대본을 받으려는 사람들)

모두 다 함께

저요, 아저씨. 저 먼저 주세요, 제발. 저도요.

대본요, 부탁이에요. 사랑합니다.

상류층 남자 1

소리 지르는 관중과 우리를 구별해주세요.

여기 대본 몇권 주세요, 귀부인들이 보시게 몇권 주세요.

상류층 남자 2

잠깐만요! 우리 쪽으로

대본 좀 던져주시기를.

상류층 여자 1

어머나, 이곳에서는 고상한 사람들을

그다지 대우할 줄 모르는군요.

상류층 여자 2

저 사람들이 가지고 있는 대본과 좌석은

비천한 처지의 아가씨들만을 위한 거군요.

54 터키풍의 딱딱한 합창과는 대조적으로 대본을 받으려고 하는 사람들의 합창은 프랑스에서 흔한 다섯 파트가 아니라 네 파트로 이루어져 있다. 이렇게 해서 성음들 간의 차이를 이용해 사람들이 뒤죽박죽으로 내는 소리를 들려주려는 것이다. 다양한 목소리가 재빠르게 이어지도록 하기 위해 반복된 음표와 짧게 끊어지는 소리로 노래한다.

가스꼬뉴 사람 1

아! 아저씨, 제발 주세요,

속이 타 죽겠어요.

다들 절 깔보네요.

하층민이라고

절 거절하다니

망신스럽네요.

가스꼬뉴 사람 2

빌어먹을, 여보세요, 이쪽 좀 보세요.

아스바라 남작에게 대본 좀 주세요, 부탁입니다.

미련한 놈은

사람을 제대로 못 알아보는군.

스위스 사람

종이르을 나눠주우느은 아아저씨,

소오리 지르느라

내 모옥이 쉬이고,

대보온을 가지일 수 없다면

아아저씨, 나는 미쳐 날뛰일 거예요.

수다스러운 부르주아 영감

솔직히 말해, 이 모든 게

난 맘에 들지 않아.

이건 너무 치사해.

잘난 내 딸이,

너무도 사랑스러운 내 딸이,

그렇게나 많은 구혼자들의 사랑을 받는 내 딸이,

자기가 원하는

발레 대본을 받지 못하다니!

주제가 뭔지 읽어보려는데 말이야.

게다가 가족 모두가

옷도 잘 차려입고

랑트리게[55] 사람들이 앉는

객석의 맨 꼭대기에 자리도 잡았는데 말이지.

솔직히 말해, 이 모든 게

난 맘에 들지 않아.

이건 너무 치사해.

수다스러운 부르주아 노파

이건 수치다.

피가 거꾸로 솟는군.

대본 던져주는 사람은 앞뒤 분간도 못 하는 놈이어서

말귀를 도통 못 알아듣는

거친 놈,

망아지 같은 놈,

짐승 같은 놈,

빨레루아얄에서

55 프랑스 북서부의 지명 트레기에(Tréguier)의 브르따뉴 이름인 랑드르게(Landreguer)의 프랑스어 명칭.

으뜸가는 자랑거리이고
백작이 처음으로 무도회에 초대한 우리 딸을
그렇게 무시하다니,
귀머거리,
거친 놈,
망아지,
짐승

상류층 남녀

아! 시끄럽다!
이 소란!
난장판!
뒤죽박죽!
이 혼란!
이 괴기한 사람들!
이 무질서!
이 어처구니!
말라 죽겠네.
못 견디겠네.

가스꼬뉴 사람 1

인내심의 한계……에 도달했노라.

가스꼬뉴 사람 2

분통이 터지네. 세상에 이럴 수가!

스위스 사람

아, 이 망할 놈의 방에서 목말라 죽겠어.

가스꼬뉴 사람1

나 죽겠네.

가스꼬뉴 사람 2

어떻게 하지?

스위스 사람

에구머니, 밖으로 나가야겠어.

수다스러운 부르주아 영감

내 사랑,
날 따라와요,
그렇게 해줄 거지요?
그리고 날 떠나지 말아줘요,
이렇게 우리가 무시를 당하다니,
이런 소동은 이제
신물 나.
이런 뒤죽박죽,
혼잡은
너무 힘들어.
내 생전
발레든 희극이든

또 구경하러 온다면
내 다리를 잘라라.
내 사랑,
날 따라와요,
그렇게 해줄 거지요?
그리고 날 떠나지 말아줘요,
이렇게 우리가 무시를 당하다니.

수다스러운 부르주아 노파

내 사랑, 내 아들,[56]
우리 집으로 돌아가요,
앉을 수조차 없는
이 어수선한 곳에서 나가요.
우리가 떠난 걸 보면
저 사람들도 깜짝 놀랄 거예요.
이 객석은 너무 정신없어요,
차라리 장바닥에 있는 게 더 낫겠어요.
이런 번지르르한 자리에 다시 오느니
차라리 따귀 맞는 게 나아요.
내 사랑, 내 아들,
우리 집으로 돌아가요,
앉을 수조차 없는
이 어수선한 곳에서 나가요.

56 남편에게 자주 쓰던 친근한 표현이다.

모두 다 함께

저요, 아저씨. 저 먼저 주세요. 제발, 저도요.
대본요, 부탁이에요. 사랑합니다.

두번째 서두부

발레가 시작할 때 쫓아다니던 관중 세명이 춤을 춘다.

세번째 서두부

세명의 에스빠냐 사람이 노래를 부른다.

난 알아요, 사랑으로 죽어가리란 걸.
사랑의 고통을 찾아 헤맨다오.

사랑하다 죽어도 좋아
서서히 재가 되어도 난 기쁘리.
아무리 힘들어도
난 당신을 사랑하리라.
어떠한 고통이 따를지라도
나의 열정이 씻어버리리.

난 알아요, 사랑으로 죽어가리란 걸.

사랑의 고통을 찾아 헤맨다오.

이게 세심한 동정일까?
운명은 날 위로해준다오.
죽음의 위험 속에서도
운명은 나를 구해줄 거요.
운명의 격렬한 힘으로 살아간다는 것은
내 구원을 가능케 하는 기적과 같은 것.

난 알아요, 등등.

여섯명의 에스빠냐 사람들이 춤을 춘다.

세명의 에스빠냐 가수들

아! 얼마나 어리석은지,
사랑으로 신음한다는 건!
내 보답 없는 사랑에 탄식하다니.
사랑스러운 이에게 그렇게 빠지다니!
아! 얼마나 어리석은지!
아! 얼마나 어리석은지!

한명의 에스빠냐 사람

(노래하면서)

고통으로 괴로워하네,
고통에 빠져 있는 사람.

그러나 사랑으로 죽는 사람은 아무도 없다네.
사랑할 줄 모르는 사람을 제외하고는.

두명의 에스빠냐 사람

사랑을 주고받을 때
사랑은 달콤한 죽음.
우리가 오늘 사랑으로 즐거워하는데
넌 왜 그걸 깨길 바라는 거야?

한명의 에스빠냐 사람

연인이여, 즐거워하소서,
그리고 날 따라 해봐요!
사랑할 때는
사랑의 방법을 찾기만 하면 돼요.

세명 모두 다 함께

자, 자, 축제를 벌이자!
이제, 춤을 추자!
즐겁게, 즐겁게, 즐겁게!
고통은 환상에 불과한 거니까.

네번째 서두부

이딸리아 사람들

이딸리아 여가수 한명이 첫번째 이야기를 들려준다.

가혹하게 내 마음의 빗장을 걸고
사랑을 거부하며 살았지.
그러나 순식간에 무너졌어
두줄기 햇빛을 바라보는 순간.
아! 얼음같이 차가운 마음이
불화살 하나를 견디지 못하다니!

그러나 나의 고통은 내게 너무도 소중하고,
나의 상처는 너무도 달콤해서
고통으로 난 행복하다네.
나를 치유하는 것은 나의 귀여운 폭군.
아! 사랑이 강렬할수록
기쁨도 즐거움도 더 커지지.

여가수가 노래를 끝내자 두명의 스까라무시,[57] 두명의 트리블랭,[58] 한명의 아를르깽[59]이 박자에 맞추어 이딸리아식으로 야상곡을 들려준다.

이딸리아 남자 가수가 등장해 이딸리아 여가수와 함께 다음과 같은 내용의 노래를 들려준다.

57 Scaramouche. 이딸리아 희극의 인물로, 검은 옷에 늘 기타를 들고 다니는 허풍선이 겁쟁이.

58 Trivelin. 이딸리아 희극의 전형적인 하인으로, 교활하고 책략에 능한 모사꾼.

59 Arlequin. 이딸리아 희극의 인물로, 언제나 다양한 색상의 마름모꼴 문양의 옷을 입고 등장한다.

이딸리아 남자 가수

아름다운 계절 쏜살같이 지나가고

즐거움도 함께 사라지지.

사랑의 학교에서는

순간을 붙잡아야 해.

여가수

청춘은

우리에게 미소를 보내지만,

시간은 너무 빨리 흘러

도망가버리지.

둘이 함께

노래하자,

즐기자

찬란한 청춘.

가버리면 다시 오지 않으리.

남자 가수

아름다운 눈빛

마음을 사로잡네.

그 상처는 달콤하기만 하고,

그 불행은 행복이라네.

여가수

나이 들어

활기를 잃으면

마음이 굳어져서

열정도 없어지지.

둘이 함께

노래하자, 등등.

이딸리아어 대화가 끝난 뒤, 스까라무시와 트리블랭이 '환희의 춤'[60]을 춘다.

다섯번째 서두부

프랑스 사람들

두 뿌아띠에 출신의 가수가 춤을 추면서 다음과 같은 내용의 노래를 부른다.

첫번째 미뉴에뜨

아! 숲속에 빛이 있고,

찬란한 태양이 우리와 함께하네!

60 이딸리아에서 시작된 춤인 샤꼰으로, 가벼운 템포가 펼쳐진다.

다른 가수

이 여린 잎사귀 속에서
부드럽게 메아리치는 종달새 노래.

아름다운 곳,
달콤한 새의 지저귐,
아름다운 곳
사랑으로 우리를 이끄네.

두번째 미뉴에뜨

둘이 함께

나의 끌리멘, 보아요,
이 떡갈잎을 보아요.
새들이 입맞춤해요.
사랑의 맹세를
누구도 막지 못하리.
부드러운 열정으로
그들의 영혼은 충만하지요.
얼마나 행복할까요!
우리 둘도,
그대가 원하기만 한다면,
그들처럼 될 수 있어요.

그런 다음 다른 세명의 프랑스 남자, 세명의 프랑스 여자가

뿌아띠에식으로 점잖게 옷을 입고 등장해, 여덟대의 플루트와
오보에가 같이 연주되는 가운데 미뉴에뜨를 춘다.

여섯번째 서두부

세 나라 사람들이 다 함께 어우러져 모두가 춤과 음악으로
환호하면서 끝난다. 이때 다음과 같은 두 구절의 노래를 부른다.

이토록 매혹적인 공연을, 이렇게 큰 즐거움을 맛보다니,
신들도 이보다 더 달콤한 즐거움은 누리지 못하리.[61]

61 통상 마지막의 두 구절은 합창단의 노래가 오케스트라로 연주되는 리또르넬로와 번갈아가며 나오게 되어 있다. 나라들 사이의 조화는 엄격하게 단선율적이고 음절이 분명하며 완벽하게 이해하기 쉬운 악곡으로 표현된다.

스까빵의 간계

희극

등장인물

아르강뜨 옥따브와 제르비네뜨의 아버지
제롱뜨 레앙드르와 이아생뜨의 아버지
옥따브 아르강뜨의 아들이자 이아생뜨의 연인
레앙드르 제롱뜨의 아들이자 제르비네뜨의 연인
제르비네뜨 집시 여인으로 여겨졌으나 아르강뜨의 딸로 밝혀짐. 레앙드르의 연인
이아생뜨 제롱뜨의 딸이자 옥따브의 연인
스까뺑 레앙드르의 하인으로 교활한 사람
씰베스트르 옥따브의 하인
네린 이아생뜨의 유모
까를 교활한 사람
짐꾼 두명

무대는 나뽈리.

1막 1장

옥따브, 씰베스트르

옥따브 내 가슴이 사랑으로 터질 지경인데 이 무슨 마른하늘에 날벼락이야? 난 완전히 궁지에 빠졌어! 씰베스트르, 아버지가 오신다는 소식을 항구에서 들었단 말이지?

씰베스트르 예, 나리.

옥따브 오늘 아침에 오시는 거야?[1]

1 「스까뺑의 간계」의 첫 대화들은 로트루(Jean de Rotrou)의 「자매」(La Soeur, 1647)의 첫 구절들과 상황이나 구조가 똑같다. 이것은 몰리에르가 다른 희극에도 종종 사용하는 라쪼(lazzo, 익살극으로 이딸리아의 꼬메디아 델라르떼에서 즉흥적으로 이루어지는 희극적인 대화 혹은 장면)에 해당한다.

씰베스트르 오늘 아침에 오십니다.

옥따브 그것도 날 결혼시키시려고 오신단 말이지?

씰베스트르 예.

옥따브 제롱뜨 나리의 따님하고?

씰베스트르 예, 제롱뜨 나리의 따님하고.

옥따브 결혼 때문에 아버지가 따님을 따랑뜨에서 이쪽으로 보내고?

씰베스트르 그렇지요.

옥따브 삼촌이 이 말을 다 해주신 거야?

씰베스트르 맞습니다.

옥따브 이 모든 일을 아버지가 편지로 시켰단 말이지?

씰베스트르 예.

옥따브 그러니까, 삼촌이 이 모든 일을 알고 계시는 거잖아?

씰베스트르 그렇지요.

옥따브 말 좀 해봐. 그렇게 적당히 얼버무리지 말고. 입 뒀다 뭐해.

씰베스트르 뭘 더 말해요! 다 알고 계시는데, 제가 뭘 더 얘기해요?

옥따브 날 좀 도와줘. 이렇게 난감한 상황에서는 어떻게 해야 하는지 말 좀 해줘.

씰베스트르 도련님, 저도 입장이 난처합니다. 저야말로 이럴 때 어떻게 해야 할지 누가 말해줬으면 좋겠어요.

옥따브 하필 이때 오신다는 거야? 미치고 환장하겠네.

씰베스트르 그러게나 말입니다.

옥따브 아버지가 아시게 되면 난 죽어. 그 불같은 양반이……

씰베스트르 야단만 맞으면 천만다행이지요. 도련님의 어리석은 짓 때문에 그 불똥이 저한테 더 떨어지게 생겼어요. 저는요, 몽둥이가 부러질 때까지 맞고 또 맞아서 어깨가 박살 날 거예요.

옥따브 오, 하느님! 이 구렁텅이에서 어떻게 도망갈 수 있을까?

씰베스트르 일을 저지르기 전에 미리 생각했어야죠.

옥따브 넌 이제 와서 내 피를 말리는구나.

씰베스트르 도련님의 철딱서니 없는 짓으로 전 피가 말라서 지옥까지 가요.

옥따브 난 이제 끝났네. 아니야, 뭔가 해봐야지…… 분명히 해결을 해야지……

1막 2장

스까뺑, 옥따브, 씰베스트르

스까뺑 왜 그러세요, 옥따브 도련님? 무슨 일 있으세요? 안절부절 못하시고 불안해 보이시네요.

옥따브 아, 스까뺑, 난 끝났어. 아주 절망적이야. 세상에 나보다 더 불행한 사람은 없을 거야.

스까뺑 무슨 일이세요?

옥따브 내게 무슨 일이 있는지 몰라?

스까뺑 모르는데요.

옥따브 아버지가 제롱뜨 나리와 함께 돌아오신대. 날 결혼시키시려고 말이야.

스까뺑 그런데, 뭐가 그렇게 무서우세요?

옥따브 내가 왜 이렇게 불안해하는지 넌 모른다 이거지.

스까뺑 모르죠. 도련님이 말씀해주셔야 제가 알죠. 그래도 제가 해결사 아닙니까? 게다가 젊은 사람들의 일에 관심이 많답니다.

옥따브 아! 스까뺑, 뭔가 해결책이 없을까? 날 궁지에서 빼내주면 평생 은인으로 모실게.

스까뺑 사실, 제가 손을 대면 뭐든지 됩니다. 제가 봐도 저는 천부적인 자질이 있는 것 같아요. 엉뚱하지만 어떨 때는 남이 상상도 못 하는 아이디어를 내서 다 해결하지요. 사람들은 제 재능을 보고 사기의 일종이라고 하지만, 사기가 아니라 기발한 지혜지요. 제 실력을 따라갈 만한 사람은 못 봤습니다. 이 바닥 최고의 권위자라고 남들도 그러네요. 그런데 무식한 놈들이 저를 잘 몰라요. 그래서 별 일거리는 없습니다. 얼마 전에 뭐가 좀 꼬여서 일단은 다 접었거든요.

옥따브 뭐가 꼬였는데, 스까뺑?

스까뺑 무슨 문제가 있었는데, 재판까지 갔지요.

옥따브 재판?

스까뺑 예, 서로 공방전을 펼쳤죠.

실베스트 네가? 그래서 재판을 했어?

스까뺑 그렇다니까요! 재판은 지긋지긋합니다. 옳고 그른 게 뭔지도 모르며, 제멋대로 결론이 나오지요. 빌어먹게도…… 자, 이제 도련님 차례입니다. 얘기 좀 해보세요.

옥따브 스까뺑, 너도 알다시피 두달 전에 아버지와 제롱뜨 나리가 사업상 협조할 일이 있어서 여행을 떠나셨잖아.

스까뺑 압니다.

옥따브 두 아버지가 떠나시니까 우리도 둘만 남았지. 레앙드르하고 나하고. 그래서 스까뺑 자네하고 씰베스트르가 같이 우리를 보살폈지.

스까뺑 그럼요, 전 맡은바 임무를 잘 수행했습니다.

옥따브 그런데 얼마 있다 레앙드르가 집시[2] 아가씨를 만나 사랑에 빠지게 되었지.

스까뺑 그것도 잘 알고 있어요.

옥따브 우리는 친하니까 레앙드르에게 사랑 얘기[3]도 자세히 듣고 그 여자 친구도 함께 만났지. 예쁘긴 하더라만 레앙드르가 말한 만큼은 아니더라고. 그런데 매일같이 그녀 얘기만 하는 거야. 예쁘다거나 우아하다는 말을 시도 때도 없이 부풀려서 말하질 않나, 똑똑하다고 자랑도 하고 말도 예쁘게 한다고 침이 마르게 얘기했지. 그녀가 말한 걸 아주 세세한 것까지 옮기면서 그녀가 가장 이상적인 여성이라고 어찌나 호들갑을 떨던지. 내 반응이 신통치 않으면 시비를 걸기도 했다니까! 자신의 열렬한 사랑에 내가 너무 무관심하다고 끊임없이 비난해대고 말이야.

스까뺑 무슨 말을 하려는 건지 모르겠군.

옥따브 하루는 레앙드르의 애인이 사는 집으로 가고 있었지. 골목길에 작은 집에서 흐느끼며 한탄하는 소리를 듣게 되었어. 지나가는 한 여자에게 물었더니 한숨을 쉬며 하는 말이, 저 집

2 원문에는 '이집트'라고 되어 있으나 프랑스 희극에서 '이집트'는 '보헤미안' '집시'를 의미한다.

3 몰리에르는 이 작품에서 로마의 극작가 테렌티우스의 「포르미오」(Phormio)에서 많은 부분을 차용했다. 그 연극에서는 노예에게 반한 파이드라와, 울고 있던 고아와 결혼하게 되는 안티포를 언급하면서, 제타가 다브에게 그의 주인들의 사랑 이야기를 들려준다.

에 사는 사람은 다른 지역에서 왔는데, 아주 딱한 일이 있다는 거야. 누가 들어도 가슴이 아플 거라고 하더군.

스까뺑 무슨 애기를 하시려는 거예요?

옥따브 궁금한 나머지 레앙드르에게 함께 들어가보자고 했지. 방 안에서 다 죽어가는 듯한 노파를 발견했는데, 슬픔에 잠겨 있는 하녀와 하염없이 울고 있는 젊은 아가씨가 옆에 있더군.[4] 그런데 말이야, 예쁘기도 하지만 그렇게 마음이 끌리기는 처음이었어.

스까뺑 아……

옥따브 다른 여자가 그런 몰골이었다면 보기 흉했을 거야. 싸구려 치마에 허름한 마직 조끼를 입고 있었으니까 말이야. 머리는 노란 두건 사이로 말아올려지고, 그게 흩어져 어깨까지 내려왔다네. 그런 모습인데도 그녀는 빛이 나는 거야. 그녀 자체가 매력덩어리였다네.

스까뺑 무슨 말인지 알 것 같아요.

옥따브 스까뺑, 너도 같이 보았다면 감탄했을 거야.

스까뺑 안 보고도 그 아가씨의 매력은 확실히 느끼겠는데요.

옥따브 눈물로 일그러진 얼굴도 예뻐 보였다네. 울어야 되는 상황에서도 사람을 끄는 우아함을 잃지 않았어. 그 고통스러워하는 모습마저 그렇게 아름다웠다네.

스까뺑 저도 똑같이 느낍니다.

옥따브 그녀는 애절하고 사랑스럽게 '어머니'를 부르며 숨넘어가는 노파를 부둥켜안았지. 이 모습을 보니 가슴이 찡해서 다들

4 테렌티우스의 「포르미오」 1막 2장에서 영감을 받은 장면.

눈물을 흘렸어. 아! 그토록 순수하고 착한 모습……

스까뺑 감동 그 자체입니다. 그분의 착한 심성 때문에 나리가 사랑에 빠지신 거군요.

옥따브 스까뺑, 야만인이라도 그녀를 사랑할 거야.

스까뺑 그걸 어떻게 막겠어요?

옥따브 몇 마디 위로의 말을 하고 그 집에서 나왔어. 이 사랑스러운 여인의 고통을 조금이라도 달래주고 싶었지. 곧바로 레앙드르에게 그 여인이 어떻냐고 물어봤어. '꽤 예쁘던데'라고 무심한 듯 말하지 않겠나? 그런 무관심한 태도에 기분이 상했지만, 내 혼을 뺄 정도의 아름다움에 대해서 굳이 알게 하고 싶지 않았어.

씰베스트르 이야기를 확 줄이지 않으면 내일까지 가겠어. 아주 간단히 설명할게. 도련님의 마음은 이때부터 불타올랐지. 하루도 그녀를 찾아가 위로하지 않으면 살 수가 없었어. 그러나 찾아가도 하녀가 막는 거야. 노파가 죽으니 하녀가 집사가 되었거든. 우리 가련한 도련님 이야기가 이제부터야. 독촉, 애원, 회유, 다 소용없었어. 그 아가씨는 돈도 없고 후견인도 없지만 집안은 좋대. 그러니 결혼하지 않고 쫓아다니기만 하는 건 도리에 어긋난 일이지. 상황이 어려우니 도련님의 사랑은 더 커져갔어. 도련님은 요리조리 고민하고 궁리하고 따져보고 저울질한 끝에 마음을 정하셨지. 그래서 결국 사흘 전에 결혼했네.

스까뺑 그랬군.

씰베스트르 자, 이제 일이 벌어지네. 도련님 부친이 두달 앞당겨서 갑자기 오시게 된 거야. 그런데 삼촌이 두가지 사실을 알게 되셨어. 하나는 도련님의 비밀 결혼, 다른 하나는 부친이 도련님을 다른 여자와 결혼시키려는 계획. 상대는 제롱뜨 나리가 따랑뜨에서 재혼하여 낳은 딸이라네.

옥따브 게다가, 내 사랑 그녀는 너무 가난해서 어떻게 그녀를 방어해줄지 막막해.

스까뺑 다 말씀하신 거죠? 별일도 아닌 걸 가지고 두분이 힘들어하시네요. 그 일 가지고 마음을 졸이셨습니까? 씰베스트르, 넌 그렇게 쉬운 일도 요리 못 하는 게 부끄럽지도 않냐? 미련한 놈! 다 큰 놈이 머리가 그렇게 안 돌아가? 그럴싸한 속임수와 감쪽같은 술수도 만들어내야지. 예끼, 이 한심한 놈! 진작에 나한테 부탁했으면 그 늙은이들을 내 다리 밑에서 가지고 놀았을 텐데. 내 키가 크지는 않아도 사타구니 밑에서 백명은 가지고 놀았지.

씰베스트르 사실 난 너처럼 타고난 재주가 없어. 머리도 잘 안 돌아가. 그러나 죄는 안 짓지.

옥따브 아, 내 사랑 이아생뜨가 오는군.

1막 3장

이아생뜨, 옥따브, 스까뺑, 씰베스트르

이아생뜨 아, 옥따브, 네린이 씰베스트르에게 방금 들은 말이 사실이에요? 아버님이 돌아오셔서 당신을 결혼시키려고 하신다는 게?

옥따브 사실이에요, 우리 이아생뜨. 그 소식을 듣고 가슴이 철렁했어요. 당신 우는군요! 왜지요? 제 마음이 변한 것 같아요? 말해봐요. 아니면 제 사랑을 못 믿으세요?

이아생뜨 믿지요, 옥따브. 제가 왜 안 믿겠어요? 그러나 당신이 언제까지 절 사랑할지에 대해서는 잘 모르겠어요.

옥따브 누가 당신 같은 사람을 평생 사랑 안 하겠어요?

이아생뜨 남자들은 여자들보다 덜 오래 사랑하고, 그들의 열정은 타오르는 것만큼이나 쉽게 꺼진다고들 하잖아요.

옥따브 내 사랑 이아생뜨, 내 가슴은 다른 남자와는 다릅니다. 무덤까지도 따라가지요.

이아생뜨 당신이 느끼는 대로 말씀하신다는 걸 알아요. 그리고 그게 진심이라는 것도 의심하지 않아요. 그러나 전 당신의 애틋한 사랑을 방해하는 강한 힘이 두려워요. 아버지에게 의존하고 살잖아요. 아버지께서는 당신을 다른 사람에게 결혼시키려고 하시고요. 그렇게 되면 전 죽어버릴 거예요.

옥따브 오, 그런 말 하지 말아요, 내 사랑 이아생뜨. 아무리 아버지라도 당신을 배반하라고 강요할 수는 없어요. 당신과 헤어지게 된다면 이곳을 떠나 인생도 마감할 겁니다. 아버지가 점찍어놓은 여자는 만날 필요도 없어요. 바다가 영원히 그녀와 나를 갈라놓으면 좋겠어요. 그러면 저절로 해결될 거예요. 내 사랑 이아생뜨, 울지 마요. 당신이 울면 죽을 것 같아요. 내 심장이 찔린 기분이에요.

이아생뜨 당신이 원하시니 눈물을 닦을게요. 그리고 하늘이 도와 제 문제가 해결되기를 의연하게 기다릴게요.

옥따브 하늘은 우리 편이에요.

이아생뜨 당신만 변하지 않으신다면 하느님이 도와주실 겁니다.

옥따브 절대 당신을 배신 안 할 겁니다.

이아생뜨 너무나 행복해요.

스까뺑 생각보다 영리하네. 외모도 쓸 만하고.

옥따브 이 사람은 우리가 필요로 할 때면 기가 막히게 잘 해결해줄 수 있는 사람이에요.

스까뺑 다시는 남의 일에 참견하지 않으려 다짐했건만, 두분께서 제게 그토록 요청하신다면, 글쎄……

옥따브 네가 우리에게 도움을 줄 수 있다면, 같은 배를 타겠으니 네가 선장이 되어줘. 제발 부탁이야.

스까뺑 아가씨도 같은 생각이세요?

이아생뜨 물론입니다. 무엇보다도 당신의 가장 소중한 일을 하듯이 우리 사랑을 도와주세요.

스까뺑 제가 이제 설득당했습니다. 인지상정이지요. 최선을 다해 볼게요.

옥따브 정말로 우리는……

스까뺑 쉿. 아가씨는 가서 쉬시고 도련님은 아버지 도착에 단단히 준비하세요.

옥따브 아버지가 탄 배가 도착한다니 솔직히 벌써부터 떨려. 난 천성이 너무 소심해서 극복이 안 되네.

스까뺑 그래도 처음 뵐 때 단호해야 해요. 아니면 도련님의 나약함을 보시고 어린아이 다루듯이 조종하려고 하실 거예요. 침착하고 대담해야 합니다. 아버지 말씀에 확고하게 대답하셔야 해요.

옥따브 잘해볼게.

스까뺑 자, 실수 안 하도록 예행연습을 해봅시다. 반복해서 연습하는 겁니다. 잘하시는지 한번 보도록 하지요. 표정은 단호하게, 머리는 꼿꼿이 들고, 시선은 자신만만하게 해보세요.

옥따브 이렇게?

스까뺑 조금 더요.

옥따브 이렇게?

스까뺑 자, 이제 해봅시다. 제가 아버지 역할을 합니다. 방금 도착했어요. 단호하게 대답해보세요. 이 나쁜 놈, 무례하고 비열한 놈, 내가 어쩌다 너 같은 아들을! 네가 그런 망나니짓을 하고도 감히 내 눈앞에 나타나? 나 몰래 그따위 짓을 하다니, 널 키운 결과가 고작 이거냐? 이 호래자식. 내가 이 꼴을 당하려고 널 길렀냔 말이다. 애비를 손톱만큼이나 생각하느냐? 애비에 대한 존경심이 있느냔 말이다. 이놈아, 애비 허락도 없이 결혼을 약속하고 니들끼리 비밀 결혼을 해? 이런 막돼먹은 놈. 교활한 놈. 대답해봐, 이 망나니야, 대답해보라고. 말이나 들어보자. 망할 놈! 너한텐 한푼도 안 줄 테다!

옥따브 정말 아버지 같아!

스까뺑 아시겠어요? 그러니 순진한 바보처럼 굴면 안 됩니다.

옥따브 마음 굳게 먹고 단호하게 대답해야지.

스까뺑 확실하게 해야 합니다.

옥따브 확실히 해야지.

씰베스트르 아버지께서 저기 오십니다.

옥따브 오, 하느님! 전 이제 끝났어요.

스까뺑 또 시작이네. 옥따브 도련님, 진정하세요. 도망가버렸군. 쯧

쯧, 딱하기도 해라! 우선 우리라도 만나자.

씰베스트르 뭐라고 말씀드리지?

스까뺑 내게 맡겨. 나만 믿으라고.

1막 4장

아르강뜨,[5] 스까뺑, 씰베스트르

아르강뜨 세상에, 이런 해괴망측한 소리를 듣다니!

스까뺑 벌써 모두 알고 계시군. 머릿속에 그 생각뿐이신지 저렇게 고함을 지르시네.

아르강뜨 이렇게 경솔한 짓을 하다니!

스까뺑 좀 들어보실까?

아르강뜨 이 엉터리 결혼에 대해 놈이 뭐라고 지껄여대는지 들어보자.

스까뺑 모범답안을 만들어놓았지.

아르강뜨 혹시 시치미를 떼지 않을까?

스까뺑 천만에. 시치미 안 떼지.

아르강뜨 아니면 잘못했다고 빌지 않을까?

스까뺑 빌 수도 있지.

5 1막 4장의 앞부분에서 아르강뜨는 씰베스트르와 스까뺑을 보지 못하고 혼잣말을 한다. 씰베스트르는 숨어 있고 스까뺑은 아르강뜨의 말을 들으며 혼잣말을 한다.

아르강뜨 엉뚱한 소리로 날 놀려먹지 않을까?

스까뺑 그럴지도.

아르강뜨 어떤 말을 지껄여도 내가 믿나 봐라.

스까뺑 믿게 될걸?

아르강뜨 내가 속나 봐라. 손에 장을 지지지.

스까뺑 맹세는 금물.

아르강뜨 이 망나니를 외딴 곳에 가둬둬야 할지도 모르겠네.

스까뺑 우리도 대비할 거야.

아르강뜨 그리고 씰베스트르, 이 망할 놈, 작살내야지.

씰베스트르 그럼 그렇지. 나를 잊으실 리가!

아르강뜨 아, 우리 집안의 가정교사, 명문가 젊은이들의 지도자,[6] 드디어 나타나셨구먼!

스까뺑 나리가 돌아오시니 정말 기쁩니다.

아르강뜨 잘 지냈나, 스까뺑. (씰베스트르에게) 이놈아, 내가 시킨 일 잘도 처리했겠다. 내가 없다고 아들놈이 그딴 짓 하는 걸 보고만 있었어?

스까뺑 나리, 건강해 보이십니다.

아르강뜨 건강하네. (씰베스트르에게) 넌 말 못해? 이놈 보게. 벙어리도 아니고.

스까뺑 여행은 즐거우셨나요?

아르강뜨 잠깐, 여행? 여행 말인가? 쓸 만했지. 이놈 혼 좀 내게 자넨 좀 가만있게.

스까뺑 꾸중하시려고요?

6 지도자(directeur)는 가정교사와 마찬가지로 '다른 사람의 양심이나 공부를 이끌어주는 사람'을 뜻한다.

아르강뜨 아니, 반쯤 죽여야지.

스까뺑 누구를요, 나리?

아르강뜨 저 빌어먹을 놈이지, 누군 누구야?

스까뺑 무슨 이유로요?

아르강뜨 자넨 내가 없는 동안 일어난 일도 듣지 못했나?

스까뺑 글쎄요, 중요한 일은 별로……

아르강뜨 중대사안이란 말이야!

스까뺑 그럴 수도 있겠네요.

아르강뜨 이건 무모하고 무례하고 파렴치한 짓이야!

스까뺑 나리께서는 그렇게 생각하실 수 있습니다.

아르강뜨 세상에, 아비 허락도 없이 제멋대로 결혼하는 놈 봤어?[7]

스까뺑 나리 말씀에 일리가 있다고 봅니다. 그런데, 나리, 누가 듣겠습니다.

아르강뜨 들으면 어때. 내 맘대로 소리 지를 거야. 이런 일에 화나는 건 당연한 거 아냐?

스까뺑 당연하지요. 저도 처음에 알고 화났습니다. 나리 생각을 해보니 혼을 내야겠더군요. 아버님 발에 입을 맞춰야 할 판에 감히 무시하는 행동을 하다니, 그게 제가 야단친 이유였지요. 제가 얼마나 훈계를 했는지 아드님께 물어보세요. 나리도 이보다 더 모질게는 못 하셨을 겁니다. 그러고 나서 가만히 생각을 해봤지요. 이 문제의 핵심을 따져볼 때, 아드님이 죄인

7 트리엔트 공의회는 1563년에 '타메트시(Tametsi)' 법령에서, 아버지의 권위는 결혼 약속이나 성사를 유효한 것으로 인정하는 데 반드시 필요한 것은 아니라고 했다. 그럼에도 불구하고 17세기에도 결혼 관습에서 부모의 권위는 여전히 막강했다.

은 아닌 것 같습니다.

아르강뜨 무슨 말을 하는 건가? 어디서 굴러왔는지도 모르는 여자와 벼락치기로 결혼한 게 죄가 아니라고?

스까뺑 글쎄요, 도련님 팔자 아닐까요?

아르강뜨 쓸데없는 소리. 그게 그놈의 운명이란 말이야? 사람을 속이고 재물을 훔치고 살인하고, 이런 끔찍한 범죄를 저지른 놈이 그게 다 팔자소관이라며 나자빠져?

스까뺑 아이고, 나리. 논리학자처럼 말씀하십니다. 제 말은 아드님께서 이 일과 운명론적인 상관관계가 있다는 뜻입니다.

아르강뜨 무슨 놈의 운명론적 상관관계야?

스까뺑 아드님이 나리처럼 점잖기를 바라시지요? 나리님은 젊지 않으시고 젊은이들은 젊습니다. 어른이 기대하는 만큼 신중함과 분별력을 가질 수는 없지요. 레앙드르 도련님이 산증인입니다. 제가 아무리 충고를 하고 훈계를 해도 아드님보다 더 한심한 일을 저질렀지요. 나리께서도 한창때 난봉깨나 피우신 걸로 알고 있습니다. 제가 듣기로 대단한 바람둥이였고 당시 잘나가는 여인들하고 염문깨나 뿌리셨다면서요. 한번 찍었다 하면 안 넘어가는 여자가 없었다고요.

아르강뜨 그건 사실이지. 자네 말이 정확하네. 그래도 난 함부로 행동하진 않았어. 아들놈이 저지른 이따위 일은 꿈도 안 꿨지.

스까뺑 아드님에게 어떤 일이 일어났는지 설명해드릴게요. 한 젊은 여자를 만났는데 바로 아드님을 좋아하기 시작했어요. (여자들이 도련님을 좋아하는데, 도련님은 아버지 피를 물려받은 것 같아요.) 아드님도 그 여자한테 끌리게 되었지요. 집에도 찾아가고 달콤한 얘기도 속삭이고 멋진 사랑의 고백을 하면서 열렬한 사랑으로까지 발전했지요. 둘은 연인이 되었습니다. 도련님이 원하시던 것을 쟁취한 겁니다. 그런데 말입니다. 그녀의 부모님이 이 사실을 알게 되었습니다. 결국 아드님을 협박하여 결혼시켰지요.

씰베스트르 (혼잣말로) 스까뺑 저놈, 잘도 꾸며대는군.

스까뺑 아드님이 그 상황에서 결혼을 안 할 수가 없었지요. 안 그러면 죽는데. 상황 이해되시지요?

아르강뜨 그런 말은 못 들었는데.

스까뺑 씰베스트르한테 한번 물어보세요. 똑같이 말할 겁니다.

아르강뜨 내 아들놈이 강제로 결혼당한 거냐?

씰베스트르 예, 나리.

스까뺑 제가 나리께 거짓말할 리가 있어요?

아르강뜨 결혼 직후 공증인에게 가서 협박성 강제 결혼이었다고 고발했어야 해.

스까뺑 아드님이 원치 않았습니다.

아르강뜨 그랬으면 내가 이 결혼을 파기하기가 더 쉬웠을 텐데.

스까뺑 둘을 갈라놓으신다고요?

아르강뜨 암, 갈라놓아야지.

스까뺑 이혼시키지 못하실 겁니다.

아르강뜨 왜 못 해?

스까뺑 못 하십니다.

아르강뜨 뭐라고? 내가 아버진데 그 정도도 못 해? 아들이 폭력을 당했는데 고소를 해서 혼을 내줘야지.

스까뺑 아드님이 나리님 말씀을 안 따를 겁니다.

아르강뜨 안 따라, 그놈이?

스까뺑 안 따를 겁니다.

아르강뜨 내 아들놈이?

스까뺑 강제로 남이 시킨 일을 따라서 하는 겁쟁이라고 아드님이 스스로 인정할 것 같습니까? 아드님은 절대로 시인 안 할 겁니다. 그것은 자기 잘못을 드러내는 일이지요. 아버지 위신도 깎이는 일이라고 생각할 겁니다.

아르강뜨 그건 말도 안 되는 얘기지.

스까뺑 두분의 명예를 살리려면 아드님이 좋아서 자발적으로 결혼한 것처럼 말해야 합니다.

아르강뜨 우리 둘의 명예를 지키려면 자의가 아니라 타의에 의한 거라고 해야지.

스까뺑 타의라고 안 할걸요. 절대 그렇게 안 할 겁니다.

아르강뜨 내가 하게 만들 거야.

스까뺑 쉽지 않으실 겁니다.[8]

아르강뜨 안 하고는 못 배기지. 상속권을 박탈할 테니까.

스까뺑 그렇게 하실 수 있어요?

아르강뜨 할 수 있지.

스까뺑 못 하실걸요.

아르강뜨 왜 못 해?

스까뺑 상속하실 거니까요.

---

8 이 대꾸부터 이 장 끝의 "날 짜증 나게 하는 이런 이야기는 이제 집어치우고"라는 말에 이르기까지, 이 대화체는 몇 마디만 제외하고는 「상상병 환자」에서 그대로 반복되었다. 오랜 전통 속에서 만들어진 이러한 익살은 이딸리아 희극 전통의 오래된 공동 자산에서 나온 것이다. 그러나 1682년 판본에서는 이 부분이 삭제되었는데, 아마도 「상상병 환자」와 중복되는 부분처럼 보이는 것을 피하기 위해서일 것이다.

아르강뜨　상속한다고?

스까뺑　분명히 하십니다.

아르강뜨　한다고?

스까뺑　그럼요.

아르강뜨　너 웃긴다. 내가 내 아들의 상속권을 못 빼앗는다고?

스까뺑　안 하신다니까요.

아르강뜨　어떤 놈이 못 하게 해?

스까뺑　나리 자신이시죠.

아르강뜨　내가?

스까뺑　예. 그럴 용기가 없으실 거예요.

아르강뜨　용기 있어.

스까뺑　농담하시는 거지요.

아르강뜨　농담 아니야.

스까뺑　아버지로서의 사랑이 나리를 사로잡을 텐데요?

아르강뜨　절대 그럴 리가 없어.

스까뺑　그러시군요, 예.

아르강뜨　내가 말하는 대로 될 거야.

스까뺑　소용없는 말씀 마세요.

아르강뜨　'소용없는 말씀'이라니, 어디 감히 그런 말을 하냐?

스까뺑　맙소사, 제가 나리를 아는데, 나리는 천성적으로 선한 분이시잖아요.

아르강뜨　난 좋은 사람 아니야. 필요할 땐 악질이야. 날 짜증 나게 하는 이런 이야기는 집어치우고 꺼져, 이 죽일 놈아! 가서 말썽쟁이 아들놈이나 찾아서 데려와. 나는 제롱뜨 씨나 만나러 가야겠어. 신세 한탄이나 해야지.

스까뺑 나리, 명령만 내리시면 제가 도와드리겠습니다.

아르강뜨 고맙네. 근데 왜 내겐 아들만 하나 달랑 남아 있지? 사라진 내 딸은 도대체 어디에 있을꼬? 살아만 있으면 걔한테 다 물려줄 텐데.

1막 5장

스까뺑, 씰베스트르

씰베스트르 너 정말 대단하다! 술술 잘 풀리는 것 같네. 그건 그렇고, 돈 달라고 멍멍 짖어대는 사람들이 우릴 쫓아다녀. 돈 문제를 빨리 해결해야 할 것 같은데.

스까뺑 내가 알아서 할게. 방법이 있어. 다만 믿을 만한 놈이 누군지 생각 중이야. 그놈한테 맡겨야 되는데…… 어, 가만있자. 네가 하면 잘하겠다! 모자 푹 눌러쓰고 깡패 흉내 내봐. 삐딱하게 서서, 손은 허리에 얹고, 눈을 부릅떠봐. 무대에 선 왕처럼 걸어보라고. 와, 제법인데! 따라와. 얼굴과 목소리도 바꿔줄게.

씰베스트르 네 말대로 하다가 잘못돼서 감방 가는 건 아니지?

스까뺑 걱정은 붙들어매. 우리는 모든 위험을 함께 나누는 형제야. 설혹 3년간 노예선을 젓는 고난을 겪더라도 우리의 고귀한 선행을 성사시켜야지.

2막 1장

제롱뜨, 아르강뜨

제롱뜨 확실합니다. 날씨를 보건대, 오늘 우리 집안사람들이 도착할 겁니다. 따랑뜨에서 온 선원이 우리 가족을 우연히 봤대요. 배를 막 타려고 하고 있었답니다. 그런데 아드님 얘기를 들어보니 우리 딸이 와봤자 아무 소용이 없군요. 우리가 세운 결혼 계획이 수포로 돌아갔으니 말입니다.

아르강뜨 걱정 마십시오. 이 모든 문제를 지금부터 깔끔하게 해결할 겁니다.

제롱뜨 아르강뜨 씨. 한 말씀 드려도 될까요? 아이들 교육은 바짝 신경 써야 하는 일입니다.

아르강뜨 그렇지요. 그런데 왜 그런 말씀을?

제롱뜨 말하자면요, 아이들의 행실은 부모 교육에 달려 있지요.

아르강뜨 그럴 수 있지요. 그런데 지금 왜 그런 말씀을 하시는 겁니까?

제롱뜨 왜 그런 말을 하냐고요?

아르강뜨 예.

제롱뜨 아들 교육 잘 시켰으면 이런 일이 안 벌어졌을 텐데 사태가 심각합니다.

아르강뜨 그렇군요. 그래서 나리께서는 아드님을 더 훌륭하게 교육[9]하셨겠지요?

9 앞서 제롱뜨는 '교육하다'라는 의미로 'morigéner'라는 단어를 썼고 여기서 아르강뜨는 'moriginer'라는 단어를 쓰고 있다. 둘 다 같은 의미이지만 'moriginer'는

제롱뜨　저야 교육 잘 시켰지요. 그따위 짓을 했다간 제가 가만 안 있죠.

아르강뜨　저보다 잘난 아버님이 아드님 교육을 잘 시켜서 지금 이 지경이 되었습니까?

제롱뜨　이 지경이라니요?

아르강뜨　이 지경이지요.

제롱뜨　무슨 말인지 이해가 안 갑니다.

아르강뜨　무슨 말인가 하면, 제롱뜨 씨, 그렇게 너무 성급하게 남의 행동을 비난해서는 안 된다는 말씀입니다. 타인을 비판하고자 하는 사람은 자신에게 잘못된 건 없는지 돌아봐야 한다는 말이지요.

제롱뜨　도대체 그건 무슨 말씀이에요?

아르강뜨　곧 아시게 될 겁니다.

제롱뜨　제 아들에 대해 들은 말이라도 있으십니까?

아르강뜨　조금 알지요.

제롱뜨　뭔데요?

아르강뜨　스까뺑이 대강 얘기해주었지요. 제가 기분이 언짢아서 자세히는 안 물어봤어요. 자세한 건 스까뺑이나 딴 사람한테 들어보세요. 지금 제 코가 석자입니다. 변호사 만나서 의논해야겠어요. 조만간 봅시다.

더 오래된 표현으로 17세기에는 거의 쓰이지 않던 것이다. 아르강뜨는 제롱뜨에 맞서기 위해 일부러 더 오래된 표현을 쓰고 있다.

2막 2장

레앙드르, 제롱뜨

제롱뜨 이게 무슨 뚱딴지같은 소리야? 레앙드르가 옥따브보다 더 골치 아픈 짓을 했나? 애비 몰래 결혼하는 놈보다 더 나쁜 짓을 할 수 있단 말이야? 아, 우리 아들, 이리 와보거라.

레앙드르 (와서 아버지를 안으려 한다) 아버님, 빨리 돌아오셔서 너무 기뻐요.

제롱뜨 (아들을 밀어내며) 가만있거라. 이야기 좀 하자.

레앙드르 아버지, 왜 저를 밀치세요? 저는……

제롱뜨 (다시 그를 밀치면서) 가만히 좀 있어라.

레앙드르 왜 그러세요? 이러시는 거 처음 봐요.

제롱뜨 너하고 담판을 좀 지어야겠다.

레앙드르 무슨 담판요?

제롱뜨 바로 서서 날 똑바로 봐.

레앙드르 똑바로요?

제롱뜨 내 두 눈 사이를 보아라.

레앙드르 두 눈 사이요?

제롱뜨 무슨 일이 있었던 거냐?

레앙드르 무슨 일이 있었냐고요?

제롱뜨 그래, 아버지 없는 동안 무슨 짓을 했냔 말이다.

레앙드르 뭘 해야 했는데요?

제롱뜨 뭘 해야 했는지를 묻는 게 아니야. 네가 무슨 짓을 했는지를 묻는 거야.

레앙드르 야단맞을 짓은 아무것도 안 했는데요.

제롱뜨 아무것도 안 했다고?

레앙드르 아무것도 안 했습니다.

제롱뜨 이놈 봐라. 딱 잡아떼네.

레앙드르 확실해요, 아버지. 전 결백해요.

제롱뜨 그러면 스까뺑이 거짓말했단 말이야?

레앙드르 스까뺑이오?

제롱뜨 저런, 스까뺑 이야기를 하니 얼굴이 빨개지는구나.

레앙드르 그놈이 저에 대해 뭐라고 하던가요?

제롱뜨 너와 계속 이 문제를 얘기하기에는 장소가 마땅치 않다. 옮기자. 집으로 먼저 가서 기다려라. 곧 따라가마. (혼잣말로) 저놈의 배반자! 아비 말을 무시하고 거역한다면, 그런 자식은 포기해야지. 내 눈앞에 다시는 얼씬도 못 하게 될 거야.

2막 3장

옥따브, 스까뺑, 레앙드르

레앙드르 이런 식으로 날 배반했다 이거지? 이 개자식! 내가 알려준 비밀을 지켜줘야 할 놈이 아버지께 앞장서서 고자질해? 하늘에 맹세코 이놈의 배신을 처단하리라.

옥따브 오, 스까뺑! 날 도와줘서 정말 고맙다. 넌 진짜 대단한 놈이야! 너 같은 사람을 보내주다니 하느님께 감사드려야지.

레앙드르 아, 여기 계시군. 악당 나리, 만나서 무척 기쁘군요.

스까뺑 도련님, 저 스까뺑입니다. 그렇게 말씀하시니 황송할 따름입니다.

레앙드르 (손에 칼을 들고서) 너, 어처구니없이 못된 짓을 했더구나. 혼 좀 나봐라.

스까뺑 (무릎을 꿇으며) 도련님.

옥따브 (레앙드르가 스까뺑을 찌르지 못하도록 둘 사이에 끼어들며) 레앙드르.

레앙드르 이러지 마, 옥따브. 말리지 말게, 제발.

스까뺑 제발, 도련님.

옥따브 (레앙드르를 제지하며) 제발 이러지 말게.

레앙드르 (스까뺑을 칼로 내려치려 하면서) 내 분한 마음을 풀도록 내버려두게.

옥따브 레앙드르, 너는 내 친구잖아. 제발 이러지 말게.

스까뺑 도련님, 제가 무슨 짓을 했다는 겁니까?

레앙드르 (내려치려 하면서) 네가 하고도 몰라? 배신자!

옥따브 (제지하며) 진정하게.

레앙드르 아니야, 옥따브. 이놈이 내게 어떤 배반 행위를 했는지 불게 해야 돼. 그래, 이 망할 놈. 네가 나를 가지고 놀아? 다 들었어, 이놈아. 세상에 비밀이 있는 줄 알아, 인마? 내가 모를 줄 알았지? 네 주둥이로 직접 지껄여봐. 안 그러면 베어버릴 테다.

스까뺑 아! 도련님, 설마 저를?

레앙드르 지껄여봐.

스까뺑 제가 도련님께 도대체 뭘 잘못했길래?

레앙드르 잘못했지, 이 자식아. 양심이 있으면 알 거다!

스까뺑 저는 정말로 무슨 말씀이신지 모르겠습니다.

레앙드르 (내려치려고 앞으로 가면서) 너야 모르지!

옥따브 (제지하며) 레앙드르, 제발.

스까뺑 말할게요. 말하겠어요, 도련님. 원하시는 대로 고백하겠습니다. 며칠 전 도련님께 선물로 들어온 작은 에스빠냐산 포도주 한통을 친구들과 마셔버렸습니다. 그걸 감추려고 그 나무 술통 틈바귀를 벌려서 술이 샌 것처럼 만들었지요. 일부러 바닥엔 물을 좀 뿌려놓았습니다.

레앙드르 이 나쁜 놈, 너였구나! 내 포도주 퍼마신 놈이, 난 그것도 모르고 술 가지고 장난친 게 하녀인 줄 알고 그년을 족쳤어.

스까뺑 제가 잘못했습니다, 도련님. 용서해주십시오, 제발.

레앙드르 진상이 밝혀졌으니 천만다행이다. 그거 말고 딴 거 있지?

스까뺑 그거 말고 딴 거라니요, 도련님?

레앙드르 딴 게 있지. 날 진짜로 해코지한 짓 어서 불어.

스까뺑 도련님, 다른 일은 기억이 안 납니다.

레앙드르 (내려치려 하면서) 안 불어?

스까뺑 에구.

옥따브 (제지하며) 진정하게.

스까뺑 불겠습니다, 도련님. 사실 3주 전 저녁에 나리가 사랑하시는 집시 아가씨에게 작은 시계를 가져다주라고 절 보냈을 때, 온통 옷이 진흙투성이가 되고 얼굴이 피투성이가 되어 집에 돌아와서는, 도둑을 만나 두들겨 맞고 시계를 빼앗겼다고 말씀드렸습지요. 그런데 도련님, 제가 바로 그 시계를 가로챘습니다요.

레앙드르 네가 내 시계를 가로챘다고?

스까뺑 예, 도련님. 시간을 잘 알고 싶어서 그랬습니다.

레앙드르 곶감 빼먹듯이 내 걸 잡수셨구먼. 세상에 너처럼 충직한 하인이 더 있을까? 그런데 내가 묻는 건 그 일도 아니야.

스까뺑 그 일도 아니라고요?

레앙드르 아니야, 이 비열한 놈아. 다른 일이야, 빨리 불어.

스까뺑 나 죽네!

레앙드르 빨리 지껄여봐. 나 지금 급한 거 알지?

스까뺑 제가 한 짓은 다 말씀드렸습니다.

레앙드르 (스까뺑을 내려치려 하면서) 이게 다라고?

옥따브 (앞으로 막아서며) 좀 참아, 자네.

스까뺑 또 하나 불겠습니다, 도련님. 6개월 전, 어느날 밤에 늑대 인간한테 흠씬 두들겨 맞으신 거 기억하시지요? 맞고 도망가다가 웅덩이에 빠져서 목이 부러질 뻔하셨잖아요.

레앙드르 그래서?

스까뺑 그 늑대인간이 바로 저였습니다.

레앙드르 이 비열한 놈. 그 늑대인간이 바로 너였다고?

스까뺑 맞습니다. 저희들에게 밤 심부름을 너무 자주 시키셔서 그랬어요. 밤길이 무섭다는 걸 알려드리려고 한 짓이에요.

레앙드르 네놈이 한 짓거리들을 내 머릿속에 시간, 장소 포함해서 똑바로 박아두겠어. 그럼 본론으로 들어가자. 아버지께 뭐라고 일러바쳤어? 말해봐.

스까뺑 도련님 아버님께요?

레앙드르 그래, 이 교활한 놈아. 내 아버지께 말이다.

스까뺑 그분이 돌아오시고 나서 뵙지도 못했는데요.

레앙드르　뵙지도 못했다고?

스까뺑　예, 도련님.

레앙드르　확실해?

스까뺑　확실합니다. 나리께 여쭤보시면 되잖아요.

레앙드르　아버지께서 직접 말씀해주셨는데.

스까뺑　죄송합니다만, 나리께서 사실을 말씀하시지 않은 겁니다.

2막 4장

까를, 스까뺑, 레앙드르, 옥따브

까를　나리, 애인분께 안 좋은 일이 생겨서 전해드리러 왔어요.

레앙드르　뭔데?

까를　집시들이 제르비네뜨와 도련님을 못 만나게 하고 사이를 떼어놓으려 합니다. 그녀가 눈물을 흘리며 빨리 가서 나리께 말씀드리라고 했어요. 두시간 안에 몸값을 마련해오지 못하면 나리는 그녀를 영원히 잃게 될 거라고 그러셨어요.

레앙드르　두시간 안에?

까를　예, 두시간 안에요.

레앙드르　아! 우리 스까뺑, 제발 좀 도와줘.

스까뺑　(잘난 척하며 레앙드르 앞을 지나가면서) 아! 우리 스까뺑! 내가 아쉬울 때만, 아! 우리 스까뺑!

레앙드르　좋아, 방금 나한테 말했던 것 다 용서해줄게. 그리고 또 저지른 게 있다면 더 나쁜 것도 용서할게.

스까뺑 안 됩니다, 안 되고말고요. 용서하시면 안 됩니다. 내 몸뚱어리를 칼로 자르세요. 즐겁게 죽겠습니다.

레앙드르 아니야, 안 되지. 널 죽이는 게 아니고 날 살려달란 말이야. 내 사랑을 지켜줘.

스까뺑 절대 안 됩니다, 절대 안 되지요. 저를 죽이셔야지요.

레앙드르 너를 죽이다니. 너의 천재적이고 끝장을 보는 귀한 솜씨를 나를 살리는 데 써주게.

스까뺑 제발 절 죽여주세요.

레앙드르 아, 스까뺑. 모든 걸 다 잊고 날 구해줄 생각만 하게. 부탁이야.

옥따브 스까뺑, 그를 살려주게나, 제발.

스까뺑 제가 그런 수모를 당하고 살려드릴 생각을 할 수 있겠습니까?

레앙드르 내 분별없는 성질 용서하게. 그리고 자네 쌈박한 머리 좀 빌려주게.

옥따브 나도 이렇게 간청하네.

스까뺑 제 가슴에 못을 박으셨습니다.

옥따브 제발 마음 풀게.

레앙드르 스까뺑, 내 사랑이 위기에 처했다네. 그냥 보고만 있을 건가?

스까뺑 느닷없이 그렇게 욕을 하면서 모욕을 주신 건 어떻고요!

레앙드르 내가 잘못했어. 인정할게.

스까뺑 저를 그렇게 개자식, 악당, 비열한 놈, 나쁜 놈으로 몰아세우시고는!

레앙드르 내가 그렇게 하다니 정말이지 후회막급이야.

스까뺑 칼로 제 몸을 베고 싶어하시더니!

레앙드르 내 온 마음을 다해 용서를 빌게. 제발 부탁이야. 날 버리지 말아줘. 무릎을 꿇어야 한다면, 자, 그렇게 할게, 스까뺑.

옥따브 아! 정말, 스까뺑. 이젠 좀 들어주게.

스까뺑 일어나세요. 이제 다시는 그렇게 불같이 성질부리지 마세요.

레앙드르 날 도와줄 거라고 약속하는 거지?

스까뺑 생각 좀 해보고요.

레앙드르 그런데 상황이 급박해. 너도 알잖아.

스까뺑 걱정하지 마세요. 얼마가 필요하세요?

레앙드르 500에뀌.

스까뺑 그리고 도련님은요?

옥따브 200삐스똘.

스까뺑 이 돈을 두 부친에게서 뜯어낼 생각입니다. 옥따브 도련님 부친께는 어떻게 할지 이미 작전이 완성되어 있습니다. 그리고 레앙드르 도련님 부친의 경우도 제게는 식은 죽 먹기입니다. 비록 그 양반이 지독한 구두쇠긴 하지만 다행히도 머리가 좀 별룹니다. 우리가 마음대로 요리할 수 있지요. 레앙드르 도련님, 기분 나빠하지 마세요. 두분이 닮은 건 외모지, 머리는 딴판이라고 다들 알고 있지요.

레앙드르 좀 지나치구나, 스까뺑.

스까뺑 네, 알겠어요. 죄송해요. 제가 말조심할게요. 사실은 별일도 아닌데. 아, 옥따브 도련님 부친께서 오시네요. 그분 먼저 시작합시다. 선착순으로. 두분은 얼른 피하세요. 도련님, 씰베스트르도 제 몫을 해야 되니 빨리 좀 불러주세요.

2막 5장

아르강뜨, 스까뺑

스까뺑　무슨 생각을 저렇게 하고 계시지?

아르강뜨　행실이 바르지 못하고 사리분별을 제대로 못 하다니! 물불을 안 가리고 그렇게 뛰어들다니! 정말, 젊은 것들, 경솔하기 짝이 없군.

스까뺑　나리, 소인입니다.

아르강뜨　그래, 스까뺑.

스까뺑　아드님 일을 골똘히 생각하시는 것 같습니다.

아르강뜨　자네에게 말하네만, 화도 나고 슬프네.

스까뺑　나리, 인생에는 좋지 않은 일들이 많이 일어나지요. 항상 준비하고 있는 게 좋아요. 제가 오래전에 들은 고대 현인[10]의 말이 늘 기억납니다.

아르강뜨　그건 뭔가?

스까뺑　그 현자의 말씀인즉, 가장은 집을 잠시 비우고 돌아왔을 때 온갖 골치 아픈 일이 벌어져 있으리라 예상할 줄 알아야 합니다. 불이 났다거나, 도둑맞았다든가, 아내가 죽었다거나, 아

10 테렌티우스를 지칭한다. 이 부분은 테렌티우스의 「포르미오」 2막 1장을 표본으로 삼고 있다.

들이 불구가 되었다거나, 딸이 몸을 버렸다든가 하는 일들 말입니다. 이런 일이 없으면 운이 좋은 거지요. 저는 말이지요, 이 교훈을 늘 새겨들었습니다. 제 경우에 집에 돌아갈 때면 언제나 주인들이 화를 내고, 야단치고, 엉덩이를 걷어차고, 몽둥이나 혁대로 때릴지도 모른다는 마음의 준비를 했습니다. 아무 일이 없으면 참 다행이라고 생각했지요.

아르강뜨 좋군. 그런데 아들의 결혼 문제가 내 의도와 다르게 진행된 걸 보니 한심하구나. 아들이 제멋대로 결정한 것을 묵과할 수 없지. 이혼시키려고 변호사를 만나고 오는 길이야.

스까뺑 나리, 절 믿으신다면 다른 방법으로 해결하도록 하시지요. 이 나라에서 소송이 얼마나 골치 아픈지 아시지 않습니까? 예상치 못한 복병도 있고요.

아르강뜨 자네 말이 맞네. 그럴 것 같아. 어떻게 하면 될까?

스까뺑 묘안이 있습니다. 나리가 슬퍼하시는 걸 보니 제 마음도 아파 방법을 생각해보았거든요. 자식 문제로 속 썩는 착한 아버지를 많이 봐왔습니다. 그런 분들을 뵈면 저도 가슴이 쓰려요. 그리고 전 언제나 나리의 인격을 존경해왔습니다.

아르강뜨 정말 고맙네.

스까뺑 그래서 제가 아드님 신부의 오빠를 만났습니다. 물불을 안 가리는 칼잡이지요. 쌈질만 하고 술 한잔 들이켜듯이 사람을 죽이는 폭력배입니다. 제가 결혼 얘기를 꺼냈지요. 폭력적 강제 결혼은 불법이니 쉽게 무효화시킬 수 있다고 엄포를 놓았어요. 신랑 아버지가 어떤 사람인지 겁도 주었습니다. 나리의 부권, 사법부와의 친밀한 관계, 정치적 영향력과 재력, 힘쓸 수 있는 주변의 친구들을 쫙 나열해서 이놈을 완전히 제압했습니다. 거기에 돈도 조금 준다고 했지요. 푼돈으로 해결 가능합니다.

아르강뜨 그래서 얼마면 되는데?

스까뺑 처음에는 이놈이 집 몇채 값보다 더 요구했어요.

아르강뜨 그게 얼만데?

스까뺑 천문학적 숫자예요.

아르강뜨 아니, 얼마냐니까?

스까뺑 500~600삐스똘을 바랍니다.[11]

아르강뜨 오백일열, 육백일열[12]을 줄까보다. 그놈 골로 가게. 까불고 있네.

스까뺑 저도 똑같은 말을 했습니다. 오륙백일열…… 단칼에 거절했지요. 우리 나리를 과소평가하는데 웃기지 말라고 했어요. 몇 마디 하니까 그놈이 수그러졌습니다. 그놈 말인즉 '500~600삐스똘은 취소하지. 그런데 말이야, 내가 군대에 가야 해서 준비를 해야 되거든. 당장 말을 사야 하는데 60삐스똘은 있어야 쓸 만한 걸 살 수 있을 거야. 할 수 없이 양보하지.'

아르강뜨 60삐스똘이라. 그건 주지.

스까뺑 그런데 그게 다가 아닙니다. 그놈이 한 말을 그대로 옮기겠습니다. '갑옷과 권총도 필요해. 20삐스똘이 더 있으면 될 거야.'

아르강뜨 20삐스똘이라. 그러면 60삐스똘하고 더하면 80삐스똘

11 이 장면은 테렌티우스의 「포르미오」에서 차용된 장면이다. 특히 결혼 무효를 위해 포르미오가 제시하는 터무니없는 비용 조건과 크레메스의 희극적인 망설임, 포르미오가 요구하는 것을 제타가 점차적으로 열거하는 것 등이 비슷하다.

12 「부르주아 귀족」 2막 4장의 주 25번 참고. 아르강뜨는 여기서 당대인들이 신의 힘에 의해 발생한다고 믿었던 사일열에 빗대 저주를 퍼붓고 있다.

이네.

스까뺑 예, 맞습니다.

아르강뜨 좀 많은데. 에라, 줘버리지.

스까뺑 '내 똘마니도 말 한마리 줘야겠는데. 그건 30삐스똘.'

아르강뜨 이런 죽일 놈. 놀고 있네. 돈이 썩어도 땡전 한푼 못 줘.

스까뺑 진정하시고요.

아르강뜨 턱도 없지. 그놈, 진짜 사기꾼이네.

스까뺑 그럼 그 똘마니는 걸어가라고요?

아르강뜨 걸어가거나 말거나. 주인도 마찬가지야.

스까뺑 세상에, 나리. 사소한 것을 가지고 그러시면 안 됩니다. 소송 같은 건 생각 마십시오. 사법부의 손을 빌리지 마시고 무엇이든 다 주셔야 합니다.

아르강뜨 그래, 좋아. 30삐스똘을 더 버리지.

스까뺑 그놈이 또 이럽디다. '노새 한마리가 있어야 짐이라도 싣지.'

아르강뜨 노새하고 놀다 뒈지라고 해. 그만해. 해도 너무하네. 망할 놈. 다 때려치우고 재판으로 해결해야겠어.

스까뺑 재판이요?

아르강뜨 재판으로 가야지. 한푼도 줄 수 없어.

스까뺑 나리. 노새 한마리일 뿐인데요.

아르강뜨 당나귀도 안 돼.

스까뺑 참 나……

아르강뜨 그래. 소송 걸겠어.

스까뺑 아니, 나리. 무슨 생각이세요? 그 골치 아픈 재판을 하시려고요? 재판 얘기를 해드릴게요. 소환 절차, 재판 절차를 다 감수하셔야 합니다. 그게 얼마나 귀찮은지 아십니까? 집달리나

검사, 변호사, 서기, 검사대리, 사무원, 판사, 그리고 판사의 서기들이 눈에 불을 켜고 나리와 같은 분을 좋은 먹잇감[13]으로 생각할 겁니다. 이 사람들은 어떤 사소한 일로도 지위고하를 막론하고 불리하게 만들 수 있어요. 집달리는 허위 영장을 줍니다. 나리는 영문도 모른 채 유죄선고를 받게 됩니다. 검사는 상대편과 결탁해서 돈을 받고 나리를 팔아넘깁니다. 매수된 변호사는 변호할 때는 있지도 않거나, 아니면 허튼소리만 하다가 정작 본론에는 들어가지도 않습니다. 법원 서기는 결석재판에서 나리에게 불리한 판결과 포고를 교부합니다. 보고 서기는 서류를 절취하거나, 아니면 자신이 보지도 않은 것을 마음대로 꾸며댑니다. 그래서 나리가 아무리 대비를 해도, 판사들은 제멋대로 판결을 내리지요. 심지어는 자신을 신봉하는 자들이나 자기가 좋아하는 여자가 있으면 그쪽에 유리하게 판결합니다.[14] 만일 그런 사태가 벌어진다면 나리는 너무나 힘들어지시지요. 되도록이면 이 지옥에서 벗어나세요. 소송을 제기해야 한다면, 그건 이 세상에 태어나는 순간부터 저주받은 겁니다. 소송은 생각만 해도 끔찍한 일입니다.

아르강뜨 그래, 그럼 노새 값도 줘야겠네. 얼마지?

스까뺑 나리, 노새와 그놈이 타는 말, 똘마니 것, 갑옷, 권총, 그리고

---

13 재판관들의 부패, 특히 판사와 검사의 부패는 많은 공식적인 자료에서 비판하고 있는 공인된 사실이었다. 문학도 이러한 비판에 가세했는데, 특히 장 라신의 「소송광들」(Les Plaideurs) 1막 1, 4장과 라 퐁뗀의 『운문 이야기집』(*Contes et nouvelles en vers*, 1666) 2부 「성 줄리앙의 기도」(*L'oraison de saint Julien*)가 대표적이다.

14 재판이 있기 전 판사를 찾아가서 만나고 필요한 경우에는 끝난 뒤에도 찾아가서 감사의 표시를 하는 것이 17세기에 허용된 관행이었을 뿐 아니라 예절이기도 했다. 직업적인 '소송 간청인'이 나올 정도였다.

그놈이 술집에 빚진 돈을 지불하는 것까지 다 해서 200삐스똘을 요구합니다.

아르강뜨 200삐스똘이라고?

스까뺑 예.

아르강뜨 (화가 나서 무대를 따라 왔다 갔다 하면서) 됐어. 재판하자.

스까뺑 잘 생각해보세요……

아르강뜨 재판이 차라리 낫겠네.

스까뺑 그렇게 성급하게 결정하지 마세요……

아르강뜨 그래도 할 거야.

스까뺑 그렇지만 재판하시려면 돈이 있어야 해요. 영장이나 소환장 송달을 하려 해도 돈이 필요합니다. 위임장, 출두, 자문, 서류 제출을 할 때도, 검사 사례금을 낼 때도 돈이 있어야 해요. 변호사 자문을 구할 때도, 구두 변론을 할 때도 돈이 듭니다. 서류를 되찾아오려 할 때나 사본을 만들 때도 마찬가지고요. 검사대리의 보고서, 평결세,[15] 서기의 기록, 예비 판결, 판결과 포고, 등록부, 서명, 서기들이 작성할 사본 등에 다 돈이 들 겁니다. 게다가 나리는 온갖 뇌물도 바쳐야 합니다. 차라리 이 돈을 그자한테 다 주고 나리는 이 문제에서 벗어나세요.

아르강뜨 뭐라고? 200삐스똘을?

스까뺑 예, 그게 돈을 버는 겁니다. 재판 비용을 계산해보았거든요. 그놈한테 직접 주면 200삐스똘, 재판하면 350삐스똘이 듭니

15 '세금'이라는 뜻으로 '향신료'를 뜻하는 'épice'라는 단어를 쓰고 있다. 이 용어는 17세기에 소송에서 이긴 사람이 판사에게 과자류나 여러 선물을 주면서 감사를 표했던 데서 유래한다. 1670년에는 칙령으로 이러한 관행을 금지했으나 소용없었다.

다. 차액이 150. 짜증 나는 법원에 왔다 갔다 하지 않는 게, 그 게 버는 겁니다. 엉터리 변호사들이 지껄이는 쓸데없는 소리는 안 들어도 됩니다. 소송을 제기하느니 차라리 300삐스똘을 줘버리는 게 나아요.

아르강뜨 소송이 낫지. 변호사들은 내가 찍소리 못 하게 할 거야.

스까뺑 잘해보십시오. 그러나 제가 나리라면 소송은 피할 겁니다.

아르강뜨 200삐스똘은 안 줄 거야.

스까뺑 문제의 주인공이 저기 오네요.

2막 6장

씰베스트르, 아르강뜨, 스까뺑

씰베스트르[16] 스까뺑, 옥따브의 부친인 아르강뜨 씨는 어떤 분인가?

스까뺑 왜 그러시지요, 검객님?

씰베스트르 그자가 날 고발하려 한다는데…… 내 여동생의 결혼을 법으로 깨고 싶은 거지.

스까뺑 그럴 생각이신 줄은 저도 몰랐습니다만, 검객님이 요구하는 200삐스똘에는 절대 동의하시지 않습디다. 너무 많다고 하셨지요.

씰베스트르 빌어먹을. 그놈 찾기만 해봐, 숨통을 끊어놓을 테니. 수

16 1682년 판본에는 '검객으로 변장한'이라는 지문이 들어가 있다.

레바퀴 형벌로 치여 죽는 한이 있어도 말이야.

아르강뜨, 발각되지는 않고 스까뺑 뒤에 숨어 떨고 있다.

스까뺑 검객님, 옥따브 도련님의 부친은 담력이 크신 분입니다. 검객님를 두려워하지 않을 겁니다.

씰베스트르 그놈이? 그 작자가? 젠장. 보기만 하면 당장 배때기에 칼을 쑤셔박을 텐데. 저 작자냐?

스까뺑 아닙니다, 검객님. 저분 아닙니다.

씰베스트르 저놈 친구들 중 한명이냐?

스까뺑 아닙니다, 검객님. 반대로 그분의 철천지원수지요.

씰베스트르 철천지원수?

스까뺑 예.

씰베스트르 아, 아무렴. 반가운 말이군. 자넨 그 머저리 같은 아르강뜨의 원수인가?

스까뺑 예. 제가 답을 드리자면 그렇습지요.

씰베스트르 (아르강뜨의 손을 거칠게 잡으면서) 자, 악수하세. 내가 약속하네. 내 명예를 걸고, 내가 들고 있는 이 칼을 걸고, 내가 할 수 있는 모든 서약으로 맹세컨대, 오늘 중으로 이 몹쓸 부랑아, 상놈 같은 아르강뜨를 처분하겠네. 나만 믿게.

스까뺑 나리, 이 나라에서 폭력은 허용되지 않습니다.

씰베스트르 상관없어. 게다가 난 잃을 것도 없어.

스까뺑 필경 경호원들이 붙어 있을 겁니다. 검객님은 그분을 죽이고 싶겠지요. 그러나 부모, 친구, 하인 들도 그를 도와줄 겁니다.

씰베스트르 그게 바로 내가 바라는 바야. 빌어먹을. 내가 바라는 게 바로 그거라고. (손으로 칼을 잡고 마치 자기 앞에 여러 사람들이 있는 것처럼 사방으로 마구 찌른다.) 대가리를 찌르고! 이제는 배때기! 지금 당장 내 눈앞에 나타나! 그놈 패거리도 나타나. 30명에게 둘러싸인 내 모습을 보아라. 무기를 들고 동시에 덤벼봐! 뭐라고? 이 부랑아 같은 놈들, 감히 나한테 대들 용기가 있느냐? 덤벼, 망할 놈들. 날 죽여봐, 사정없이. 공격. 힘차게 찔러. 자세 똑바로, 눈도 똑바로! 이 망나니, 너절한 놈. 어쭈, 제법이야. 끝장내. 버텨봐, 이 새끼들. 버티라고. 일격. 다시 일격. 이쪽. 저쪽. 아니, 후퇴해? 안 되지, 요놈들아. 버텨봐. 버티라니까.

스까뺑 왜 그러세요, 검객님, 우리 아니에요.

씰베스트르 감히 나한테 대들면 어떻게 되는지 가르쳐주려는 거야.

스까뺑 보셨죠? 200삐스똘 때문에 사람들이 수도 없이 죽어요. 나리도 혹시…… 건승을 빕니다.

아르강뜨 (떨면서) 스까뺑.

스까뺑 왜요?

아르강뜨 200삐스똘 주겠네.

스까뺑 됐다! 나리를 위해서 정말 잘 결정하셨습니다.

아르강뜨 그 칼잡이 찾으러 가자. 돈은 내게 있어.

스까뺑 돈은 제게 주시면 됩니다. 좀 전에는 딴 사람 행세를 하셨는데, 나리가 몸소 가시는 건 체면이 안 서지요. 게다가 직접 만나면 돈을 더 내놓으라고 할지 몰라요.

아르강뜨 일리는 있네. 하지만 내 돈을 주는 거니까 내가 직접 주어야 내 맘이 편하지.

스까뺑 저를 못 믿으시는 겁니까?

아르강뜨 꼭 그런 건 아닌데……

스까뺑 아무렴요, 나리. 제가 사기꾼입니까, 정직한 사람입니까? 둘 중의 하나겠지요. 나리는 제롱뜨 나리와 사돈을 맺으려 하시지요? 제가 하는 모든 일이 두분의 이익만을 위한 겁니다. 이 마당에 제가 어떻게 사기를 칩니까? 행여라도 저를 의심하신다면 당장 손 떼겠습니다. 딴 적임자를 찾아보십시오.

아르강뜨 할 수 없네. 여기 돈 받게.

스까뺑 싫습니다. 제게 맡기지 마십시오. 다른 사람에게 시키시는 게 제 마음이 더 편하겠습니다.

아르강뜨 받으라니까.

스까뺑 아닙니다. 절 믿지 마시라니까요. 제가 나리의 돈을 빼돌릴지 누가 알겠어요?

아르강뜨 받으라니까 그러네. 더이상 뻰대지 말고. 그자를 만나면 실수 없이 마무리짓게.

스까뺑 제게 맡기십시오. 그 검객놈이 아무하고나 상대하겠습니까?

아르강뜨 집에서 기다리고 있겠네.

스까뺑 꼭 들르겠습니다. 자, 한마리 잡았고, 또 한마리만 잡으면 되겠다. 아! 저것 봐라. 두번째 물고기가 보이네. 하늘이 한마리 보내주시고 바로 또 한마리를 내 그물 속에 넣어주시는군.

2막 7장

제롱뜨, 스까뺑

스까뺑[17] 오, 하느님 맙소사! 이런 예기치 못한 불행이! 아비 심정은 얼마나 처참할까? 불쌍도 하시지, 제롱뜨 나리! 이제 어떡하나?

제롱뜨 저놈이 나에 관해 무슨 말을 지껄이는 거지? 얼굴은 슬퍼 보이네.

스까뺑 누구에게 물어봐야 제롱뜨 나리가 어디 계신지 알 수 있을까?

제롱뜨 무슨 일인가, 스까뺑?

스까뺑 이 엄청난 사건을 말씀드려야 하는데 도대체 어디 계신 거야?

제롱뜨 도대체 무슨 일이냔 말이다.

스까뺑 이렇게 사방팔방 뛰어다녀도 찾을 수가 없네.

제롱뜨 나 여기 있네.

스까뺑 희한한 곳에 숨어 계시는 거 아니야?

제롱뜨 이놈 봐라. 눈 뜬 장님이네.

스까뺑 아, 나리. 도저히 뵐 수가 없었어요.[18]

제롱뜨 한시간째 바로 옆에 있었네. 그런데 무슨 일이야?

스까뺑 나리……

제롱뜨 뭔데?

17 1682년 판본에는 '제롱뜨를 보지 못한 것처럼 하면서'라는 지문이 있다.

18 눈앞에 두고 못 본 척하는 장면은 플라우투스가 선보인 이래, 꼬메디아 델라르떼에서는 오래된 전통이자 자주 사용된 '장면장난'이다.

스까뺑 나리, 아드님이……

제롱뜨 아들놈이 왜……

스까뺑 아드님이 상상조차 하기 힘든 무서운 함정에 빠졌습니다.

제롱뜨 무슨 함정?

스까뺑 도련님이 오늘 오후 무척 슬퍼 보였습니다. 혹시 나리께서 뜬금없이 저에 대해 뭐라고 하셨나요? 도련님을 위로할 겸 항구에 산책하러 갔습니다. 거기서 멋진 터키 배를 보았지요. 잘생긴 터키 청년이 들어오라고 손짓을 했습니다. 아주 공손하게 우리를 맞아주며 음식도 대접하더군요. 머리털 나고 제일 맛있는 과일도 먹고 포도주도 마셨지요. 대단했습니다.

제롱뜨 이 일에 그렇게 슬플 게 뭐가 있냐?

스까뺑 나리, 이제 본론을 말씀드리지요. 식사 중에 그놈이 배를 출항시켰습니다. 항구에서 멀어지자 쪽배를 내리고는 저를 태웠습니다. 그러고는 도련님 아버지를 찾아서 500에뀌를 즉시 받아오지 않으면, 아드님을 알제리[19]로 싣고 간다고 협박했습니다.

제롱뜨 뭐라고? 500에뀌씩이나?

스까뺑 예, 나리. 게다가 두시간 안에 가져오라고 했어요.

제롱뜨 이 썩을 터키놈. 이런 식으로 날 죽이려고.

스까뺑 그렇게 귀하신 아드님이 붙잡혀 있으니, 어떻게 구해올지 빨리 생각하셔야 합니다.

제롱뜨 도대체 그 배를 왜 탄 거야?

19 알제리에서 이집트에 이르는 바르바리아 지역은 그 당시 오토만 제국의 지배 아래 있었기 때문에 '터키'라는 단어는 일반적으로 알제리 민족을 가리키는 데 사용되었다.

스까뺑 그런 일은 상상도 못 하고 우연히 탔습니다.

제롱뜨 가게, 스까뺑. 가서 그 터키놈에게 말하게. 놈을 잡으러 경찰을 내가 보낸다고.

스까뺑 경찰이 배를 쫓아간다고요? 말도 안 되는 소리지요.

제롱뜨 그놈의 배를 도대체 왜 탄 거야?

스까뺑 고약한 운명의 장난이지요.

제롱뜨 스까뺑, 충실한 하인의 직무를 다해야지.

스까뺑 무슨 말씀이세요, 나리?

제롱뜨 가서 터키놈에게 말하란 말일세. 내 아들을 보내라고. 그리고 아들 대신 자네가 잡혀 있게. 그동안 내가 돈을 마련하겠네.

스까뺑 나리, 제정신이세요? 그 터키놈들이 어떤 놈들인데, 도련님과 저를 맞바꾸려고 하겠어요?

제롱뜨 그 망할 놈의 배를 왜, 도대체 왜 탄 거야?

스까뺑 이런 불행이 생기리라고는 꿈에도 생각 못 하고 탔지요. 시간이 두시간밖에 없다는 것을 잊으시면 안 됩니다.

제롱뜨 얼마라고 했던가?

스까뺑 500에뀌.

제롱뜨 500에뀌! 미친놈!

스까뺑 맞습니다. 그 터키놈 양심 없이 미쳐 날뜁니다.

제롱뜨 그놈은 500에뀌가 얼만지 알기나 하나?

스까뺑 당연히 알겠지요, 나리. 1500리브르라는 걸 잘 알고 있습니다.

제롱뜨 그 자식은 1500리브르가 땅 파면 나오는 줄 아나?

스까뺑 땅이고 뭐고 돈만 아는 놈들입니다.

제롱뜨 그 터키놈 배는 뭐 하러 탄 거야?

스까뺑 안 탔어야 합니다. 그 배가 하도 멋있어서 빨려들어갔습니다. 나리, 서두르셔야 합니다.

제롱뜨 받게나, 내 장롱 열쇠일세.

스까뺑 좋아요.

제롱뜨 장롱을 열면,

스까뺑 예, 잘 생각하셨어요.

제롱뜨 왼쪽에 큰 열쇠가 보일 걸세. 그게 내 창고 열쇠네.

스까뺑 예.

제롱뜨 큰 광주리 안에 든 옷을 몽땅 가지고 가서 팔아치우게. 그 돈 가지고 내 아들을 구하러 가게.

스까뺑 (열쇠를 돌려주면서) 세상에, 나리. 지금 제정신이세요? 그걸 다 팔아도 100프랑도 안 될 겁니다. 게다가 시간도 없습니다.

제롱뜨 그 터키놈 배는 미쳤다고 탄 거야?

스까뺑 하나 마나 한 소리를 또 하시네요! 배 타령 그만하시고 시간만 생각하세요. 아드님을 잃을지도 모릅니다. 이 일을 어쩝니까! 가련한 나의 도련님, 다시는 뵙지 못할 것 같네요. 지금 벌써 이 순간에 알제리로 끌려가고 있는 거 아닐까요. 하늘도 도련님을 위해 제가 최선을 다하고 있다는 걸 알 겁니다. 도련님을 구출 못 하면, 순전히 비정한 아버님 탓이라고 생각할 겁니다.

제롱뜨 기다려봐, 스까뺑. 가서 돈을 구해올 테니.

스까뺑 그러면 서두르세요, 나리. 제가 시간을 붙들어맬 수가 없거든요.

제롱뜨 400에뀌라고 했던가?

스까뺑 아니요, 500에뀌입니다.

제롱뜨 500?

스까뺑 500.

제롱뜨 그 터키놈 배를 탄 게 미친 짓이었어.

스까뺑 미친 짓이었습니다. 빨리 가세요.

제롱뜨 산책할 데가 그렇게 없었나?

스까뺑 없었어요. 시간 없습니다.

제롱뜨 이 저주받을 터키 뱃놈들아! 갤리선 같으니라고!

스까뺑 그놈의 배, 배, 배.

제롱뜨 스까뺑, 자, 여기 있어. 조금 전에 받은 금화가 내 수중에 있다는 걸 잊고 있었네. 기대 안 했던 돈 받고 너무 기쁘더라니. (스까뺑에게 돈주머니를 내놓으면서도 바로 주지는 않고 팔을 이리저리 막 흔든다. 스까뺑도 잡으려고 팔을 흔든다.) 받게나. 얼른 가서 아들을 찾아오게.

스까뺑 예, 알겠습니다, 나리.

제롱뜨 그 터키놈에게 흉악범이라고 욕해줘.

스까뺑 예, 그러겠습니다.

제롱뜨 비열한이라고도.

스까뺑 예.

제롱뜨 도둑놈, 날강도.

스까뺑 그렇게 할게요.

제롱뜨 힘들게 번 돈을…… 강탈당하다니…… 500에퀴씩이나…… 나쁜 새끼들.

스까뺑 나쁜 새끼들.

제롱뜨 살아서든 죽어서든 그 작자에게 절대 줄 수 없는 돈인데.

스까뺑 절대.

제롱뜨 붙잡기만 해봐라. 요절을 내야지.

스까뺑 요절을 내야죠.

제롱뜨 (호주머니에 돈주머니를 살짝 도로 넣고는 떠난다) 서둘러. 빨리 가서 내 아들을 찾아오게.

스까뺑 (그를 뒤쫓아가면서) 잠깐만요, 나리.

제롱뜨 왜 그러나?

스까뺑 돈은 어디 있습니까?

제롱뜨 자네에게 주지 않았나?

스까뺑 안 주셨는데요. 다시 주머니에 넣으셨습니다.

제롱뜨 아, 내 정신 좀 봐. 너무 힘드니까 헷갈렸네.

스까뺑 헷갈리셨습니다.

제롱뜨 가만있자. 왜 그 배 근처에 가고…… 그 배를 탔지? 터키놈! 아! 배가 나쁜 놈이네! 터키놈은 더 나쁜 놈이네!

스까뺑 나한테 500에뀌 뜯기더니 배 좀 아프신 모양이군. 그 정도로는 내 빚을 다 못 갚지. 나머지 빚은 딴 방법으로 갚아야 할걸. 영감탱이가 아들한테 내 험담을 해서 나를 곤란하게 만든 죄를 벌하겠노라.

2막 8장

옥따브, 레앙드르, 스까뺑

옥따브 스까뺑, 내 작전 성공했나?

레앙드르 내 작전은? 내 사랑은 구할 수 있겠지?

스까뺑　도련님 아버님 돈, 200삐스똘 받으세요.

옥따브　아, 이렇게 기쁘고 고마울 수가!

스까뺑　도련님 것은 실패한 것 같아요.

레앙드르　(떠나려고 하면서) 아, 이제 난 죽어야지. 제르비네뜨 없이는 난 숨을 쉴 수가 없어.

스까뺑　가지 마세요. 왜 이리 성급하세요.

레앙드르　(돌아서면서) 그럼 어찌해야 해?

스까뺑　자, 여기 있습니다. 나리 거예요.

레앙드르　(다시 돌아온다) 아, 자네가 날 살렸네.

스까뺑　그런데 조건이 있어요. 도련님 아버지에게 제게 한 만큼 복수할 겁니다.

레앙드르　마음대로 복수하게.

스까뺑　증인 앞에서 약속하신 겁니다.

레앙드르　그렇고말고.

스까뺑　자, 여기 500에뀌.

레앙드르　빨리 몸값을 지불하고 내 사랑을 찾아와야지.[20]

20 17세기까지 시칠리아와 나뽈리에 노예제도가 남아 있긴 했지만, 극중 제르비네뜨는 엄밀한 의미에서 노예는 아니다. 그러므로 여기서 제르비네뜨의 '구출'은 그녀를 데려가서 이익을 도모하고자 했던 사람들에게 주는 손해배상의 형태에 해당한다.

3막 1장

제르비네뜨, 이아생뜨, 스까뺑, 씰베스트르

씰베스트르 두분, 같이 계시래요. 도련님들에게 그렇게 지시받았습니다.

이아생뜨 그 지시 한번 멋들어지네요. 이분은 함께 있으면 정말 즐거워요. 우리 애인들의 우정이 우리 둘 사이에도 자연스럽게 생길 거예요.

제르비네뜨 저도 좋아요. 우정이 생기면 쭈뼛거리지 않고 바로 친해지는 편이에요.

스까뺑 사랑으로 다가올 때는요?

제르비네뜨 사랑은 좀 다른 것 같아요. 약간의 위험 부담이 따르니까요. 제가 그렇게 대담하지는 못하거든요.

스까뺑 제가 볼 때 레앙드르 도련님에 대해서는 상당히 적극적이실걸요. 조금 전에 도련님이 아가씨를 위해 아주 큰일을 하셨으니 아가씨 마음에 사랑이 싹틀 거예요. 그렇게 되면 도련님의 열정은 근사한 열매를 맺게 되는 거지요.

제르비네뜨 전 신사도가 좋아요. 그분이 저를 위해서 뭘 해주셨다고 해서 전적으로 그분을 신뢰할 수도 없어요. 전 성격이 쾌활해서 잘 웃지만 때로는 진지해요. 저를 구해주었다고 해서 제가 그분의 여자가 다 되었다고 믿는다면 그건 착각이에요. 그러기 위해선 다른 게 더 필요해요. 그분이 제 사랑을 모두 갖고자 한다면, 격식을 갖추어 정식 결혼을 해야 합니다.

스까뺑 도련님도 그렇게 생각하고 있습니다. 오로지 순수하고 진실한 마음으로 아가씨를 적극적으로 사랑하고 있지요. 도련님이 다른 생각을 품고 있다면, 전 이런 일에 관여하지 않습니다.

제르비네뜨 당신의 말씀을 들으니 더 안심이 되네요. 그렇지만 그분 아버님이 반대하실 것 같아 염려됩니다.

스까뺑 그 문제는 해결할 방도가 있을 겁니다.

이아생뜨 우리 둘의 상황이 너무 비슷해서 더 가깝게 느껴지네요. 당신이나 저나 불안하기도 하고 어려운 처지에 놓여 있잖아요.

제르비네뜨 당신은 저보다는 나아요. 다행히 적어도 출생에 대해서는 아시잖아요. 시댁에서 당신 부모에 대해 알게 되면 만사가 잘 해결될 거예요. 확실하게 행복도 보장되고 결혼도 인정받을 거예요. 그러나 제 처지는 어떤 도움도 받을 수 없어요. 저는 돈만 밝히는 그분 아버님의 뜻을 누그러뜨릴 수 없는 상황이랍니다.

이아생뜨 그러나 당신도 저보다 유리한 점이 있어요. 부모님이 그분을 딴 사람에게 결혼시키려 하진 않잖아요.

제르비네뜨 애인의 변심은 슬픈 일이지요. 그러나 그렇게 걱정할 일은 아니에요. 서로 사랑하고 사랑받는 것은 자연스럽게 이루어질 수 있다고 봐요. 그보다 사랑을 망가뜨리는 무서운 것이 하나 있습니다. 바로 전권을 휘두르는 부모의 횡포예요.[21]

이아생뜨 오, 너무 슬퍼요! 이렇게 진실하게 사랑하는데 왜 이리 어

21 로마법에서 나온 아버지의 힘(patria potestas)의 원리는 17세기에 아버지와 자식의 관계, 특히 배우자를 선택하는 문제를 지배했다. 몰리에르는 사랑하는 사람들의 행복을 방해하는 장애물로 부권을 휘두르는 인물을 빈번하게 사용하였다.

려움이 많지요? 옥따브와 저는 사랑의 사슬에 묶여 있어요. 장애물이 없다면 사랑한다는 것은 얼마나 달콤한 일일까요!

스까뺑 아가씨, 원, 그런 말씀을. 아무 문제 없는 사랑은 지루한 고요함입니다. 남녀 간에 아무리 완벽하게 행복하다 해도 지겨울 거예요. 삶에는 기복이 있어야 해요. 원하는 대로 일이 잘 안 풀리면 더 열정이 생기고 즐거움이 배가되지요.

제르비네뜨 그런데 말이에요, 스까뺑. 그 이야기 좀 해주세요. 진짜 재미있다고 들었어요. 늙은 구두쇠 양반에게서 돈을 뜯어낸 무용담 말이에요. 저희들이 즐겁게 들으면 당신도 기분이 좋을 것 아니에요.

스까뺑 씰베스트르가 저 못지 않게 재미있게 얘기해줄 겁니다. 사실 저는 골탕 먹일 일이 하나 있어서요. 머리를 요리조리 굴리느라 정신없어요. 아주 통쾌할 겁니다.

씰베스트르 왜 그런 일까지 또 벌여? 그게 재밌어?

스까뺑 위험한 일을 시도하는 게 스까뺑 스타일이지.

씰베스트르 때려치워. 내 생각에는 내가 옳은데!

스까뺑 내 생각에는 내가 옳은데!

씰베스트르 그게 뭐가 그렇게 재미있나?

스까뺑 그럼 자넨 뭐가 그렇게 재미없나?

씰베스트르 잘못돼서 네가 몽둥이로 얻어맞는 걸 보기 싫으니까 그렇지. 안 해도 되잖아.

스까뺑 아니, 내 등짝 맞지, 자네 등짝 맞나?

씰베스트르 그렇지, 자네 어깨는 자네 거지! 마음대로 하게.

스까뺑 이까짓 위험은 밀고 나가야지. 겁 많은 놈들은 질색이거든. 구더기 무서워서 장 못 담그냐?

제르비네뜨 당신의 도움이 필요해요.

스까뺑 염려 마세요, 손 좀 보고 다시 오겠습니다. 어떤 놈인가 하면, 나를 배신자로 만들고도 처벌을 안 받은 놈이에요. 우리끼리 한 얘기를 쓸데없이 지껄여서 날 창피하게 만든 인간이지요.

3막 2장

제롱뜨, 스까뺑

제롱뜨 그런데, 스까뺑, 내 아들 일은 어떻게 되었나?

스까뺑 아드님은 안전한 곳에 있습니다. 그런데 나리가 지금 대단히 위험하십니다. 댁에 숨어 계셔야 되는데……

제롱뜨 무슨 일인가?

스까뺑 지금 나리를 죽이려는 자들이 눈에 불을 켜고 나리를 찾고 있습니다.

제롱뜨 나를?

스까뺑 예.

제롱뜨 도대체 누가?

스까뺑 옥따브 신부의 오빠입니다. 나리께서 옥따브의 신부를 밀어내고 따님을 결혼시키려는 계획을 세우셨지요. 화가 난 신부 오빠가 그 계획을 막는 것이 집안의 명예를 살린다고 생각해서 나리를 찾아다닙니다. 칼잡이 친구들과 함께 사방으로 나리를 찾아다니며 사람들에게 행방을 묻고 다녀요. 나리 댁으로 가는 길목마다 무리를 지어 진을 치고 있고요. 그러니 나리는 댁으로 가실 수도 없고 옴짝달싹 못 하시게 되어서 큰일이네요. 실수라도 하시면 그들의 수중에 영락없이 잡히실 거예요.

제롱뜨　그럼 어떻게 하지, 우리 스까뺑?

스까뺑　저도 모르겠어요, 나리. 아주 무시무시해요. 나리 생각을 하면 머리부터 발끝까지 부들부들 떨려요. 잠깐만요.

돌아서서 아무도 없는지 무대 끝까지 가서 보는 척한다.

제롱뜨　(떨면서) 왜 그러나?

스까뺑　(다시 오면서) 아니요, 아니에요, 아닙니다, 아무것도 아닙니다.

제롱뜨　어떻게 하면 내가 여기서 빠져나갈 수 있을까?

스까뺑　하나 있긴 합니다만, 제가 죽을 위험이 있어서요.

제롱뜨　저런, 스까뺑. 헌신적인 하인의 모습을 보여주게. 제발 날 버리지 말아줘.

스까뺑　저도 그러고 싶어요. 나리를 너무 위하는 나머지 도와드리지 않으면 제가 괴롭지요.

제롱뜨　반드시 보답할게. 약속해. 이 옷을 좀더 입고 닳으면 네게 하사하마. 약속해.

스까뺑　아, 생각났어요. 나리를 구할 수 있는 기가 막힌 방법이 있어요. 이 자루[22] 속에 들어가세요. 그리고……

제롱뜨　(누군가를 봤다고 생각하고) 아!

스까뺑 아니, 아니, 아닙니다. 아무도 없어요. 이 자루에 들어가셔서 절대 움직이시면 안 돼요. 짐꾸러미인 것처럼 등에 지고 적들을 피해서 댁까지 갈게요. 댁에 도착하기만 하면 아무도 못 들어오게 문을 꽉 잠글게요. 그리고 사람을 보내서 우리를 보호해달라고 하겠습니다.

제롱뜨 좋은 생각이네.

스까뺑 끝내주죠! 두고 보시면 알게 될 겁니다. (혼잣말로) 네놈이 위선을 저질렀으니 맛 좀 봐라.

제롱뜨 뭐라 그랬나?

스까뺑 나리의 적들이 걸려들 거라고 말했어요. 안쪽 깊숙이 들어가세요. 그리고 무슨 일이 일어나더라도 밖으로 몸을 내밀거나 움직이지 않도록 각별히 조심하세요.

제롱뜨 그러지. 나도 그 정도는 할 수 있어.

스까뺑 숨으세요. 자객이 왔어요. 나리를 찾고 있어요.

(목소리를 변조하면서) 빌어먹을! 이번 기회에 제롱뜨란 놈을 꼭 죽여야 되는데 쉽지 않겠네. 누구 없냐? 그 망할 놈 어디 있는지 가르쳐주게, 제발.

(보통 그의 목소리로) 움직이지 마세요.

(변조한 목소리를 다시 내면서) 이 나쁜 놈, 땅속에 숨었어도 찾고야 말겠다.

(보통 그의 목소리로) 조금도 안 보이게 숨으세요.

(그가 흉내 내는 사람은 가스꼬뉴 사투리를 쓰고 나머지는 그의 어투다.)

22 스까뺑이 망토처럼 어깨에 걸치고 있던 자루.

이보게, 자루 든 양반!
예, 나리.
1루이를 줄 테니 제롱뜨란 놈 어디 있는지 말해볼 텐가.
제롱뜨 나리를 찾으십니까?
그래, 멍청이야! 그놈을 찾고 있어.
무슨 일이신데요?
무슨 일이냐고?
예.
몽둥이로 쳐서 죽여버리련다!
아이고, 나리! 그런 분에게 몽둥이질을 하다니요. 그런 대우 받을 분이 아닙니다.
누가 아니라고? 미련한 부랑아 같은 놈, 거지 같은 즈롱뜨 놈이 말인가?
제롱뜨 나리는 미련한 사람도, 부랑아도, 거지 같은 사람도 아니에요. 제발 좀 그렇게 말씀하지 않으셨으면 합니다.
아니, 자네가 뭔데 나를 그렇게 오만 방자하게 대하는고?
명예로운 분이 공격당하시니 의당 옹호하는 겁니다.
자넨 그놈과 같은 패야?
같은 패입니다.
아, 이거 참, 같은 패라고? 잘 걸렸다. (그는 자루를 몇차례 때린다.) 친구 대신 자네에게 주는 거야.
아, 아, 아! 아, 선생님! 아, 아, 나리! 이러지 마세요. 아, 그만 하세요, 아, 아, 아!
가. 가서 그놈에게 내가 때린 거라고 하고 사정없이 때려줘. 이제 가버려.

아! 빌어먹을 가스꼬뉴 사람 같으니라고! 아! (투덜거리면서 마치 얻어맞은 것처럼 등을 들썩인다)

제롱뜨 (자루 밖으로 머리를 내밀면서) 아, 스까뺑, 도저히 못 참겠네.

스까뺑 저는 초주검 되었습니다. 어깨가 쑤시고 너무 아프네요.

제롱뜨 아니, 맞은 건 내 어깬데 네가 왜?

스까뺑 천만에요, 맞은 건 제 등짝입니다.

제롱뜨 분명히 내가 맞아서 아팠는데, 지금도 아프고.

스까뺑 아닙니다. 몽둥이 끝이 살짝 나리 어깨에 스쳤나보지요.

제롱뜨 자네가 몸을 좀 뒤로 뺐으면 내가 안 맞았을 것 아닌가?

스까뺑 (그의 머리를 자루에 도로 집어넣으면서) 조심하세요. 다른 지방 사람처럼 보이는 사람이 또 한명 왔어요. (말투가 바뀌고 하는 연기로 봐서, 역시 가스꼬뉴 지역 사람이다.)

이럴 수가! 이렇게 정신없이 하루 종일 돌아다녔는데 그놈의 지롱뜨 코빼기도 안 보이다니!

꼭 숨으세요.

이 미친 새끼, 지롱떼는 어디로 갔나? 빨리 불어.

모르겠습니다, 선생님. 제롱뜨 나리가 어디로 가셨지?

시침 떼지 말고 솔직히 말해. 내가 뭘 대단한 걸 하려는 게 아니야. 그놈 등짝을 한 열두어번 막대기로 후려 패고 가슴팍을 서너번 팍팍 찌르기만 하려고.

선생님, 제발. 저는 정말 몰라요.

그런데 말이야, 요놈의 자루 속에 뭔가 있나봐. 꿈틀꿈틀하네.

제발요, 한번만 봐주세요. 선생님.

분명히 뭔가 있지?

아닙니다요, 선생님.

자루를 폭폭 찔러봐야겠는데!

절대 안 됩니다, 선생님.

안 찌를 테니, 열어봐.

제발 진정하세요, 선생님.

진정하라니?

예. 그러니까 선생님은 요 짐을 보고 싶으신 거지요?

그렇다니까. 보여줘.

보여드릴 수 없습니다.

무슨 헛소리 하는 거야?

제 사냥개들이거든요.

당장 보여주지 못해?

보여드릴 수 없습니다.

지금 뭐라고 했어?

보여드릴 수 없습니다.

이 몽둥이로 팍 그냥, 어깻죽지를 박살 내버릴 테다.

그렇게 하시든지요.

요 자식이!

아야, 억, 아이고. 아, 선생님. 아, 윽, 아이고, 흑.

당장 꺼져. 버르장머리 없이 지껄이는 놈, 정신머리 차려!

(악당이 사라진 것처럼 혼잣말로) 아! 도대체 뭐라 지껄이는지, 골치 아팠네. 망할 놈, 가다가 뒈져버려라!

제롱뜨 (자루에서 머리를 내밀면서) 아이고! 죽을 뻔했네.

스까뺑 에고고! 저도 죽을 뻔했어요.

제롱뜨 그런데 도대체 저놈들은 내 등짝과 원수졌어?

스까뺑 (자루에 그의 머리를 도로 집어넣으면서) 조심하세요. 대여섯 명 정도 몰려오고 있어요. (여러 사람이 웅성대는 소리를 흉내 낸다). 자, 이제 제롱뜨 이놈을 찾아보자고. 사방팔방 다 뒤져. 빨리 빨리 움직여서 마을 구석구석 이 잡듯이 샅샅이 찾자. 안 보이네. 이제는 어딜 뒤져볼까? 아, 저쪽으로 돌아보자고. 없네. 이쪽으로 가보자. 여기도 없네. 너희들은 왼쪽으로, 난 오른쪽으로 갈게. 빌어먹을, 아무 데도 없네.

꼭꼭 숨으세요.

아, 잠깐, 얘들아, 여기 그놈 하인이 있다! 이봐, 이 망나니야. 네놈 주인 어디 있는지 빨리 불어.

선생님들, 저 때리지 마세요.

이놈아, 너 맞고 불래, 안 맞고 불래? 이놈이 시간 끄네. 죽고 싶어 환장했군. 불어, 빨리.

아이고, 우리 선생님들, 제발 천천히.

(제롱뜨는 자루에서 천천히 머리를 내밀고는 스까뺑의 계략을 알아챈다.)

당장 그놈 못 찾아내면 단체로 몽둥이세례를 퍼부을 테다.

제가 죽으면 죽었지 나리 있는 곳은 못 알려드립니다.

알았어. 이놈, 날려버리자.

처분만 바라겠습니다.

바라는 대로 해주지.

전 절대 주인님을 배반 못 합니다.

자, 네가 원하는 몽둥이가 날아간다! 잘 받아봐라!

에구!

스까뺑이 자루를 때리려고 하자, 제롱뜨가 거기서 빠져나온다.
그러자 스까뺑은 후닥닥 도망친다.

제롱뜨 비열한 놈! 배반자! 깡패! 이렇게 나를 죽이려 하다니!

3막 3장

제르비네뜨, 제롱뜨

제르비네뜨 (제롱뜨를 보지 못한 채 웃으면서) 하하, 숨 좀 고르고.

제롱뜨 (제르비네뜨를 보지 못하고 혼잣말로) 네놈, 반드시 댓가를 치르게 할 테다.

제르비네뜨 (여전히 제롱뜨를 보지 못하고) 하하하하하. 너무 웃겨서 배꼽이 빠질 것 같아.[23] 그 늙은이, 어쩜 그렇게 잘 속아넘어가는 거야!

제롱뜨 아가씨, 뭐가 재미있다고 그러는지…… 그게 그렇게 우스

---

23 1670년에 몰리에르는 마드모아젤 보발이라고 불리는 잔올리비에 부르기뇽(Jeanne-Olivier Bourguignon)과 함께 일을 하게 되었는데, 특히 그녀는 「부르주아 귀족」에서의 니꼴, 「유식한 여학자님들」에서의 마르띤, 「상상병 환자」의 뚜아네뜨 역을 맡아 하게 된다. 대단한 희극적인 능력을 지녔던 이 배우는 특히 「부르주아 귀족」에서의 니꼴과 같이 참기 어렵고 전염성이 강한 웃음을 마음 내키는 대로 웃었다고 한다.

워요?

제르비네뜨 영감님, 뭘 좀 아세요?

제롱뜨 날 놀리면 안 된다고 말하는 거요.

제르비네뜨 영감님을요?

제롱뜨 그렇소.

제르비네뜨 아니, 제가 영감님을 놀렸다고요?

제롱뜨 그럼 왜 내 앞에서 그리 웃는 거요?

제르비네뜨 영감님은 상관없는 일이에요. 기막히게 재미있는 이야기를 막 들었는데, 그것 때문에 혼자서 웃는 거예요. 저와 관련된 일이라서 그런지도 몰라요. 아들이 아버지를 속여서 돈을 뜯어내는 한판 사기를 쳤는데, 그게 기상천외합니다.

제롱뜨 아들이 아버지에게서 돈을 뜯어냈다고요?

제르비네뜨 예. 혹시 조금 관심 있으시면 제가 그 사건을 자세히 설명해드릴게요. 저는 천성적으로 제가 아는 재밌는 일을 말 안 하고는 못 배기거든요.

제롱뜨 어디 한번 들어봅시다.

제르비네뜨 자, 이제 시작합니다. 이 이야기를 영감님께 한다고 별일이야 있겠어요. 얼마 못 가 다 퍼질 텐데요. 저는 어릴 적부터 어쩌다가 집시들과 어울려 살게 되었답니다. 이 지방 저 지방을 떠돌면서 점도 쳐주고 이것저것 잡다한 일도 했지요. 그런데 이 도시에 오자마자 한 젊은이가 저를 좋아하게 되었어요. 그때부터 저를 졸졸 따라다녔는데, 왜 아시잖아요, 처음에는 모든 젊은이들이 말로 몇 마디 사랑 고백만 하면 일이 다 된 줄로 알고 있잖아요. 그런데 제가 콧대를 좀 높이자 조금 바뀌기 시작했고요. 저와 집단 생활을 하는 집시들이 저희의 관계를 알고서는 야비한 조건을 내걸었는데, 돈만 주면 저를 해방시켜준다고 했답니다. 그런데 일이 어렵게 된 것이 제 애인이 거의 무일푼이고, 왜 그렇잖아요, 젊은 청년들이 집이 부자라도 돈이 없는 게 대부분이잖아요. 제 애인 아버지는 부자지만 지독하고 치사한 구두쇠인데, 잠깐만요, 그분 성함이 뭐였더라? 뭐였지? 혹시 모르세요? 이 도시에서 제일 유명한 구두쇠 이름 아세요?

제롱뜨 잘 모르겠는데.

제르비네뜨 그분의 성함이 론…… 롱뜨…… 오르…… 오롱뜨. 그게 아니고…… 지에…… 제…… 제롱뜨. 맞아요, 제롱뜨예요. 바로 그거예요. 그게 바로 그 구두쇠예요. 이름이 생각났어요. 제가 말씀드린 바로 그 수전노예요. 얘기를 계속할게요. 집시들이 오늘 저를 데리고 이 도시를 떠나려고 했거든요. 제 애인이 무일푼이라 영영 저를 놓칠 수도 있는 상황이 된 거예요. 그래서 우여곡절 끝에 그의 하인이 기지를 발휘해 아버지에게서 돈을 뜯어낼 수 있도록 도와준 것이고요. 하인 이름은 제가 확실히 아는데, 스까빵이라고 하고요, 정말 끝내주는 사람이에요. 누구라도 그 기발한 재치를 칭찬할 수밖에 없는 사람이지요.

제롱뜨 아, 이 망할 놈, 바로 너였구나.

제르비네뜨 이제 멍청하게 속은 아버지에게서 어떻게 돈을 뜯어냈는지 그 계략을 말씀드릴게요. 하하하하하. 생각할 때마다 웃겨 죽겠어요. 하하하. 스까빵이 이 고약한 구두쇠를 만나게 되었지 뭡니까. 하하하. 스까빵이 그 양반에게 이렇게 말을 지어냈답니다. '저는 도련님과 함께 항구에 산책하러 갔습니다. 거기서 멋진 터키 배를 보았지요. 잘생긴 터키 청년이 들어오라고 손짓을 했습니다. 아주 공손하게 우리를 맞아주며 음식도 대접하더군요. 식사 중에 그놈이 배를 출항시켰습니다. 항구에서 멀어지자 쪽배를 내리고는 저를 태웠습니다. 그러고는 도련님 아버지를 찾아서 500에뀌를 즉시 받아오지 않으면, 아드님을 알제리로 싣고 간다고 협박했습니다.' 생각해보세요. 인색하고 비열한 그 노인이 얼마나 노발대발하여 깊은 고통에 빠졌겠어요. 아들을 사랑하는 마음과 그의 인색함이 묘하게 대립하게 된 거지요. 사람들이 요구한 500에뀌는 단도로 그를 500번 찌른 것과 같은 거라고 할 수 있어요. 하하하. 깊숙이 넣어두었던 돈을 꺼낼 수는 없었죠. 고통스러워하면서 그는 아들을 되찾아오기 위해 온갖 우스꽝스러운 방법들을 다 생각해냅니다. 하하하. 터키 배를 잡으러 경찰을 바다에 보내고 싶어하기도 하고. 하하하. 돈을 주기 싫어서 그 돈을 다 모을 때까지 하인에게 아들 대신 가 있으라고도 했고요. 하하하. 30에뀌도 되지 않을 다 낡은 옷을 네다섯벌 내주면서 500에뀌를 만들라고도 했어요. 하하하. 하인은 매번 그가 제안한 것들이 얼마나 우스꽝스러운 것들인지 그 구두쇠에게 얘기해주었지요. 그러니 별의별 궁리를 다 하다가도 그때마다 고통스럽게 다음 말들 중 한 가지를 반복하는 겁니다. '도대체 그 배를 왜 탄 거야?' '그놈의 배를 왜 탄 거야?' '그 터키놈 배는 미쳤다고 탄 거야?' 여러번 망설이고 또 망설이다가, 오랫동안 괴로워하고 한숨 쉬고 고민하고 탄식하던 끝에…… 그런데 제 이야기를 듣고도 하나도 웃지 않으시네요. 왜 그러세요?

제롱뜨 아들놈이 한 짓을 보니까 천하의 불한당이군. 게다가 배은망덕하고. 천벌을 받겠지. 집시 여인도 분별력 없고 무례하기 짝이 없군. 명예를 아는 사람에게 모욕을 주다니 말이오. 이 마을에 와서 명문가의 자제들을 타락시키고. 내가 제롱뜨라면 집시 여인을 혼내줄 거요. 그리고 하인은 흉악범이군. 당장 교수대로 보내버릴 거요.

3막 4장

씰베스트르, 제르비네뜨

씰베스트르 어디로 급히 가시려고요? 그런데 방금 만난 분이 레앙드르 도련님 부친인 건 알고 계셨어요?

제르비네뜨 그런 게 아닌가 하는 생각이 막 들었어요. 생각지도 않게 그분께 그분과 관련된 얘기를 직접 해드리고 말았네요.

씰베스트르 뭐라고요? 그 이야기를요?

제르비네뜨 예, 제가 그 이야기에 완전히 빠져 있었어요. 이야기를 막 하고 싶었거든요. 그런데 뭐, 문제 있을까요? 할 수 없죠, 뭐. 우리에게는 이득도 안 되고 손해도 안 될 것 같은데요.

씰베스트르 입이 근질근질하셨군요! 본인 얘기를 그렇게 함부로 나불댔으니 입이 너무 가벼우십니다.

제르비네뜨 내가 말 안 했어도 다른 사람이 해줬을 텐데요, 뭘.

3막 5장

아르강뜨, 씰베스트르

아르강뜨 이보게, 씰베스트르.

씰베스트르 집으로 들어가시지요. 도련님께서 절 부르시네요.

아르강뜨 그러니까 요놈들 작당한 거지? 악당들. 스까뺑, 네놈, 그리고 망할 아들놈, 나에게 사기 치려고 단합했지. 내가 가만둘 것 같아?

씰베스트르 제 말을 믿어주세요. 나리. 스까뺑은 사기 칠 놈입니다. 저야 그럴 리가 없지요. 확실히 말씀드리지만, 전 그런 일에는 절대 손을 담그지 않습니다.

아르강뜨 이걸 좀 알아봐야겠다, 이 나쁜 놈들. 자세히 알아봐야겠어. 어처구니없이 날 속이다니, 내가 처단할 거야.

3막 6장

제롱뜨, 아르강뜨, 씰베스트르

제롱뜨 아, 아르강뜨 씨. 제가 체면이 말이 아닙니다.

아르강뜨 저도요. 오물을 뒤집어쓴 기분입니다.

제롱뜨 이 날강도 스까뺑 놈이 사기 쳐서 제 돈 500에뀌를 빼앗아 갔습니다.

아르강뜨 그 날강도 스까뺑 놈이 사기 쳐서 제 돈 200삐스똘을 빼앗아갔습니다.

제롱뜨 그놈은 돈만 빼앗아간 게 아니라, 저한테 별짓 다 했습니다. 말하기도 창피합니다. 그놈은 제가 죽일 겁니다.

아르강뜨 그놈이 도대체 왜 우리한테 그런 짓을 했을까요?

제롱뜨 그 자식에게는요, 본보기로 화끈한 맛을 보여줄 겁니다.

씰베스트르 (혼잣말로) 오, 하느님! 제가 한 일을 제발 모르게 하소서!

제롱뜨 저로서는 불운의 연속입니다. 아시다시피 제 딸이 오늘 도착하기로 되어 있었는데 못 만났습니다. 알고 보니 따랑뜨에서는 떠난 지가 꽤 오래되었다는데…… 배를 타고 오다가 사고가 났는지 감감무소식이네요. 사랑스러운 이 아이를 만나고 싶어서 너무나 들떠 있었지요.

아르강뜨 그런데 왜 따님이 따랑뜨에 있었나요? 왜 함께 안 살았습니까?

제롱뜨 그럴 만한 이유가 있었지요. 집안 문제로 제가 재혼한 것을 비밀로 하는 바람에 그렇게 되었습니다. 어, 저게 누구지?

3막 7장

네린, 아르강뜨, 제롱뜨, 씰베스트르

제롱뜨 아! 자네가 왔구먼, 유모.[24]

네린 (무릎을 꿇으면서) 아, 빵돌프 나리……

제롱뜨 내 본명은 제롱뜨일세. 그럴 일이 있어서 따랑뜨에서는 가명을 썼지. 이제 더이상 그 이름은 안 쓴다네.

네린 세상에! 예전 이름으로 나리를 찾으니까 아무도 모르더라고요. 너무 힘들고 걱정이 되었습니다.

제롱뜨 내 딸은 어디 있나? 어미는?

네린 나리, 따님은 가까이에 있어요. 죄송하게 되었습니다만, 어쩔 수 없이 그사이에 따님이 결혼을 했습니다. 나리가 무심하게 지내시는 동안 저는 따님을 보살펴드렸습니다.

제롱뜨 내 딸이 결혼했다고!

네린 예, 나리.

제롱뜨 어떤 놈과?

네린 옥따브라는 젊은이와 했습니다. 아르강뜨 나리의 아드님입니다.

제롱뜨 하느님 맙소사!

아르강뜨 세상에 이런 일이!

제롱뜨 딸내미는 어디 있나? 앞장 서게, 당장.

네린 벌써 앞장섰습니다. 바로 이 집입니다.

제롱뜨 문을 열게. 아르강뜨 씨, 같이 들어가시지요.

씰베스트르 세상에 이런 일도 생기는구나!

24 테렌티우스의 「포르미오」 5막 1장에서는 크레메스가 사라진 딸의 유모를 만난다. 크레메스는 딸을 가명으로 만난 적이 있는데, 유모가 딸이 안티포와 결혼했다는 사실을 알려준다. 안티포는 크레메스가 그녀를 결혼시키려고 미리 정해둔 상대였다.

3막 8장

스까뺑, 씰베스트르

스까뺑 씰베스트르, 우리 나리들이 뭐 하고 계시는 건가?

씰베스트르 두가지만 이야기하자. 첫째, 옥따브 일은 잘 해결되었다는 거야. 이아생뜨가 제롱뜨의 딸로 밝혀졌어. 아버지들이 결혼시키려는 상대가 우연히 맞아떨어졌네. 둘째, 두 노인네가 자네를 죽이려고 벼르고 있다는 사실이야. 특히 제롱뜨가 말일세.

스까뺑 죽이라지, 뭐. 협박은 무섭지. 그러나 난 협박당하는 걸 즐겨. 별거 아니야.

씰베스트르 그래도 조심하게. 아들놈들이 아비들과 한패로 돌아서 버릴 수 있어. 그러면 어쩔 텐가?

스까뺑 하려면 하라지. 결국은 나한테 백기를 들게 되어 있어……

씰베스트르 잠깐 피하게. 모두 나오고 있어.

3막 9장

제롱뜨, 아르강뜨, 씰베스트르, 네린, 이아생뜨

제롱뜨 이제 집으로 가자, 얘야. 네 엄마까지 여기에 있으면 아빠가 얼마나 기쁘겠니?

아르강뜨 우리 아들이 제때에 오는구나.

3막 10장

옥따브, 아르강뜨, 제롱뜨, 이아생뜨,

네린, 제르비네뜨, 씰베스트르

아르강뜨 아들아, 이리 오너라. 힘들게 한 네 결혼, 아빠가 축하해 주고 싶구나. 하느님이 보우하사……

옥따브 (이아생뜨를 보지 않고) 아닙니다, 아버지. 딴 여자하고 결혼하라고 하셔봤자 소용없습니다. 저는 이미 결혼했고 아버지도 아시지 않습니까?

아르강뜨 맞아. 그런데 네가 이걸 알아야……

옥따브 저도 알 건 다 알아요.

아르강뜨 내 말은 제롱뜨 씨의 따님이……

옥따브 제롱뜨 나리의 따님은 저하고는 상관없습니다.

제롱뜨 그런데 그애가 말이다……

옥따브 아닙니다, 나리. 죄송하지만, 제 결심은 확고합니다.

씰베스트르 좀 들어보세요……

옥따브 안 들어. 너는 입 닥쳐. 아무 말도 듣지 않을 걸세.

아르강뜨 너의 부인이……

옥따브 아닙니다, 아버지. 제가 말씀드리지 않습니까. 사랑하는 이아생뜨와 헤어지느니 차라리 죽겠습니다. (무대를 가로질러 그녀 쪽으로 가면서) 예, 아버지가 그러셔도 소용없습니다. 여기 제가 결혼을 맹세한 여인이 있습니다. 제 평생 그녀를 사랑할 겁니다. 다른 여인은 원하지 않습니다.

아르강뜨 아이고, 답답해라. 저 애가 바로 그애야. 이 멍청한 놈, 감을 못 잡네.

이아생뜨 옥따브, 이분이 제 아버지세요. 모든 게 다 밝혀졌어요.

제롱뜨 집에 가서 이야기하는 게 더 낫겠다.

이아생뜨 아, 아버지, 부탁드립니다. 제 친구 제르비네뜨도 같이 집에 가고 싶어요. 아주 좋은 친구예요. 아버지도 곧 아시게 될 거예요.

제롱뜨 네 오라비 애인을 내 집에 데려가자는 거구나. 나한테 조금 전에 별의별 소리를 다 한 애를 데려가자고?

제르비네뜨 나리, 죄송합니다. 나리라는 걸 알았더라면 그렇게 말씀드리지 않았을 겁니다. 남의 말만 듣고 알아뵙지 못해 죄송합니다.

제롱뜨 뭐라고요? 남의 말이 어떻다는 겁니까?

이아생뜨 아버지, 레앙드르 오라버니가 제르비네뜨를 사랑하는 것이 죄는 아니잖아요. 제르비네뜨는 좋은 분이에요. 제가 보증할 수 있어요.

제롱뜨 대단하군. 설마 네 오라비를 그 여자와 결혼시키기를 바라지는 않겠지? 행실이 수상쩍고 근본도 모르는 아가씨하고 말이야.

3막 11장

레앙드르, 옥따브, 이아생뜨, 제르비네뜨,
아르강뜨, 제롱뜨, 씰베스트르, 네린

레앙드르 아버지, 제가 출생도 모르고 재산도 없는 낯선 여인을 사랑한다고 해서 너무 상심 마세요. 방금 집시들에게 돈을 주고 그녀를 구출해왔습니다. 그런데 깜짝 놀랄 사실을 오늘 알게 되었습니다. 그녀가 이 도시의 좋은 가문에서 태어났고, 네살 때 그들이 몰래 데려갔답니다. 여기 이 팔찌 좀 보십시오. 그들이 부모를 찾는 데 도움이 될 거라고 하면서 제게 줬어요.

아르강뜨 하느님, 하느님! 이렇게 고마울 수가…… 내 딸을 찾게 되다니. 바로 네살 때 잃어버렸어.

제롱뜨 아르강뜨 씨 따님이라고요?

아르강뜨 틀림없어요, 제 딸입니다. 팔찌도 그렇고 네살 때 얘기도 그렇고……[25]

이아생뜨 오, 하늘이시여! 이렇게 놀라운 일이 벌어지다니!

3막 12장

까를, 레앙드르, 옥따브, 제롱뜨, 아르강뜨, 이아생뜨,

25 1682년 판본에는 '오, 나의 딸아……'가 덧붙여져 있다.

제르비네뜨, 씰베스트르, 네린

까를　아, 나리들. 끔찍한 사고가 났어요.

제롱뜨　무슨?

까를　우리 스까뺑이……

제롱뜨　그놈 얘기야? 목을 매달아 죽여도 시원찮을 놈!

까를　하늘도 무심하시지! 그런데 나리, 목매다실 필요 없게 되었습니다. 스까뺑이 길을 가고 있었는데, 공사 중인 건물에서 석공이 쓰는 큰 망치가 머리 위로 떨어졌습니다. 뼈가 으스러지고 머리통이 깨졌어요. 지금 다 죽어갑니다. 그런데 나리를 마지막으로 꼭 뵙고 드릴 말씀이 있다고 데려다달라고 했어요.

아르강뜨　그놈 어디 있지?

까를　저기 옵니다.

3막 13장

스까뺑, 까를, 제롱뜨, 아르강뜨, 그외 다수

스까뺑　(두 사람이 데려온다. 중상을 당한 것처럼 머리에는 천을 두르고 있다) 아야, 아이고 아파. 나리들, 보시다시피, 에고고, 나리들께서 보고 계시다시피 전 아주 끔찍한 상태입니다. 나 죽네. 제가 상처를 드렸던 모든 분께 용서를 구하고 나서 죽고 싶었습니다. 아야. 그렇습니다, 나리들. 숨을 거두기 전에 제 온 마음을 다해 제가 나리들께 했던 모든 짓에 대해 용서받을 수 있기를 간청합니다. 특히 아르강뜨 나리와 제롱뜨 나리께요. 아이고 아파라.

아르강뜨 내게 한 모든 짓을 용서하네. 편안히 가게.

스까뺑 제롱뜨 나리, 나리께 제가 더 나쁜 짓을 했지요. 몽둥이찜까지 하다니……

제롱뜨 그 이야기는 그만하고. 나도 할 수 없이 용서하겠네.

스까뺑 나리께 몽둥이찜을 제가 하다니, 제가 미쳤었나봅니다.

제롱뜨 그만하라니까.

스까뺑 몽둥이찜한 걸 생각하면 죽어가면서도 너무 괴롭습니다……

제롱뜨 어허, 그놈의 주둥이.

스까뺑 그렇게 버르장머리 없이 나리께 몽둥이찜을 하다니……

제롱뜨 입 닥치라고 했네. 다 잊었다니까.

스까뺑 오오, 이렇게 너그러우시다니! 나리, 그런 몽둥이찜을 기꺼이 용서해주시다니……

제롱뜨 그래, 더는 아무 말도 하지 말자. 다 용서하네. 이제 됐어.

스까뺑 아, 나리 말씀을 들으니 마음이 편안해집니다.

제롱뜨 그런데 말이야, 네가 죽어가니까 용서해주는 거네.

스까뺑 그건 무슨 말씀이세요, 나리?

제롱뜨 자네가 살아나면 내가 한 말은 모두 무효야.

스까뺑 아이고, 나 죽겠네. 다시 힘이 점점 빠지고 있어요.

아르강뜨 제롱뜨 씨, 이 좋은 날에 아무 조건 없이 용서해줍시다.

제롱뜨 그럴까요?

아르강뜨 이제 다들 함께 식사하세. 우리의 즐거움을 더 맛보자꾸나!

스까빵 저는요, 식탁 끄트머리에 데려다주세요. 거기서 제 인생의 최후를 맛보겠습니다.

상상병 환자

음악과 춤이 있는 희극

프롤로그

우리의 위대한 폐하가 힘들게 이루신 승전과 공적에 대해 작가들이 찬양하고 그분을 즐겁게 해드리는 것은 당연하다. 이 작품은 그런 뜻에서 만들어진 것이고, 이 프롤로그는 우리의 위대한 폐하를 찬양하려는 하나의 시도로서 희극 「상상병 환자」의 서두부를 이룬다. 이 희극은 고귀한 과업으로부터 벗어난 폐하께 즐거운 휴식을 드리기 위함이다.[1]

1 1672년 4월에서 6월 사이, 루이 14세는 네덜란드에서 전투를 승리로 이끌었고, 왕의 승리를 축하하기 위해 많은 시들이 지어졌다. 왕의 군대가 빠리에 개선한 지 일곱달 후인 1673년 2월에 나온 「상상병 환자」의 대본은 전해에 이루어진 승리에 대한 찬양으로 시작한다.

배경은 전원의, 근사한 어떤 장소를 나타낸다.

음악과 춤이 있는 목가[2]

플로라,[3] 판, 클리메네, 다프네, 티르시스, 도릴라스,

두명의 제피로스, 남녀 목동들 무리

플로라

떠나요, 양 떼 곁을 떠나요,

그리고 이리 오세요, 모든 목동들이여.

달려오세요, 어서 오세요, 다정하고 어린 이 느릅나무 아래로.

소중한 소식 여러분들에게 전하고

이 마을을 즐겁게 해주러 내가 왔어요.

떠나요, 양 떼 곁을 떠나요,

목동들아, 가까이 오세요.

달려오세요, 이 부드러운 어린 느릅나무 아래로.

클리메네와 다프네[4]

목동이여, 사랑일랑 잠시 잊어버려요.

---

2 전원을 배경으로 사랑하는 연인과의 행복 혹은 불행을 주로 신화적인 분위기에서 펼쳐주는 문학 장르.

3 플로라는 꽃에 헌신하는 대지의 여신으로, 평화와 연관된 궁정 발레에 자주 등장한다.

4 남녀 두쌍의 목동들의 대화는 구조적인 차원에서 부분적으로 「베르사유의 왕의 대여흥」의 클리메네과 클로리스, 티르시스, 필렌이 펼쳐주는 음악 장면에서 영감을 받았다. 대화는 짧은 단선율적인 듀엣과 악기로 연주되는 짧은 리또르넬로

플로라가 우리를 부르고 있네요.

티르시스와 도릴라스

그래도 말해줘요, 매정한 여인이여.

티르시스

내 사랑의 맹세에 그깟 우정으로 보답할 건가요?

도릴라스

내 변함없는 사랑을 느끼기나 하나요?

클리메네와 다프네

플로라가 우리를 부르고 있네요.

티르시스와 도릴라스

내가 바라는 것은 오직 한마디뿐이에요.

티르시스

참기 어려운 고통, 언제까지나 괴로워해야 하나요?

도릴라스

언젠가는 그대가 날 행복하게 해주리라 바랄 수 있을까요?

가 반복되면서 유려하게 이어진다.

클리메네와 다프네

플로라가 우리를 부르고 있네요.

발레 서두부

모든 목동들이 리듬에 맞추어 플로라 주위에 자리 잡는다.

클리메네

여신이여, 기쁜 소식이

대관절 무엇인가요?

다프네

그토록 중요한 소식이 뭔지

알고 싶어 죽겠어요.

도릴라스

궁금해 미칠 것 같아요.

모두 함께

애가 타서 죽을 지경이에요.

플로라

말해줄게요. 조용히 하세요, 조용히.

그대들의 소원이 이루어졌어요. 루이 왕께서 돌아오셨답니다.[5]

5 1672년 8월 6일의 『라 가제트』(*La Gazette*)에 따르면, 네덜란드 전쟁 승전 후 루이 14세가 1672년 8월 1일 생제르맹으로, 그다음 빠리로 귀환했다.

그분께서 이곳에 즐거움과 사랑을 가져오셨어요.

그대들의 끔찍한 불안도 이제 끝났어요.

루이 왕이 세우신 혁혁한 무훈에 온 세상이 무릎을 꿇었지요.

적이 사라졌으니

이제 무기를 버리고 오신 거지요.

모두 함께

아, 정말 기분 좋은 소식!

근사하고 대단한 소식이에요!

이렇게 기쁠 수가! 실컷 웃고! 신나게 놀아요!

멋진 행사들도 펼쳐질 테죠!

하늘이 우리의 소원을 들어주셨어요.

아, 정말 기분 좋은 소식!

근사하고 대단한 소식이에요![6]

다른 발레 서두부

목동들이 춤으로 그들의 열광적인 기쁨을 표현한다.

플로라

그대 숲의 플루트로

아름다운 음악을 들려주어요.

루이의 멋진 이야기를

노래해줘요.

6 다섯명이 하는 합창으로, 가끔 침묵으로 중단되기는 하지만 환호성을 지르는 장면을 나타낸다.

무수한 전투 후에

압도적인 승리를

거두셨으니

그대들은 모여

그의 영광을 기리는

기분 좋은 시합을 해보아요.

모두 함께

우리 다 함께 모여

그의 영광을 기리는

기분 좋은 시합을 해보아요.

플로라

이 숲에 있는 나의 젊은 연인이[7]

내 왕국의 선물을

상으로 줄 거예요.

왕들 중 최고로 존엄한 왕의

덕과 공적을

가장 뛰어나게 찬미하는 사람에게 상을 줄 거예요.[8]

---

7 첫번째 소절과 대조적으로 플로라는 여기서 레치따띠보로 노래한다. 플로라의 연인인 제피로스는 두 밀사(密使)인 미풍을 통해서 승리자에게 시상한다.

8 시 겨루기는 테오크리토스의 「목가」(Idylles, 5권과 6권)나 베르길리우스의 「전원시」(Bucoliques, 7권)의 목동들이 즐겨 하던 것 중의 하나이다. 근대의 전원극 장르에서는 음악 형식으로 바꿔서 노래 경연의 형태로 보여준다. 몰리에르는 「엘리드 공주」와 「희극적 전원극」(Pastorale comique)에서 패러디 방식으로 이를 다룬 적이 있다.

클리메네

티르시스가 승리하면

다프네

도릴라스가 이긴다면

클리메네

그를 사랑할 것을 맹세해요.

다프네

그의 열정을 받아들이겠어요.

티르시스

오, 희망이 생겼다!

도릴라스

오, 이렇게 달콤한 말을 듣게 되다니!

둘이 함께

멋지게 노래할수록 보상도 크겠지요.
그러면 그녀의 마음을 얻을 수 있을까?

바이올린 소리가 울려퍼지며 두 목동의 노래 경연의 흥을 돋군다. 그사이 심사위원 플로라는 두 제피로스와 함께 나무 아래에 자리 잡는다. 나머지 사람들은 관객으로서 무대 양쪽에 자리한다.

티르시스

녹은 눈이 엄청난 급류로 흐르면서
거품 이는 물결을 광폭하게 일으키면
그 어떤 견고한 것도 버틸 수 없습니다.
제방, 성, 도시, 숲,
사람들, 그리고 양 떼가 다 같이 맞선다 해도,
이 모두가 급류의 흐름에 굴복합니다.
이처럼, 아니 더욱더 당당하고 더 빠르게
루이께서는 자신이 세운 공적과 더불어 전진하십니다.

발레

티르시스 쪽의 목동들이 그의 주변에서 리또르넬로에 맞추어 춤을 추며 환호한다.

도릴라스

무시무시한 번개가 붉게 타오르는 구름을 일으키며
칠흑같은 암흑을 격렬하게 꿰뚫고 지나가면,
그 어떤 굳센 사람도
공포와 두려움으로 전율케 됩니다.
그러나 군대의 최선봉에 계신
루이께서는 그보다 더한 공포를 불러일으키십니다.

발레

도릴라스 쪽에 있는 목동들도 다른 쪽 목동들과 똑같이 환호한다.

티르시스

그리스가 노래했던 전설적인 위업들도
루이가 세운 그 무수한 공적들 때문에
그 영광이 퇴색되는군요.
지나간 역사가 찬양한
이 모든 대단한 반신半神들도
우리 생각에는
우리 눈앞에 계시는 루이의 존재에는 미치지 못합니다.[9]

발레

티르시스 쪽 목동들이 다시 한번 똑같이 환호한다.

도릴라스

루이께서 우리 시대에 세우신 전대미문의 치적은
지난 세기의 역사가 우리에게 노래해준
모든 위대한 업적들을 사실이라고 믿게 해줍니다.
그러나 자신들의 영광 속에 살아갈 우리의 후손들은
루이의 모든 훌륭한 과업들이
진짜라는 걸 믿지 못할 것입니다.

9 두번째 겨루기 부분은 뛰어난 노래 솜씨를 보여주기 위한 것이다. 매우 부드럽고 마디의 변화가 곁들여진 티르시스의 노래는 과장된 찬양("전설적인" "공적" "우리 눈앞에")을 더 강조하는 음악적인 방법을 사용한다. 마지막 네 소절은 「베르사유의 왕의 대여흥」에서 가져온 구절이다.

발레

도릴라스 쪽의 여자 목동들이 똑같이 한다. 그런 다음 양쪽이 함께 어우러진다.

판

(여섯명의 목신이 뒤따른다)

목동들이여, 그만두어요, 이 무모한 계획을.
뭘 하려는 거예요?
아폴론이 칠현금을 가지고
그토록 아름다운 노래를 연주하면서도
말하려 시도하지 않았던 것을
그대들은 피리로 노래하려는 건가요?
그것은 그대들의 재능을 넘어서는 일이에요.
밀랍 날개로 하늘로 올라가려다가는
바다 깊숙이 빠지게 되지요.
아무리 박식한 사람도
루이의 불굴의 용기를 찬양할 수 없어요.
그분의 모습을 그릴 수 있는 위대한 말도 없고요.
침묵이야말로 루이의 공적을
찬양할 수 있는 언어예요.[10]
그분의 완벽한 승리에는 다른 걸 베풀어보도록 해보세요.
그대들의 찬사로는 그분을 만족시켜드릴 수 없어요.
루이의 영광은 이제 잊어요.

10 왕을 찬사하는 데 쓰이던 상투적인 표현으로 1670년대 초에 유행했다.

그분의 즐거움만 생각하기로 해요.

모두 함께

루이의 영광은 이제 잊어요.

그분의 즐거움만 생각하기로 해요.

플로라

그분의 불멸의 공덕을 보여주기에는

그대들의 재치에 활력이 부족하지만

그래도 두분 다 상을 받으세요.

이 근사한 일을

시도했다는 것만으로도 충분합니다.

발레 입장

두명의 제피로스가 춤을 추며 손에 화관을 들고 두 목동에게 씌워주러 온다.

클리메네와 다프네

(그들에게 손을 내밀면서)

이 근사한 일을

시도했다는 것만으로도 충분합니다.

티르시스와 도릴라스

아! 대담하게 시도해보았더니 달콤한 결과가 뒤따르는구나.

플로라와 판

루이를 위한 일은 결코 손해 보지 않아요.

네 연인

이제 우리 모두 루이의 즐거움을 생각하도록 해요.

플로라와 판

그분께 일생을 바칠 수 있는 사람은 행복하여라.

모두 함께

숲에서 우리 다 함께
플루트를 연주하며 노래 불러요.
오늘 여기 초대받았으니
계속해서 외쳐보아요.
루이께서는 왕 중에 가장 위대하도다.
그분께 일생을 바칠 수 있는 사람은 행복하여라.[11]

마지막 발레가 웅장하게 등장해 목신들과 목동들 모두가 한데 어우러져 춤을 춘다.[12] 그다음에 희극이 준비된다.

11 오케스트라를 동반한 대 합창단의 찬양은 마지막 두 소절을 상당히 길게 늘이고 왕의 이름을 반복해 효과를 극대화한다.

12 마지막 발레는 상반되는 두개의 춤으로 끝난다. 처음의 날카롭고 장중한 리듬이 끝나면 단순한 선율의 미뉴에뜨가 이어진다.

등장인물[13]

아르강 상상병 환자
벨린 아르강의 두번째 부인
앙젤리끄 아르강의 딸이자 끌레앙뜨의 애인
루이종 아르강의 어린 딸이자 앙젤리끄의 동생
베랄드 아르강의 동생
끌레앙뜨 앙젤리끄의 애인
디아푸아뤼스 의사
또마 디아푸아뤼스 디아푸아뤼스의 아들이자 앙젤리끄의 구혼자
퓌르공 아르강의 의사
플뢰랑 약사
본푸아 공증인
뚜아네뜨 하녀

무대는 빠리.

13 아르강은 이름의 울림이 오르공(「따르뛰프」), 아르빠공(「수전노」), 아르강뜨(「스까뺑의 간계」)를 떠올리게 한다. 베랄드는 드문 이름인데, 1672년에 바르뱅 출판사에서 출판된 익명의 소설 제목 『베랄드, 사부아의 왕자』(*Béralde, prince de Savoie*)에서 선보인 바 있다. 끌레앙뜨는 사교계 문학에서 자주 사용되는 이름으로, 이미 몰리에르는 「수전노」(L'Avare)에서 사랑에 빠진 젊은이에게 그 이름을 부여한 적이 있다. 디아푸아뤼스(Diafoirus)의 경우 -us로 끝나고 현학주의의 극치인 그리스어 접두어까지 있는 현학자의 이름을 의사에게 부여한 셈이다. 그러나 그리스어 어원에서 온 단어 'diarrhée'(설사하다)보다는 같은 의미의 프랑스어 단어 'foire'를 가지고 이름을 만들었다. 플뢰랑(Fleurant)은 '냄새를 풍기다'(fleurer) 혹은 '냄새를 맡다'(flairer)에서 나온 이름인데, 당시에는 이 두 단어의 발음이 서로 같았다.

1막 1장

아르강이 방에서 혼자 책상 앞에 앉아서 동전으로 약사의 청구서를 계산하고 있다.[14]
혼자서 다음과 같이 중얼거린다.

3 더하기 2는 5, 그리고 5를 더 더하면 10. 그리고 10을 더 더하면 20. 3 더하기 2는 5. 24일에는 '아르강 씨의 내장을 부드럽고 촉촉하게 하고 시원하게 해주기 위해, 흡수가 잘 되도록[15] 만든 작은 관장

14 십진법이 아닌 화폐 단위(1리브르 혹은 1프랑은 20솔이고, 1솔은 12드니에)로 인해 계산이 복잡했기 때문에 아르강은 동전 주판을 사용하여 계산하는 중이다. 첫번째 대사에서 아르강은 솔에서 리브르로 바꾸고 있다. 그렇게 해야 동전을 다시 놓아서 다음 계산을 할 수 있다.

15 이 형용사는 정통 의학 용어는 아니다. 반면에 길게 이어지는 뒷부분은 빠리 살

약 30솔.' 내 약사 플뢰랑 선생, 마음에 든단 말이야. 청구서가 언제나 깍듯하거든. '내장에 30솔!' 좋아. 그런데 플뢰랑 씨! 깍듯하다는 게 다가 아니오. 이치에 맞아야지. 환자에게 바가지를 씌우면 안 되지. 관장 한번에 30솔이라니. 진작 말하지 않았소, 줄 수 없다고. 다른 청구서들에는 20솔이라고 적혀 있구먼. 약사가 20솔이라고 말한다는 건 10솔이지.[16] 그러니 여기 10솔 있소. 바로 그날, '아랫배를 비우고 씻어내고 깨끗하게 하기 위해 처방전에 따라 강력한 만병통치약과 대황, 장미향이 나는 꿀과 그외의 여러가지를 넣어서 조제한 세척용 관장약, 30솔.' 허락하신다면 10솔로 하겠소. 그날 저녁, '편안한 수면을 위해, 간 질환 환자용 물약 수면제, 35솔.' 이건 불만이 없소. 덕분에 잠을 잘 잤으니까. 10, 15, 16 그리고 17솔 6드니에. 25일, '담즙 배설과 청소를 위해 퓌르공 씨의 처방전에 따라 지중해 동부 연안 지방의 센나와 기타 여러가지를 싱싱한 계수나무 열매[17]와 함께 조제해 만든 설사약, 4리브르.' 아! 플뢰랑 씨, 장난하는 겁니까. 환자들과 함께 살아야 하지 않소. 퓌르공 선생이 4리브르라고 처방하지는 않았을 거요. 3리브르로 하지요. 20 그리고 30솔이오.[18] 같은 날, '편히 쉬시도록 진통 효과가 있는 수렴제收斂劑, 30솔.'

롱에 드나들었던 네덜란드 의사 레니에 드 그라프(Régnier de Graaf)가 쓴 『관장에 대하여』(*De clysteribus*, 1668)라는 개론서에서 볼 수 있는 전문용어로 이루어져 있다.

16 약사의 청구서는 실제 금액을 훨씬 초과하는 것으로 유명했다. 이 표현은 부당 청구서를 나타내는 말로 17세기, 18세기에 속담처럼 사용되기까지 했다.

17 위에 나오는 대황(Rhubarbe), 계수나무 열매, 센나(Séné)는 효과가 뛰어난 하제로 17세기 의학에서 많이 쓰이던 이국적인 식물이다.

18 아르강은 약사의 청구서 중 중요한 부분을 생략할 뿐 아니라 금액을 깎는다. 그렇긴 해도 반으로 깎은 건지(최종 금액을 60솔 혹은 30리브르라고 말하지 않고 30솔이라고 하는 걸 보면) 6분의 1로 깎은 건지(50솔, 즉 20솔 더하기 30솔) 알기

좋소, 10솔, 그리고 15솔로 합시다. 26일, '장 청소를 위한 가스 배출용 관장약, 30솔.' 플뢰랑 씨, 10솔로 합시다. '저녁에도 같은 관장약, 30솔.' 플뢰랑 씨, 이것 역시 10솔이오. 27일에 '해로운 체액[19]을 재빨리 배출하기 위한 약에 3리브르.' 좋소. 이건 20솔, 그리고 30솔. 이렇게 하면 괜찮지. 28일, '피를 묽게 하고 진정시켜서 맑게 하기 위해 정제해서 감미료를 가미한 탈지분유 일회분, 20솔.' 이건 10솔. 그리고 '열두알의 해독제,[20] 레몬 시럽과 석류, 기타 등등을 처방전에 따라 조제한 심장 기능 강화와 예방을 위한 물약, 5리브르.' 아, 플뢰랑 씨, 그만하시죠. 선생이 이런 식으로 계속하면 더이상 환자 안 합니다. 4솔만 받으시오. 20솔과 40솔. 3 더하기 2는 5. 그리고 5를 더하면 10. 또 10을 더하면 20. 63리브르 40솔 6드니에군. 이번 달엔 하나, 둘, 셋, 넷, 다섯, 여섯, 일곱, 여덟번 약을 먹었군. 그리고 하나, 둘, 셋, 넷, 다섯, 여섯, 일곱, 여덟, 아홉, 열, 열하나, 열두번 관장을 했어. 지난달에는 열두번 약을 먹고 스무번 관장을 했고 말이야. 이번 달 몸 상태가 지난달보다 좋지 않은 이유가 있었군. 이에 따라 처방을 내리도록 퓌르공 선생에게 말해야겠어. 자, 이거 다 치워버려라. 아무도 없어? 말해봐야 소용이 없군. 날 항상 혼자 내버려둔단 말이야. 아무도 붙어 있질 않으니. (요령을 흔들어 사람을 부른다.) 아무 소리도 못 들어? 요령 소리가 작다 이거지? 딸랑, 딸랑, 딸랑. 소용이 없군. 딸랑, 딸랑, 딸랑. 이놈들이 다 귀먹었나. 뚜아네뜨! 딸랑, 딸랑, 딸랑. 내가 요령을 안 흔드는 거 같냐? 요 못된 년, 앙큼한

어렵다.

19 그리스 의사 히포크라테스에 따르면 체액은 혈액, 점액, 담즙, 흑담즙으로 나뉜다.

20 Bézoard. 해독제로 쓰이는 물질로, 동인도 염소의 내장에 그 성분이 주로 있다.

것 같으니라고. 딸랑, 딸랑, 딸랑. 속 터져. (더는 흔들지 않고 소리를 지른다.) 딸랑, 딸랑, 딸랑. 못된 것, 귀신이 안 잡아가나? 가엾은 환자를 이렇게 혼자 두다니. 딸랑, 딸랑, 딸랑. 오, 어쩌지? 딸랑, 딸랑, 딸랑. 아, 하느님, 전 죽습니다요. 딸랑, 딸랑, 딸랑.

1막 2장

뚜아네뜨, 아르강

뚜아네뜨 (아르강의 방으로 들어오면서) 여기 갑니다.

아르강 아, 망할 년. 어디서 뭐 하다 이제 기어와?

뚜아네뜨 (화가 나서 두 손으로 머리를 감싸면서)[21] 성급하시기는! 그렇게 안달을 부리시니 서두르다가 덧문 모서리에 머리를 부딪혔잖아요.

아르강 (화를 내며) 음흉한 것!

뚜아네뜨 (아르강을 소리 지르지 못하게 하려고 계속 투덜댄다) 아!

아르강 좀 전에……

뚜아네뜨 아!

아르강 한시간이나……

뚜아네뜨 아!

아르강 날 버려두고……

21 1682년 판본 지문은 '머리를 부딪힌 척하면서'로 바뀌어 있다.

뚜아네뜨 아!

아르강 입 닥쳐, 망할 것아. 지금 야단치는 거 안 보여?

뚜아네뜨 그러시겠죠. 세상에, 머리도 부딪혔는데, 그러시지요.

아르강 목이 다 쉬었잖아, 이 나쁜 것아.

뚜아네뜨 전 머리를 부딪혔어요. 그게 그거네요. 피장파장이에요.

아르강 뭐라고? 이 건방진 년……

뚜아네뜨 야단치시면 울어버릴 거예요.

아르강 날 혼자 둬? 천하에 몹쓸 년……

뚜아네뜨 (여전히 그를 제지하기 위해) 아!

아르강 나쁜 년, 네가……

뚜아네뜨 아!

아르강 네년을 속 시원하게 야단도 못 쳐, 내가?

뚜아네뜨 실컷 야단치세요, 좋아요.

아르강 발칙한 것, 걸핏하면 끼어들어서 말도 못 하게 해?

뚜아네뜨 나리께서 절 야단치셔야 직성이 풀리신다면 전 울어야 기분이 좋아져요. 사람은 다 자기 방식이 있는 거니까, 지나친 게 아니죠. 아!

아르강 (의자에서 일어나서 뚜아네뜨에게 동전과 약사의 청구서를 준다)[22] 어이구, 앓느니 죽지. 이거 치워, 음흉한 것. 이것도 가져다놓고. 오늘 내 관장이 잘되었나?

---

22 1682년 판본에서 이 지문은 '아르강이 의자에서 일어난다'로 축소되고 '이거 치워' 다음, 말의 중간에 위치한다. 아르강은 뚜아네뜨에게 책상을 치우라고 하지, 그 위에 있는 것만을 주는 것이 아니게 된다. 따라서 1682년 판본에서는 5장에서도 뚜아네뜨를 '책상 주위를 돌며' 쫓는 것이 아니라 '의자 주위를' 돌며 쫓게 되고 곧이어 '뚜아네뜨는 달려가면서 아르강이 앉아 있지 않은 의자 쪽으로 도망간다'는 문장이 나온다.

뚜아네뜨　관장요?

아르강　그래, 흑담즙[23]이 잘 처리되었냔 말이다.

뚜아네뜨　제 알 바 아니죠, 뭐. 플뢰랑 씨가 다 하시잖아요. 그 일로 돈을 버니까요.

아르강　또 관장을 할 건데 약이 새지 않게 신경 좀 쓰거라.

뚜아네뜨　플뢰랑하고 퓌르공이 나리의 몸에 붙어 좋아 죽잖아요! 나리는 아주 우려먹기 좋은 사람인 거죠. 그토록 많은 약을 드시게 하는데 도대체 무슨 병이 있는지 물어보고 싶어요.

아르강　닥치지 못해? 무식하기는. 네 주제에 처방전에 대해 이러쿵 저러쿵하다니. 앙젤리끄나 오라고 해. 할 말이 있으니.

뚜아네뜨　마침 오네요. 이심전심이군요.

1막 3장

앙젤리끄, 뚜아네뜨, 아르강

아르강　얘야, 마침 잘 왔다. 할 얘기가 있어.

앙젤리끄　무슨 말씀이세요, 아버지?

아르강　(환자용 변기 쪽으로 달려가면서) 잠깐만. 내 지팡이 좀 주렴. 금방 올게.

뚜아네뜨　(아르강을 놀리면서) 빨리 가세요, 나리. 빨리요. 플뢰랑 선

23 어떤 체액이 많으냐에 따라 기질이 달라진다고 한다. 흑담즙은 우울증과 관련이 있다.

생이 알아서 해주시잖아요.

1막 4장

앙젤리끄, 뚜아네뜨

앙젤리끄 (번민에 가득 찬 시선으로 뚜아네뜨를 바라보며 은밀히 말한다) 뚜아네뜨.

뚜아네뜨 왜 그러세요?

앙젤리끄 날 좀 봐봐.

뚜아네뜨 네, 보고 있어요.

앙젤리끄 뚜아네뜨.

뚜아네뜨 어머, 왜 그러세요? 자꾸 부르기만 하시고.

앙젤리끄 내가 무슨 말을 하고 싶은지 모르겠어?

뚜아네뜨 알죠. 애인 얘기죠, 뭐. 엿새 전부터 그분 얘기뿐이잖아요. 그분 얘기할 때만 기분이 좋으시고요.

앙젤리끄 너는 그 이야기를 알고 있고 내가 누구보다도 먼저 네게 그 이야기를 했잖아. 그런데도 이야기를 안 들어줄 거야?

뚜아네뜨 아가씨가 시간이 없었잖아요. 자나 깨나 그 일에 빠져 계시니까 언제 짬이 나는지 전들 어떻게 알겠어요?

앙젤리끄 그거 알아? 그분 이야기는 아무리 해도 지치지 않아. 솔직하게 네게 털어놓을 때마다 심장이 뜨겁게 달아올라. 뚜아네뜨, 그분을 향한 내 마음을 넌 비난하는 거야?

뚜아네뜨 비난 안 하죠.

앙젤리끄 이런 달콤한 기분에 빠져드는 게 잘못일까?

뚜아네뜨 아니지요.

앙젤리끄 그분의 열렬하고 다정한 사랑 고백에 내가 냉담하길 바래?

뚜아네뜨 그럴 리가요!

앙젤리끄 말해봐, 그분과 내가 우연히 알게 된 데에는 하늘의 뭔가가, 운명의 힘이 작용했다는 생각이 너도 들지 않아?

뚜아네뜨 작용했지요.

앙젤리끄 날 알지도 못하면서 보호하려고 한 것은 정말 신사다운 행동이었지?

뚜아네뜨 그렇지요.

앙젤리끄 이보다 더 고결할 수는 없을 거야, 그렇지?

뚜아네뜨 아무렴요.

앙젤리끄 그 누구보다도 진심으로 했겠지?

뚜아네뜨 그럼요.

앙젤리끄 뚜아네뜨, 그분은 정말 잘생기지 않았어?

뚜아네뜨 물론이죠.

앙젤리끄 그렇게 멋있는 사람 봤어?

뚜아네뜨 못 봤지요.

앙젤리끄 말은 또 얼마나 고상하게 하시는지!

뚜아네뜨 두말하면 잔소리죠.

앙젤리끄 어느 누구도 그분이 내게 하는 것만큼 열정적으로는 말하지 못할 거야, 그렇지?

뚜아네뜨 그럼요.

앙젤리끄 그런데 내 마음대로 못 하니 얼마나 힘든지 몰라. 만나지도 못하고 달콤한 속삭임도 못 나누잖아. 하늘이 우리에게 서로 사랑하도록 해주었는데도 말이야.

뚜아네뜨 그러게 말이에요.

앙젤리끄 그런데, 뚜아네뜨, 말로 표현한 만큼 그분이 날 사랑할까?

뚜아네뜨 음, 그런 문제는 신중히 생각해야 해요. 사랑하는 척 꾸며대면 감쪽같거든요. 배우 같은 사람들을 얼마나 많이 봤는데요, 제가.

앙젤리끄 뚜아네뜨, 무슨 말을 하는 거야? 그게 말이 돼? 그분이 그렇게 말하는데도, 내게 말한 게 사실이 아닐 수도 있다는 거야?

뚜아네뜨 어쨌든 곧 아시게 될 거예요. 어제 아가씨께 편지로 청혼하면서 결심을 밝혔으니, 금방 알게 되겠네요. 그분이 말한 것이 사실인지 아닌지 곧 알게 되겠지요. 분명해질 거예요.

앙젤리끄 아, 뚜아네뜨, 그분이 날 속인 거라면, 난 평생 어떤 남자도 믿지 않을 거야.

뚜아네뜨 아버지께서 오시네요.

1막 5장

아르강, 앙젤리끄, 뚜아네뜨

아르강 오, 우리 딸, 할 말이 있어. 넌 생각지도 못했던 소식일 거야. 청혼이 들어왔어. 어, 왜 그래? 좋아서 그러는구나. 그래, 기분 좋은 일이지. 결혼이라는 단어만큼 처녀들에게 달콤한 것도 없지. 자연스러운 거야! 네가 결혼하고 싶은지 물어볼 필요도 없는 것 같구나.

앙젤리끄 아버지 분부라면 무엇이든 해야죠.

아르강 이렇게 말을 잘 들으니 기쁘구나. 그럼 결정된 거다. 결혼하는 거야.

앙젤리끄 아버지 뜻을 무조건 따르겠어요.

아르강 네 새엄마는 널 수녀로 만들고 싶어했지. 어린 동생 루이종도 같이 말이다. 이 문제에 대해서 네 새엄마는 늘 고집을 부렸지.

뚜아네뜨 (아주 낮게) 그 이상한 여자에겐 분명 무슨 꿍꿍이가 있을 거야.

아르강 네 새엄마는 반대하지만, 내가 밀고 나가서 그쪽과 합의가 된 거다.

앙젤리끄 아버지, 절 위해 그렇게 신경 써주시다니, 몸 둘 바를 모르겠어요.

뚜아네뜨 정말 나리께 감사드려요. 나리가 평생 하신 일 중에 가장 현명한 일을 하신 거예요.

아르강 아직 그 사람을 본 적은 없는데, 마음에 들 거라고 말하더구나. 너도 좋아할 거야.

앙젤리끄 물론이에요, 아버지.

아르강 물론이라니? 그 사람을 본 적이 있어?

앙젤리끄 아버지가 승낙하시니까 솔직히, 망설임 없이 말씀드릴게요. 엿새 전에 저희는 우연히 만나게 되었어요. 만나자마자 서로에게 이끌렸고요. 그래서 그분이 아버지께 결혼 승낙을 청한 거예요.

아르강 그런 이야기는 없었는데, 듣고 보니 기쁘구나. 이렇게 일이 이루어지니 잘되었지. 듣기로는 키도 크고 인물도 좋다고 하더라.

앙젤리끄 예, 아버지.

아르강 체격도 아주 좋고.

앙젤리끄 그럼요.

아르강 호감이 가는 사람이고.

앙젤리끄 물론이에요.

아르강 인상도 좋고.

앙젤리끄 아주 좋아요.

아르강 분별력 있고 천성도 좋고.

앙젤리끄 정말 그래요.

아르강 진짜 신사고.

앙젤리끄 세상에서 제일가는 신사예요.

아르강 라틴어와 그리스어를 유창하게 구사하고.

앙젤리끄 그건 모르겠어요.

아르강 사흘 뒤에 의사가 된다지?

앙젤리끄 그분이 의사가 된다고요?

아르강 그래, 그 말은 하지 않더냐?

앙젤리끄 안 하던데요. 누가 아버지께 그런 말을 했어요?

아르강 퓌르공 선생이.

앙젤리끄 퓌르공 선생이 그분을 아세요?

아르강 물어보나 마나, 조카니까 당연히 알지.

앙젤리끄 끌레앙뜨가 퓌르공 선생의 조카라고요?

아르강 끌레앙뜨는 누구냐? 우리는 지금 네게 청혼한 사람에 대해 말하고 있는 중이잖아.

앙젤리끄 그렇지요.

아르강 그러니까, 퓌르공 선생의 조카이자 선생의 처남인 의사 디아푸아뤼스 선생의 아들이야. 이름은 또마 디아푸아뤼스. 끌레앙뜨가 아니라. 오늘 아침에 퓌르공 선생, 플뢰랑 선생과 내가 이 결혼에 합의했어. 그리고 내일이면 미래의 내 사위를 그 부친이 데려오기로 되어 있다. 그런데 왜 그러니? 왜 그렇게 놀란 표정을 짓고 있어?

앙젤리끄 아버지, 아버지께서 말씀하시는 사람과 제가 말씀드렸던 사람이 다른 사람이라는 걸 알게 되어서 그래요.[24]

뚜아네뜨 뭐라고요? 나리. 터무니없는 일을 꾸미셨네요. 그렇게 재산이 많으시면서 따님을 굳이 의사와 결혼시키고 싶으세요?

아르강 그래. 넌 웬 상관이냐? 이 버르장머리 없는 것, 뻔뻔한 것아.

뚜아네뜨 맙소사, 진정하세요. 바로 욕설부터 늘어놓으시네요. 흥분하지 말고 함께 차근차근 생각해봐요. 자, 침착하게 말해봅시다. 그런 결혼을 시키시려는 이유가 뭐예요?

아르강 이유야 있지. 내가 이렇게 허약하고 병들었으니 의사 가문과 사돈을 맺어 사위를 보겠다는 거지. 그래야 내 병에 도움도 되고, 가족이 치료해주니 진찰과 처방을 언제든 받을 수 있잖아.

뚜아네뜨 저런, 이유를 하나 말씀하셨네요. 이렇게 차근차근 서로 얘기하니 좋잖아요. 그런데, 나리, 가슴에 손을 얹고 한번 생각해보세요. 나리가 정말 환자예요?

24 비슷한 착각이 「수전노」 2막 5장에도 나온다.

아르강 뭐라고? 건방진 년. 내가 환자냐고 묻는 거냐? 환자냐고 묻는 거냐고, 이 뻔뻔한 것아?

뚜아네뜨 아이고, 나리. 나리는 환자예요. 더 말하면 입만 아프죠. 그래요, 나리는 무척 아프시지요. 저도 인정해요. 나리가 생각하시는 것보다 훨씬 더 중병에 걸리셨어요. 그건 그런데, 따님은 따님을 위한 남편과 결혼해야 하잖아요. 따님은 환자가 아니니까 의사를 남편으로 삼을 필요는 없잖아요.

아르강 그 아이를 의사에게 시집보내려는 것은 날 위해서야. 그리고 착한 딸은 아버지의 건강을 위해서라면 기쁜 마음으로 결혼할 거야.

뚜아네뜨 세상에, 나리. 친구로서 충고 말씀 좀 드려도 될까요?

아르강 무슨 충고?

뚜아네뜨 그런 결혼은 꿈도 꾸지 마세요.

아르강 이유가 뭐냐?

뚜아네뜨 이유라고요? 따님이 동의하지 않을 거니까요.

아르강 그 아이가 동의하지 않는다고?

뚜아네뜨 그럼요.

아르강 내 딸이?

뚜아네뜨 예, 따님이요. 따님은 디아푸아뤼스 선생이든, 그의 아들 또마 디아푸아뤼스든, 세상의 그 어떤 디아푸아뤼스도 다 필요 없다고 말할 거예요.

아르강 내가 필요하다니까, 내가. 게다가 이 혼처는 생각보다 꽤 이득이 있어. 디아푸아뤼스 선생에게는 유일한 상속자로 그 아들밖에 없거든. 게다가 퓌르공 선생은 처자식이 없어서 이 결혼에 찬성하면서 모든 재산을 조카에게 주겠다고 했어. 연금이 8000리브르나 되지.

뚜아네뜨 그렇게 부자가 된 것을 보니 엄청나게 많은 사람을 죽였겠어요.

아르강 부친의 재산은 계산하지 않더라도 연금이 8000리브르면 상당하지.

뚜아네뜨 나리, 그런 건 다 좋습니다. 그런데 다시 그 문제로 돌아가서 말씀드리자면, 우리끼리 말이지만 아가씨에겐 다른 남편감을 골라주시지요. 아가씨는 디아푸아뤼스 부인에는 어울리지 않아요.

아르강 그렇게 되기를 내가 바라.

뚜아네뜨 나 참, 그런 말씀 하시지 마세요.

아르강 뭐라고? 그런 말을 하지 말라고?

뚜아네뜨 그럼요, 하시지 마세요.

아르강 왜 그런 말을 하지 말라는 거냐?

뚜아네뜨 사람들은 나리께서 아무 생각도 없이 그런 말씀을 하신다고 말할 거예요.

아르강 하고 싶은 대로 말하라고 해. 내가 정한 대로 딸내미가 따르기만 하면 돼.

뚜아네뜨 그렇게 안 될 거예요. 아가씨는 분명히 그렇게 하지 않을 거예요.[25]

아르강 강제로 시킬 거야.

뚜아네뜨 아가씨는 그렇게 안 할 거라고 말씀드렸잖아요.

아르강 그렇게 할 거야. 아니면 수녀원에 보내버리든지.

---

25 이어지는 대화("필요할 땐 악질이야"라는 부분까지)는 「스까뺑의 간계」 1막 4장에서도 똑같이 반복된다.

뚜아네뜨 나리께서요?

아르강 그럼, 내가 그러지.

뚜아네뜨 어련하시겠어요.

아르강 어련하겠다니, 그게 무슨 말이냐?

뚜아네뜨 나리께서는 아가씨를 수녀원에 절대 못 보내세요.

아르강 내가 못 보낸다고?

뚜아네뜨 못 보내십니다.

아르강 못 보내?

뚜아네뜨 예, 못 보내세요.

아르강 너 웃긴다. 내가 내 딸을 수녀원에 못 보낸다고?

뚜아네뜨 그럼요, 못 보내시죠.

아르강 어떤 놈이 못 가게 해?

뚜아네뜨 나리 자신이시죠.

아르강 내가?

뚜아네뜨 예. 그럴 용기가 없으실 거예요.

아르강 용기 있어.

뚜아네뜨 어림없어요.

아르강 어림 있어.

뚜아네뜨 아버지로서의 사랑이 나리를 사로잡을 텐데요?

아르강 절대 그럴 리가 없어.

뚜아네뜨 눈물을 한두방울 흘리며, 목에 팔을 두르면서 '사랑하는 아버지'라고 상냥하게 말하기만 해도 나리의 마음은 누그러지실 거예요.

아르강 다 소용없어.

뚜아네뜨 그러시군요, 예.

아르강 분명히 말하건대 난 절대 단념하지 않을 거야.

뚜아네뜨 소용없는 말씀 마세요.

아르강 '소용없는 말씀'이라니, 어디 감히 그런 말을 하냐.

뚜아네뜨 맙소사, 제가 나리를 아는데, 나리는 천성적으로 선한 분이시잖아요.

아르강 나는 좋은 사람 아니야. 필요할 땐 악질이야.

뚜아네뜨 진정하세요, 나리. 나리가 환자라는 걸 잊으신 모양이에요.

아르강 앙젤리끄에게 그 남편감을 받아들이도록 엄명을 내릴 거야.

뚜아네뜨 저는 기필코 막을 거예요.

아르강 뭐라고? 이 버르장머리 없는 것이 못 하는 소리가 없네!

뚜아네뜨 주인이 정신없이 날뛰면, 똘똘한 하녀는 고걸 고쳐드려야죠.

아르강 이 무례한 것! 너 죽을 줄 알아.

뚜아네뜨 나리의 명예를 떨어뜨리는 일은 한사코 말리는 게 저의 의무지요.

아르강 (화가 나서 손에는 몽둥이를 들고 책상 주위를 돈다) 너 이리 와, 당장. 주둥아리를 찢어줄 테니까.

뚜아네뜨 (이리저리 뛰어가며) 주인이 미친 짓 못하게 막는 것이 제 일이에요.

아르강 못된 년!

뚜아네뜨 안 돼요. 전 이 결혼에 절대 동의 못 해요.

아르강 죽일 년!

뚜아네뜨 또마 디아푸아뤼스와 아가씨가 결혼하는 건 원하지 않아요.

아르강 막돼먹은 것!

뚜아네뜨 아가씨는 제 말을 듣게 돼 있어요.

아르강 (앙젤리끄에게) 저 망나니를 네가 잡아서 이리 데리고 와.

앙젤리끄 아버지, 제발 진정하세요.

아르강 너 빨리 안 잡아오면 혼난다.

뚜아네뜨 아가씨, 나 못 잡으면 상속도 못 받을걸요.[26]

아르강 (의자에 몸을 뻗으면서) 아! 더는 못 하겠네. 저것이 날 죽이려는구나.

1막 6장

벨린, 앙젤리끄, 뚜아네뜨, 아르강

아르강 아, 부인, 어서 와요.

벨린 무슨 일이세요, 여보?

아르강 나 좀 살려줘요.

벨린 도대체 왜 그러세요? 내 귀여운 서방님.

아르강 내 사랑.

벨린 나의 사랑.

26 「수전노」(4막 5장)와 「따르뛰프」(3막 6장)에서 가장이 아들의 모든 상속권을 박탈하는 장면을 패러디한 것이다. 「스까뺑의 간계」에서도 1막 4장에서 아르강뜨가 아들의 상속권을 박탈한다는 얘기를 하는데, 여기서 뚜아네뜨는 자식의 결혼 문제에 전권을 휘두르는 아버지를 조롱하고 있다.

아르강 얘들이 날 화나게 만들었어.

벨린 오오, 세상에, 사랑스러운 여보! 어떡해요, 내 사랑.

아르강 당신의 저 음흉한 뚜아네뜨가 전에 없이 버르장머리 없이 굴어요.

벨린 너무 흥분하지 마세요.

아르강 저것이 날 화나게 만들잖아, 여보.

벨린 진정하세요, 내 사랑.

아르강 내가 하려는 일을 한시간 동안이나 반대했어.

벨린 자, 자. 차분하게요.

아르강 그리고 뻔뻔하게도 내가 환자가 아니라고 말했어.

벨린 무례하기 짝이 없네요.

아르강 여보, 당신은 알지, 그게 어떤 건지?

벨린 그럼요, 내 사랑. 뚜아네뜨가 틀렸어요.

아르강 여보, 저 음흉한 것이 날 죽일 거야.

벨린 저런, 세상에.

아르강 저것 때문에 내가 이렇게 화가 났다니까.

벨린 그렇게 화내지 마세요.

아르강 당신한테 얼마나 말했소, 저것을 쫓아내라고.

벨린 여보. 결점이 없는 하인이나 하녀는 없어요. 장점이 있으니 때로는 단점을 모르는 척 넘어가줘야 해요. 뚜아네뜨는 솜씨가 좋고, 세심하며 부지런하고, 특히 정직해요. 그리고 당신도 아시겠지만, 사람을 쓸 때는 신중을 기해야 해요. 이봐, 뚜아네뜨.

뚜아네뜨 예, 마님.

벨린 도대체 왜 나리를 화나게 만들었니?

뚜아네뜨　제가요, 마님? 아…… 무슨 말씀을 하시는지 모르겠어요. 전 매사에 나리의 비위를 맞춰드릴 생각만 하는데요.

아르강　아, 저 음흉한 것!

뚜아네뜨　나리께서 따님을 디아푸아뤼스 선생의 아드님에게 결혼시키신다고 말씀하셨어요. 그래서 전 따님께 잘 어울리는 혼처라고 말씀드렸어요. 그렇지만 따님을 수녀원에 보내는 게 더 나을 것 같다고 했지요.

벨린　그거 괜찮은데요. 뚜아네뜨가 옳은 것 같아요.

아르강　여보, 저것의 말을 믿어요? 악랄한 것 같으니라고. 얼마나 버릇없이 막말을 했는지 몰라.

벨린　저런, 내 사랑, 당연히 당신 말을 믿지요. 자, 진정하세요. 뚜아네뜨, 나리를 화나시게 하기만 해봐. 쫓겨날 테니. 나리의 모피 외투와 베개를 주렴. 의자에 편하게 앉혀드리자. 여보, 어떻게 해드릴까요? 모자를 귀까지 눌러쓰세요. 귀를 내놓으면 감기에 걸려요.

아르강　아, 내 사랑! 이토록 온 정성을 다해 날 보살펴주니 얼마나 고마운지 몰라.

벨린　(아르강 주위에 있는 베개를 바로잡으면서) 일어나보세요. 이걸 아래에 좀 깔게요. 이건 기댈 수 있게 넣고 다른 쪽엔 저걸 넣어요. 등 뒤에는 이걸 넣고 저걸로는 머리를 받쳐요.

뚜아네뜨　(아르강의 머리 위에 베개를 놓으면서)[27] 그리고 나리가 밤이

27 1682년 판본에는 '그의 머리에 베개를 거칠게 놓고 달아나면서'라고 되어 있다. 다음에 이어지는 아르강의 두번의 대사에도, 1682년 판본에서는 연이어서 상세하게 묘사하고 있다. '아르강은 화가 나서 일어난다. 그러고는 베개들을 뚜아네뜨에게 던진다.' '아르강은 숨을 헐떡이며 의자에 주저앉는다.'

슬을 맞지 않으려면 이걸 놓아야지요.

아르강 음흉한 년. 날 숨막히게 해서 죽이려는 거지.

벨린 진정하세요, 여보. 왜 그러세요?

아르강 아아! 더는 못 참겠어.

벨린 왜 이렇게 화를 내세요? 뚜아네뜨는 잘한다고 하는데요.

아르강 여보, 당신은 저년의 앙큼함을 몰라. 날 완전히 미치게 만들어. 이걸 치료하려면 여덟가지 약과 열두번의 관장 이상의 치료가 필요할 거야.

벨린 자, 내 사랑, 이제 좀 진정하세요.

아르강 여보, 당신만이 날 위로해주는구려.

벨린 오, 가련한 당신!

아르강 내 사랑, 당신의 사랑에 보답하기 위해, 일전에 말했듯이 유서를 작성하고 싶소.

벨린 아, 나의 사랑, 그런 말은 하지 말아요, 우리. 견딜 수가 없어요. 유서라는 말만 들어도 너무 괴로워 부들부들 떨려요.

아르강 이 일로 당신 공증인에게 말해두라고 말하지 않았소.

벨린 대기실에 지금 있어요. 제가 오라고 했어요.

아르강 들어오라고 해요, 내 사랑.[28]

28 1682년 판본에서는 대화를 덧붙였다. '벨린: 제가 오면서 모시고 와서, 저 안에 계세요. / 아르강: 그럼 들어오시라고 해요, 내 사랑. / 벨린: 오, 여보. 남편을 사랑하면 그런 건 절대 생각지도 못해요.'

1막 7장[29]

본푸아, 벨린, 아르강

아르강 아, 안녕하세요, 본푸아 씨. 제가 유언장을 작성하고 싶어서요. 그런데 아이들에게는 주지 않고 아내에게 전 재산을 다 주려면 어떻게 해야 하는지 말씀 좀 해주세요.

본푸아 나리, 유언만으로는 부인께 아무것도 드릴 수 없습니다.

아르강 아니 무슨 이유로 안 되나요?

본푸아 대부분 그래왔어요. 법이 따로 제정되어 있는 지역이라면 가능할 수도 있을 겁니다. 그러나 빠리에서는, 그리고 대체로 관습법을 따르는 지역[30]에서는 있을 수 없는 일입니다. 결혼으로 남녀가 서로에게 줄 수 있는 혜택은 간접적인 것밖에 없

29 1682년 판본에서는 1막 7장과 8장이 다르게 쓰였다. 몰리에르는 텍스트가 완성되지 않은 상태에서 공연을 시작하는 경우가 많았다. 배우들의 즉흥 연기를 통해 공연이 거듭되며 텍스트의 완성도가 높아지면 최종적으로 다듬은 다음 출판하는 식이다. 번역 저본의 편자인 조르주 포레스띠에에 따르면 1675년 판본은 몰리에르가 쓴 원고 혹은 배우들의 연기를 그대로 옮겨 쓴 것으로 추정된다. 몰리에르가 이르게 죽지 않았다면 좀더 다듬어서 출판했으리라 보고 라 그랑주 등이 재검토, 수정, 추가하여 새로 출판한 것이 1682년 판본이다. 이때 예의에 맞지 않는 부분이라거나 극적인 효과가 약한 경우, 몰리에르 전작들과의 일관성 검토, 누락 부분 보완, 의학 용어 수정 등이 이루어졌다. 1막 7장의 경우 1675년 판본에서는 공증인이 등장하자마자 아르강이 인사도 없이 유언장 이야기를 불쑥 꺼내는 반면, 1682년 판본에서는 아르강의 의례적인 인사치레와 과장된 슬픔을 표현하는 벨린의 위선적인 대꾸로 시작한다. 이렇게 함으로써 극의 흐름을 자연스럽고 부드럽게 했다고 볼 수 있다.

30 프랑스에서 성문법을 따르는 지역들은 로마법의 권위에 따라 사안을 결정하고, 일드프랑스, 삐까르디, 샹빠뉴, 노르망디 등 '관습법을 따르는 지역'은 그 지역의 관습에 따라 민사소송을 다룬다.

습니다. 둘 사이에 혹은 둘 중 누구에게든 아이가 없어야 하고, 둘 중 한명이 죽기 전, 둘 다 살아 있을 때 상호 증여하는 방법밖에 없습니다.[31]

아르강 저런 말도 안 되는 관습이 다 있나. 남편을 그토록 사랑하고 지극정성으로 보살펴주는 아내에게 아무것도 줄 수 없다니 말이야. 어떻게 하면 좋을지 변호사와 상의해보겠소.

본푸아 그런 문제는 변호사들에게 의뢰하시면 안 됩니다. 일 처리를 너무 곧이곧대로 하는 사람들이라 꼼수를 부릴 줄 모르고, 양심을 속이는 술책을 쓸 줄 모르는 사람들입니다. 이런 일은 우리 같은 사람들이 해야 합니다. 저는 어떤 어려운 일도 해결하며 잘 처리했습니다. 나리가 원하는 대로 하시려면 돌아가시기 전에 나리의 모든 현금과, 만약 있다면 약속어음도 부인께 미리 드려야 합니다.[32] 또한 나리의 가까운 친구분들에게 상당한 금액의 가짜 채무를 지셔야 합니다. 그래야 나리께서 돌아가신 다음에 그 친구분들이 부인께 아무것도 요구하지 않고 그 증서를 돌려줄 것입니다. 그러면 그 돈은 부인의 수중에 그대로 남아 있게 되는 거지요.

아르강 기발하네요. 제 아내가 선생은 아주 유능하고 정직한 분이라고 말했지요. 여보, 내 침실의 작은 상자에 2만 프랑의 현

31 공증인은 빠리의 관습법 280조와 282조의 문구를 거의 그대로 인용하고 있다. 첫 결혼에서 아이가 있으면 배우자 간 상속이 유보되지만, 그 아이들이 교단에 들어갈 경우엔 전혀 문제가 되지 않는다. 벨린이 왜 앙젤리끄가 수녀원에 들어가기를 원했는지 이해할 수 있다.

32 첫 결혼에서 태어난 아이들에게 할당된 재산을 포함해 전재산을 벨린에게 물려주어 관습법 280조를 교묘히 피해가기 위해 공증인이 제안하는 첫번째 방안은 암묵적인 신탁유증의 원칙에 따른 것이다.

금이 있는데, 그 열쇠를 당신께 주겠소. 내가 받을 약속어음 이 두장 있는데, 하나는 6000리브르고 다른 건 4000리브르요. 앞의 것은 다몽 씨에게서, 두번째는 제랑뜨 씨에게 받을 건데 당신께 맡기겠소.

벨린 (우는 척하면서) 그런 말씀은 하시지 마세요, 제발. 무서워서 죽겠어요. (생각을 다시 하면서 말한다) 침실에 현금이 얼마 있다고 하셨어요?

아르강 2만 프랑이오, 부인.

벨린 제겐 당신뿐이에요…… 이 세상의 모든 재산이 다 무슨 소용이에요…… 약속어음 두장은 얼마라고 하셨죠?

아르강 하나는 6000리브르, 다른 건 4000리브르요.

벨린 아, 내 사랑, 당신과 헤어진다는 생각만 해도 절망스러워요. 당신이 돌아가시면 더 살고 싶지도 않아요. 아아.

본푸아 왜 그렇게 우십니까, 부인. 지금 눈물을 흘릴 때가 아닙니다. 다행히도 사태가 그 정도는 아니에요.

벨린 아, 본푸아 씨, 당신은 애틋하게 사랑하는 남편과 영원히 헤어지는 것이 어떤 건지 모르세요.

아르강 내 사랑, 당신과의 사이에 아이를 낳지 못하고 죽는 게 원통할 따름이오. 퓌르공 씨가 하나는 낳을 수 있게 해준다고 약속했었는데.[33]

본푸아 그럼 유언장을 작성해볼까요?

---

33 1682년 판본에서는 이 대사가 7장 끝이 아니라 좀더 앞, 즉 벨린이 우는 척하면서 돈과 약속어음이 얼마가 있느냐고 묻는 대사 앞쪽에 나온다. 그렇게 함으로써 슬픔을 과장하며 돈에 대한 관심을 보여주는 벨린의 장면에서 극적 효과를 극대화시켰다.

아르강 그럽시다. 바로 옆이니, 내 서재로 갑시다. 그게 낫겠소. 여보, 날 좀 부축해주구려.

벨린 그래요, 내 사랑 당신.

1막 8장

앙젤리끄, 뚜아네뜨

뚜아네뜨 들어오세요. 이제 딴 곳으로 가셨네요. 이만저만 걱정되는 일이 아닌데요. 공증인과 함께 계시더라고요. 유언장 얘기도 들었고요. 아가씨 새어머니는 두 손 놓고 계시는 분이 아니세요. 나리가 조금 전에 아가씨에게 역정을 낸 틈을 타서 아가씨 몫을 차지하려고 머리를 굴리는 것 같아요.

앙젤리끄 내 사랑에 대해 뭐라 하시지만 않는다면, 아버지가 좋아하시는 분께 내 모든 재산을 다 드려도 상관없어. 아버지가 원하는 사윗감을 내게 강요하시지만 않는다면, 나머지는 신경 안 써. 아버지 뜻대로 하시게 할 거야.

뚜아네뜨 마님이 온갖 감언이설로 절 끌어들이려 하셔도 소용없어요. 어림도 없는 일이죠. 전 언제나 아가씨 편이었어요. 그런데 우린 지금 상황이 어떻게 돌아가는지 알아야 하니까, 제가 마님 편인 척 가장해서 함정에 빠지게 할게요. 그래야 마님의 속셈을 확실하게 알 수 있을 거예요. 아주 효과적일 겁니다.

앙젤리끄 내게 닥친 이 가혹한 일을 어떻게 해결하려고?

뚜아네뜨 우선 끌레앙뜨에게 아버지 계획을 알려서 청혼을 가급적 빨리 하시도록 해야 해요. 시간이 없어요. 서둘러 매듭지어야 해요.

앙젤리끄 이 말을 전해줄 만한 사람이 있어?

뚜아네뜨 쉬운 일이 아니라서, 절 쫓아다니는 늙은 고리대금업자인 뽈리시넬밖에 할 만한 사람이 없어요. 일을 맡기려면 잘해주면서 입맞춤도 몇번 해줘야 할 거예요. 그 정도야 아가씨를 위해 기꺼이 해야죠. 자, 가서 쉬세요. 푹 주무세요. 늦었어요. 나리나마님이 절 찾으실지 몰라요. 그러잖아도 부르시네요. 이제 가셔서 편히 쉬세요. 전 아가씨 일을 어떻게 할 건지 생각할게요.

무대는 도시로 바뀐다.

첫번째 막간극

뽈리시넬은 밤에 사랑하는 여인에게 쎄레나데를 불러주러 온다.
처음에 노래가 바이올린 소리 때문에 중단되자 그는 화를 낸다.
얼마 후 악사들과 무용가들로 이루어진 경관들 무리 때문에
또 중단된다.[34]

34 작곡가 샤르빵띠에의 자필 원고에 따르면 바이올린석은 1671년 빨레루아얄이 수리된 이래로 무대와 1층 객석 사이에 있었던 것이 아니라, 무대 뒤에 있었다. 이러한 바이올린의 위치는 뽈리시넬과 그를 방해하는 오케스트라 사이의 장면 장난을 가능하게 해준다. 뽈리시넬은 이딸리아 희극에는 등장하지 않지만 여러 발레에 등장하는 꼬메디아 델라르떼의 인물이다. 누가 이 역할을 창조했는지는 알 수 없다.

뽈리시넬

오, 나의 사랑, 사랑, 사랑, 사랑! 가련한 뽈리시넬, 넌 무슨 뚱딴지 같은 생각을 하고 있는 거냐? 비참한 미치광이같이, 뭐 하느라 그렇게 시간을 허비하는 거냐? 일도 하는 둥 마는 둥 되는대로 하고 더이상 먹지도 않고 거의 마시지도 않지. 밤에도 쉬지 못하는데, 이 모든 게 누구 때문이지? 그 앙칼진 여자, 진짜 앙칼진 여자 때문이지. 너를 매몰차게 대하고 네가 하는 말은 무엇이든 놀리는 괴팍한 여자지. 그런데 확실한 것은 넌 사랑을 원한다는 거야. 사랑은 다른 사람들도 그렇지만 미쳐야 하는 거야. 솔직히 내 나이의 남자가 할 건 아니지. 그러나 어쩌겠어? 원한다고 현명해지는 건 아니니까. 늙은이들도 젊은이들처럼 이상해지기도 하는 거지, 뭐.

쎄레나데로 내 무정한 여인의 마음을 달랠 수 있을까? 사랑하는 여인의 닫힌 문 앞에서 애달프게 노래하는 연인만큼 애처로운 것도 없지. 여기, 나의 노래와 함께할 반주도 있다네. 오, 밤이여, 오, 다정한 밤이여! 내 사랑의 탄식을 내 냉랭한 여인의 침대까지 전해 주오.

노래한다.[35]

밤이나 낮이나 그대를 사랑하네.
그대를 사모하네.
그대의 승낙을 받기 위해 왔다네.
그래야 내 마음에 평안이 깃든다네.

35 이 노래의 가사와 멜로디에는 세가지 특징이 있다. 처음으로 돌아가는 다카포(da capo), 부분 반복인 리또르넬로, 그리고 반복되는 리듬으로 이루어져 있다.

그러나 그대가 아니라고 한다면,
무정한 그대여, 난 죽으리.
희망을 품으면서도
내 마음은 슬픔으로 찢어지네.
망각 속에서
시간만 흘러가네.
환상은 너무도 달콤하게
내게 꿈꾸게 하지,
고통은 한순간이라고.
고통은 너무나 오래 지속된다네.
너무도 사랑한 난
기다림에 지쳐 죽어가네.

밤이나 낮이나 그대를 사랑하네.
그대를 사모하네.
그대의 승낙을 받기 위해 왔다네.
그래야 내 마음에 평안이 깃든다네.
그러나 그대가 아니라고 한다면,
무정한 그대여, 난 죽으리.

그대 잠들지 않았다면
생각이라도 해주오.
그대가 내 마음에 낸
상처를.
오, 그대가 날 죽게 한다면,

내게 위안이라도 되게
그대의 잘못을 인정하는
척이라도 해주오.
그대의 동정심이 나의 고통을 줄여줄 것이오.

밤이나 낮이나 그대를 사랑하네.
그대를 사모하네.
그대의 승낙을 받기 위해 왔다네.
그래야 내 마음에 평안이 깃든다네.
그러나 그대가 아니라고 한다면,
무정한 그대여, 난 죽으리.

늙은 여인이 창가에 나타나서 뽈리시넬을 조롱하면서 대답한다.[36]

경박한 젊은이들은 매 순간, 기만적인 눈길과
거짓된 욕망,
그럴듯한 한숨,
지어낸 탄식으로
변함없는 사랑을 자랑하지요.
그러나 그대에게 난 속지 않아요.
경험으로 알아요.
그대에게는
지조나 변함없는 사랑이란 없다는 것을.

---

36 늙은 여인의 역은 이딸리아 전통에 따라 여장한 남자 가수가 맡는다. 부드러운 음성이 특징인 이딸리아풍의 노래다.

오, 그대를 믿는 여인은 얼마나 정신 나간 여인인지.

이 번민하는 눈길로는
내게 사랑을 불러일으킬 수 없어요.
이 불타는 듯한 탄식으로는
내게 그 열정을 느끼게 할 수 없어요.
맹세코 말하지만
가련한 연인이여,
초연한 내 마음은
그대의 눈물을
언제든 조롱할 수 있다오.
내 말을 믿으세요.
경험으로 알아요.
그대에게는
지조나 변함없는 사랑이란 없다는 것을.
오, 그대를 믿는 여인은 얼마나 정신 나간 여인인지.

바이올린 연주

뽈리시넬

무슨 엉뚱한 소리가 내 노래를 훼방 놓지?

바이올린 연주

뽈리시넬

깽깽이 소리 당장 집어치워! 냉혹하고 잔인한 나의 여인에 대해 실컷 한탄이나 하게……

바이올린 연주

뽈리시넬

조용히 하라니까! 노래하고 싶은 사람은 바로 나요.

바이올린 연주

뽈리시넬

제발.

바이올린 연주

뽈리시넬

빌어먹을!

바이올린 연주

뽈리시넬

아이고!

바이올린 연주

뽈리시넬

장난하는 거요?

바이올린 연주

뽈리시넬

시끄러워 죽겠네.

바이올린 연주

뽈리시넬

저놈들 귀신이 안 잡아가나?

바이올린 연주

뽈리시넬

돌아버리겠네.

바이올린 연주

뽈리시넬

정말 조용히 못 하겠어? 아, 좀 나아졌네.

바이올린 연주

뽈리시넬

아니, 또?

바이올린 연주

뽈리시넬

이놈들이 뒈지려고 환장했네!

바이올린 연주

뽈리시넬

내 참, 저것도 소리랍시고!

바이올린 연주

뽈리시넬

나도 한다. 꿱꿱꿱꿱꿱꿱.

바이올린 연주

뽈리시넬

꿱꿱꿱꿱꿱꿱.

바이올린 연주

뽈리시넬

퀙퀙퀙퀙퀙퀙.

바이올린 연주

뽈리시넬

퀙퀙퀙퀙퀙퀙.

바이올린 연주

뽈리시넬

퀙퀙퀙퀙퀙퀙.

바이올린 연주

뽈리시넬[37]

얼씨구, 아주 웃기는군. 계속해보시지, 이 깽깽이들아. 너희들 웃긴다. 또 해봐, 또. 이게 제일 좋은 방법이었구먼. 이놈들아, 음악은 사람들이 원할 때 하는 거야. 너희는 반대로 하잖아. 자, 같이 해볼까? 음정을 가다듬고 몇군데 해보자. 그래야 더 잘할 수 있지. 댕댕댕댕 딩딩딩딩. 그런데 류트를 제대로 조율하기에는 날씨가 별로군. 댕

37 1682년 판본에는 '류트를 가지고 있으나 쁠랭 땅 쁠랭(plin tan plin)이라며 입술과 혀로만 연주한다'라는 지문이 있다. 현 퉁기는 소리를 흉내 내는 이러한 의성어는 습도의 변화에 민감한 류트의 섬세한 줄을 힘들게 연주해야 하는 뽈리시넬의 초초함을 보여준다.

댕댕댕. 딩딩딩딩. 이 날씨에는 줄 맞추기가 어렵네. 댕댕. 이게 무슨 소리지? 류트는 일단 좀 내려놓고.

경관들

(거리를 지나가다가 소리를 듣고는 달려가 묻는다) 거기 누구냐? 누구냐고?

뽈리시넬

(매우 낮게) 거기 있는 놈은 누구냐? 노래하는 것도 아니고.

경관들

거기 누구냐? 누구냐니까?

뽈리시넬

(겁에 질려) 나요. 저예요, 저.

경관들

도대체 누구냐? 어떤 놈이냐?

뽈리시넬

저예요, 저라니까요.

경관들

네가 누군데?

뽈리시넬

나예요. 저라니까요. 저 몰라요?

경관들

네가 누군데? 당장 이름을 대란 말이야.

뽈리시넬

(대담한 척하면서) 내 이름은 '널목매달'.

경관들

야, 우리 저놈 잡자. 저 새끼 말하는 거 좀 봐.

발레 무용수들 등장

경관들이 뽈리시넬을 잡으려고 몰려들었다.

바이올린과 무용수들

뽈리시넬

거기 누구시오?

바이올린과 무용수들

뽈리시넬

이게 무슨 소리지? 누구신가요?

바이올린과 무용수들

뽈리시넬

어허?

바이올린과 무용수들

뽈리시넬

내 졸개 놈들 어디 있는 거야?

바이올린과 무용수들

뽈리시넬

뒈져버렸나?

바이올린과 무용수들

뽈리시넬

빌어먹을.

바이올린과 무용수들

뽈리시넬

패대기칠까보다.

바이올린과 무용수들

뽈리시넬

샹빠뉴! 뿌아뜨뱅! 삐까르! 바스끄! 브르똥![38] 이놈들, 빨리 와.

바이올린과 무용수들

뽈리시넬

내 권총 가져와.

바이올린과 무용수들

뽈리시넬

(권총을 한방 쏜다) 빵!

모두 쓰러졌다가 달아난다.

뽈리시넬

(야유하면서) 하하, 저놈들 겁먹었네. 난 저놈들이 무서운데. 바보 천치들, 날 무서워하는군. 나처럼 머리를 써야지. 귀족 행세 안 했으면 날 잡아갔겠지. 히히히.

경관들이 다가와서 뽈리시넬이 말하는 것을 듣고는 목덜미를

38 있지도 않은 하인들의 이름으로, 출신 지역의 이름을 취하고 있다.

잡는다.

경관들

잡았네, 이놈. 우리가 잡았어.
불 좀 빨리 켜봐.

발레

경관들이 등을 가지고 온다.

경관들

이 거짓말쟁이 사기꾼아! 너였군.
쌍놈, 불한당, 철면피, 방정맞은 놈,
건방지고 뻔뻔한 놈, 망나니, 야바위꾼, 날강도,
감히 우릴 겁주려고 해?[39]

뽈리시넬

나리, 제가 한잔했거든요.

경관들

미친놈, 너 술 안 마셨어, 인마.
넌 맛 좀 봐야 해.
감방에 처넣을 거다.

---

39 경관들의 합창은 네 파트로 이루어진 남성 목소리로, 프랑스어 원본에는 동음절로 리듬이 조화롭게 맞춰져 있다.

뽈리시넬

나리, 전 도둑이 아닙니다.

경관들

네놈 집은 감방이야.

뽈리시넬

전 이 동네 살고 있어요.

경관들

너 감방 가면 좋아할걸.

뽈리시넬

제가 뭘 잘못했는데요?

경관들

잔말 말고 빨리 가자.

뽈리시넬

난 안 가요.

경관들

요놈 봐라.

뽈리시넬

제발 살려주세요.

경관들

안 돼.

뽈리시넬

아이고!

경관들

어림없지.

뽈리시넬

좀 봐주세요.

경관들

미친놈.

뽈리시넬

살려주세요.

경관들

시끄러워.

뽈리시넬

제발.

경관들

닥쳐.

뽈리시넬

주여!

경관들

웃기지 마.

뽈리시넬

하느님 아버지.

경관들

하느님 좋아하네.

뽈리시넬

한번만 봐주세요.

경관들

미친놈, 어림없어, 인마.
넌 맛 좀 봐야 해.
감방에 처넣을 거다.

뽈리시넬

나리님들, 제가 뭔가 해드릴 수 있지 않을까요?

경관들

글쎄…… 있기야 있지.
우리가 그래도 좀 인간적이거든.
그렇다면 한잔해볼까? 너 6삐스똘 있어?
그럼 고려해보지.

뽈리시넬

아이고, 제가 지금은 한푼도 없는데요.

경관들

너 한푼도 없다면,
체면 차리지 말고
꿀밤을 서른대 맞든가,
뭉둥이 열두대 맞든가 해.

뽈리시넬

둘 다 싫어요. 할 수 없으면 꿀밤을 맞을게요.

경관들

자, 대가리 내밀어.
잘 세어, 인마.

발레

박자에 맞추어 뽈리시넬의 머리를 때린다.

뽈리시넬

하나, 둘, 셋, 넷, 다섯, 여섯, 일곱, 여덟, 아홉, 열, 열하나, 열둘, 열셋, 열넷, 열다섯.

경관들

봐줄 줄 알았지?

이제까지는 연습. 다시 시작!

뽈리시넬

아, 내 머리 개판 됐네. 이러다 죽겠어. 몽둥이찜이 낫겠네.[40]

경관들

그래, 이제 몽둥이찜이다.

맛 좀 봐라.

발레

박자에 맞추어 몽둥이질을 시작한다.

40 조르다노 브루노(Giordano Bruno)의 「잡화상」(Il Candelaio, 1582)에도 현학자인 만푸리오가 가짜 경관들에게 비슷한 선택을 강요받는 장면이 나온다. 그도 뽈리시넬처럼 똑같이 주저하고 똑같이 딱한 결말을 경험한다. 라 퐁뗀도 「영주를 모욕한 농부 이야기」(Conte d'un paysan qui avait offensé son seigneur, 1665)에서 이 에피소드를 이미 취한 바 있다. 춤으로 표현되는 몽둥이찜질은 몽둥이춤의 변종으로, 몽둥이질이 안무를 펼쳐 보여주고 음악에 리듬을 준다.

뽈리시넬

하나, 둘, 셋, 넷, 다섯, 여섯, 에고, 나 죽어요. 여기, 돈!

경관들

이제 사람이 되셨군! 멋쟁이!

아이고, 우리 왕자님, 이제 가보시어요.

뽈리시넬

나리놈들, 안녕히 가십시오.

경관들

우리 왕자놈, 잘 가세요.

뽈리시넬

왕자놈 떠납니다.

경관들

그래, 왕자놈 잘 가라.

뽈리시넬

하잖은 놈, 꺼집니다.

경관들

왕자놈, 우리 다시 보지 말자.

뽈리시넬

두고 보자, 나리놈들아.

발레

돈 받고 신바람 난 경관들이 춤을 춘다.[41]

무대는 방으로 다시 바뀐다.

41 이 마지막 춤은 「부르주아 귀족」에 나오는 '재단사들의 춤'과 유사하다.

2막 1장

뚜아네뜨, 끌레앙뜨

뚜아네뜨 누구세요?

끌레앙뜨 누구냐고?

뚜아네뜨 아, 나리시군요! 깜짝 놀랐어요! 그런데 무슨 일로 오셨어요?

끌레앙뜨 내 인생이 어찌 될지 알고 싶어서 왔지. 사랑스러운 앙젤리끄와도 얘기하면서 그녀의 마음이 어떤지도 살피고, 방금 들은 이 비운의 결혼 계획에 대해 어떻게 할 생각인지 알아보려고 왔어.

뚜아네뜨 그러시군요. 그런데 대뜸 그런 식으로 앙젤리끄 아가씨에게 말하시면 안 돼요. 격식을 갖춰야 해요. 그리고 아가씨는 아주 엄하게 자라셔서 외출도 못 하고 말걸기도 어렵다는 거 잘 아실 거예요. 순전히 연로하신 숙모님이 가고 싶어하셔서 우리가 연극을 보러 갈 수 있었던 거예요. 거기서 나리는 사랑에 빠졌고요. 그러니 이 일에 대해서는 아무에게도 얘기하지 않았지요.

끌레앙뜨 그래서 나도 여기에 끌레앙뜨로, 앙젤리끄의 애인으로 오지 않고, 음악 선생의 친구로 왔어. 그가 나를 대신 보낸다고 전하라고 했거든.

뚜아네뜨 아가씨 아버지가 오시네요. 잠깐 피하세요. 나리가 오셨다고 말씀드릴게요.

2막 2장

아르강, 뚜아네뜨, 끌레앙뜨

아르강 퓌르공 선생이 매일 아침 방에서 열두번 왔다 갔다 걸으라고 했는데 그게 가로인지 세로인지 여쭙는 걸 깜빡했네.

뚜아네뜨 나리, 어떤 분이……

아르강 작게 말해, 망할 년. 골이 다 울리잖아. 환자 앞에서는 그렇게 큰 소리로 말하면 안 된다는 생각이 안 드냐?

뚜아네뜨 드릴 말씀이 있어서요, 나리……

아르강 작게 말하래도.

뚜아네뜨 나리……[42]

아르강 뭐라고?

뚜아네뜨 뭐냐면 말이에요……

아르강 뭐라고 하는 거냐?

뚜아네뜨 어떤 분이 나리께 드릴 말씀이 있다는데요.

아르강 안으로 모셔라.

끌레앙뜨 나리……

뚜아네뜨 그렇게 크게 말씀하시지 마세요. 나리의 골이 흔들릴 수 있거든요.

끌레앙뜨 나리, 이렇게 건강하시고, 더 좋아지신 모습을 뵈니 무척 기쁩니다.

뚜아네뜨 (화난 척하면서) 나리가 좋아지셨다니! 무슨 그런 말씀을!

42 1682년 판본에는 '말하는 척하면서'라는 지문이 있다. 뚜아네뜨가 그뒤에 하는 말 다음에도 똑같은 지문이 나온다.

나리는 늘 건강이 좋지 않으십니다.

끌레앙뜨 나리의 건강이 좋아지셨다는 소문을 들었거든요. 혈색도 좋으십니다.

뚜아네뜨 혈색이 좋다니 무슨 말씀을 하시는 거예요? 나리는 늘 혈색이 안 좋으세요. 그러니 나리 건강이 좋아졌다고 말하는 사람들은 무례한 사람들이지요. 지금처럼 건강이 좋지 않았던 적은 없었어요.

아르강 얘 말이 맞소.

뚜아네뜨 나리는 다른 사람들처럼 걸으시고, 주무시고, 드시고 하시지만, 그래도 아주 위중한 상태이시지요.

아르강 사실입니다.

끌레앙뜨 나리, 정말 안되셨습니다. 전 따님 음악 선생의 부탁으로 오게 되었습니다. 선생은 며칠 예정으로 시골에 가야 해서, 절친한 친구인 절 대신 보내 수업을 하라고 했습니다. 수업이 중단되면 따님이 이미 배운 걸 잊어버리게 될까 염려하면서 말이에요.

아르강 그러시지요. 앙젤리끄를 불러오거라.

뚜아네뜨 아가씨 방으로 이분을 모셔가는 게 더 나을 것 같은데요.

아르강 아니야, 그애를 오라고 해.

뚜아네뜨 두분이 따로 있어야 수업이 잘 진행될 텐데요.

아르강 아니야, 그렇지 않아.

뚜아네뜨 나리, 성가시게 될 겁니다. 이 몸 상태로는 나리를 자극시킬 수 있는[43] 건 어떤 것도 해서는 안 돼요.

43 1682년 판본에는 '나리의 골을 흔들 수 있는'이라는 말이 덧붙여져 있다.

아르강　아니야, 괜찮아. 나도 음악을 좋아하니까 기분 전환이 될 거야…… 아! 그애가 오는구나. 너는 가서 마님이 옷을 다 입었는지 보렴.

2막 3장

아르강, 앙젤리끄, 끌레앙뜨

아르강　얘야, 이리 와봐. 음악 선생이 시골에 가셔서 이분을 대신 보내셨구나. 수업하라고 말이야.

앙젤리끄　어머머!

아르강　왜 그래? 왜 그렇게 놀라니?

앙젤리끄　왜냐면……

아르강　왜 그래? 뭐 때문에 그렇게 놀란 거야?

앙젤리끄　그건, 아버지, 놀라운 일이 지금 일어났기 때문이에요.

아르강　무슨 일인데?

앙젤리끄　간밤에 제가 엄청난 곤경에 처하는 꿈을 꾸었어요. 그런데 이분같이 풍채가 좋은 분이 나타나 고통에서 절 구해주셨어요. 지난밤 내내 생각했던 분을 여기서 뜻하지 않게 보게 되니 놀란 거예요.

끌레앙뜨　자나 깨나 아가씨가 절 생각하신다면 기쁜 일이지요. 어떤 곤경에 처해 있든 아가씨를 구해줄 사람으로 절 생각하신다면, 전 정말 행복할 겁니다. 그렇게 하기 위해 제가 못 할 일이 무엇이 있겠……

2막 4장

뚜아네뜨, 끌레앙뜨, 앙젤리끄, 아르강

뚜아네뜨 (조롱하듯이) 나리, 이제 전 나리 편입니다. 어제 말씀드렸던 건 다 취소할게요. 지금 막 디아푸아뤼스 선생과 그의 아들 또마 디아푸아뤼스 씨가 나리를 뵈러 왔어요. 아주 멋진 사위를 보시겠던데요! 인물이 훤하고 똑똑한 젊은이를 곧 보시게 될 겁니다. 들은 말이라고는 단 두 마디밖에 없지만 전 완전히 반해버렸어요. 따님도 그분께 매료되실 거예요.

아르강 (가려는 척하는 끌레앙뜨에게) 가지 마시오, 선생. 딸을 결혼시키는데, 사위 될 사람을 데려왔나보오. 아직 딸이 만나본 적도 없소만.

끌레앙뜨 제가 남아 있는 게 도움이 된다면 기꺼이 있겠습니다. 저로서는 즐겁고 영광이지요.

아르강 유능한 의사의 자제입니다. 결혼식은 나흘 뒤에 거행될 거고요.

끌레앙뜨 아주 잘되었습니다.

아르강 음악 선생에게도 좀 알려주세요. 결혼 피로연에 오실 수 있도록 말입니다.

끌레앙뜨 그렇게 하겠습니다.

아르강　선생도 오시지요.

끌레앙뜨　영광입니다.

뚜아네뜨　준비 다 되셨지요? 그분들이 오시네요.

2막 5장

디아푸아뤼스, 또마 디아푸아뤼스,
아르강, 앙젤리끄, 끌레앙뜨, 뚜아네뜨

아르강　(나이트캡을 쓰고 있다. 벗지는 않으면서 손을 얹은 채) 퓌르공 선생이 머리를 내놓지 말라고 하셔서요. 선생님도 전문가시니 잘 아시리라 생각됩니다만.

디아푸아뤼스　당연합니다. 저희는 환자를 도우려고 방문하지 불편을 끼치려고 오지 않습니다.

아르강　이렇게 와주셔서, 선생……

그들은 둘 다 동시에 말을 하다가 중단하고는 당황한다.

디아푸아뤼스　나리, 제 아들 또마와 저는……

아르강　너무나 기쁘고,

디아푸아뤼스　여기에서

아르강　영광스럽습니다.

디아푸아뤼스　나리께서 저희를 환대해주시고

아르강　저도 선생님 댁을 방문하여
디아푸아뤼스　친절을 베풀어주셔서
아르강　일을 확실하게 매듭짓고
디아푸아뤼스　무척 기쁘다는 말씀을
아르강　싶었습니다만,
디아푸아뤼스　드리고자 합니다.
아르강　선생님도 아시다시피,
디아푸아뤼스　영광스럽게도, 나리
아르강　가련한 환자는
디아푸아뤼스　나리와 사돈이 됨으로써
아르강　여기서 이렇게 말씀드리는 것 이외에는
디아푸아뤼스　다른 일은 말할 것도 없고
아르강　달리 어떻게 할 수가 없었습니다.
디아푸아뤼스　우리의 직업과 관련된 일이 있다면
아르강　선생님을 위해서라면 언제든 무엇이든
디아푸아뤼스　언제든 도와드릴 만반의 준비가 되어 있다는 것을
아르강　다 해드릴 수 있다는 것을
디아푸아뤼스　나리께 말씀드립니다.
아르강　말씀드립니다.
디아푸아뤼스　열과 성의를 다해 도와드리겠습니다. (아들 쪽으로 돌아서서 말한다) 자, 또마. 앞으로 나와서 치하의 말씀을 드려야지.
또마 디아푸아뤼스　(학교를 갓 졸업한 얼간이[44]로 무슨 일이든 마지못해서

44 '얼간이'(Grand Benêt)라는 표현은 「훼방꾼들」(Les Fâcheux) 2막 6장에서 이미 사용되었다. 또한 몰리에르 극단이 1664년에 공연했던 지금은 소실된 짧은 희극인 「아버지만큼이나 바보인 얼간이 아들」(Grand Benêt de fils aussi sot que son

때에 걸맞지 않게 한다) 아버지께 먼저 인사를 드려야지요?

디아푸아뤼스　그래.

또마 디아푸아뤼스　어르신, 인사드립니다. 장인으로서 어르신을 받아들이고 각별히 모시며 공경하기 위해 왔습니다. 그런데 감히 말씀드리자면 제 아버지보다 장인께 더욱 감사드립니다. 아버지는 절 낳아주셨지만 어르신은 절 선택해주셨으니까요. 아버지는 절 불가피하게 받아들이셨지만 어르신은 절 호의로 받아들이셨지요. 제가 아버지를 닮은 것은 그분의 몸이 하신 일이고, 어르신을 닮은 것은 어르신의 의지에 따른 일입니다. 정신적인 능력은 육체적인 능력보다 더 우위에 있는 것이므로, 전 어르신께 더 많이 신세를 지는 것입니다. 그러므로 이 미래의 부모자식 관계를 더욱 소중한 것으로 생각합니다. 그래서 오늘 이렇게 겸손과 정중한 존경의 마음을 담아 미리 인사드립니다.

뚜아네뜨　대학 만세! 저렇게 재주 있는 사람을 배출하다니.

또마 디아푸아뤼스　괜찮았나요, 아버지?

디아푸아뤼스　아주 잘했어.

아르강　(앙젤리끄를 가리키며) 자, 인사드려라.

또마 디아푸아뤼스　키스해도 돼요?

디아푸아뤼스　그래, 그렇게 해라.

또마 디아푸아뤼스　(앙젤리끄에게) 부인을 장모님이라고 부르게 된 것은 하느님이 도와주신 덕분입니다. 왜냐면요……

아르강　장모가 아니라 내 딸이라네.

---

père)의 제목에서도 보인다. '얼간이 아들' 유형은 1660년대와 1670년대의 무대에서 유행했던 희극의 전형을 이루었던 것으로 보인다.

또마 디아푸아뤼스　그럼 장모님은 어디 계신가요?

아르강　곧 오지.

또마 디아푸아뤼스　아버지, 그러면 그분이 오시기를 기다릴까요?

디아푸아뤼스　따님에게 먼저 인사하거라.

또마 디아푸아뤼스　아가씨, 멤논의 석상이 태양빛에 빛날 때 더하지도 모자라지도 않는 조화로운 소리가 울려퍼졌답니다.[45] 그와 마찬가지로 저는 태양과 같은 당신의 아름다움의 출현에 달콤한 열정이 솟아오르는 것을 느낍니다. 해바라기가 태양 쪽으로 돈다는 것을 박물학자들이 말했듯이, 내 마음은 이제부터 빛나는 별과 같은 사랑스러운 당신 눈을 향해 언제나 돌 것입니다. 아가씨, 오늘 이 매력의 제단에 제 마음을 바치는 걸 허락해주세요. 겸손하고 순종적이며 충실한 하인이자 남편이 되는 것 이외에 다른 영광은 바라지도 않습니다.

뚜아네뜨　(야유하면서) 공부하는 게 바로 이런 거군요. 아주 멋지게 말하는 법을 배우셨어요.

아르강　그런가, 선생은 어떻게 생각하십니까?

끌레앙뜨　대단하신데요! 저분이 말씀을 잘하시는 만큼 훌륭한 의사라면, 기꺼이 저분의 환자가 되겠어요.

뚜아네뜨　물론이지요. 뛰어난 언변만큼이나 치료를 잘한다면, 너무나 근사한 일이지요.

아르강　자, 내 의자도 가져오고 다른 분들에게도 빨리 드려라. 얘야, 넌 거기 앉으렴. 선생, 모든 분이 아드님을 칭찬하니 행복

45 테베에 있던 멤논의 조각상과 관련된 전설과 비교하는 것은 상투적인 수사이다. 곧이어 언급되는 해바라기의 이미지는 문장집(紋章集)에서 특히 선호되는 것이다.

하시겠습니다.

디아푸아뤼스 나리, 제가 아비라서가 아니라, 저 아이는 제가 자랑할 만합니다. 누구나 다 착하다고 해요. 풍부한 상상력이나 번득이는 재치는 없습니다. 그러나 바로 그 때문에 의사로서 중요한 자질인 판단력이 뛰어납니다. 어린 시절 활달한 아이는 아니었지요. 늘 온순하고 말이 없고, 애들 놀이는 하지도 않았습니다. 글을 가르치는 것도 아주 힘들었지요. 아홉살 때까지 철자법도 몰랐답니다. 그래서 저는 '괜찮아, 더디게 자라는 나무가 열매는 더 좋은 법이야. 대리석에 새기기는 모래보다 더 어려운 법이지만, 그게 더 오래 보존되지. 그리고 이해력이 더디고 상상력은 빈약했으나, 더 중요한 판단력은 장래에 뛰어날 것'이라고 확신했지요. 대학생 시절에 힘은 들었지만 점점 단련이 되었고, 성실과 노력으로 선생님들의 칭찬을 많이 받았지요. 그 집중적 노력 덕분에 무난히 졸업할 수 있었습니다. 자랑은 아니지만 의과대학 3년차부터 각종 토론대회에서 우리 아이를 따라갈 사람이 아무도 없었어요. 점점 발전하다보니 학교에서 대단한 존재가 되었고, 매사에 철저히 논리적이고, 적당히 넘어가는 법이 없었습니다. 꼭 터키 사람들이 하듯이 집요하게 자기 주장을 펼쳤고, 굽히는 법이 없었습니다. 마지막 세세한 부분까지 깊이 들어가 논증을 계속합니다. 저를 좀 닮은 점이 있다면 우리 선인들의 의견을 절대적으로 숭배하지요. 그게 무엇보다 제 마음에 듭니다. 예컨대 새로운 혈액순환 이론, 실험, 준거 따위는 아예 이해도 경청도 하지 않습니다.

또마 디아푸아뤼스 (자기 주머니에서 논문[46] 하나를 꺼내서 앙젤리끄에게 보여준다) 혈액순환설[47] 지지자들을 반박하는 논문을 제가 하나 발표했는데, 나리께서 허락해주신다면 따님께 감히 보여드리려 합니다. 제 실력으로 한 첫 작품으로 아가씨께 경의를 표하고자 합니다.

앙젤리끄 선생님, 그 논문은 제게 아무 쓸모 없는 가구와 같아요. 이 분야에 대해서 전 완전히 문외한이거든요.

뚜아네뜨 그럼 제게 주세요. 그림으로 걸어두면 좋을 것 같아요. 우리 방 장식하는 데 쓸래요.

또마 디아푸아뤼스 또한 어르신께서 허락해주신다면, 여체 해부[48]하는 걸 보러 조만간 오시라고 아가씨를 초대하고 싶습니다. 제가 연구해야 할 주제거든요.

뚜아네뜨 그거 재미있겠는데요. 애인들에게 연극을 보여주는 사람들이 있습니다만, 해부하는 현장을 보여주는 것은 진짜 근사한데요.

디아푸아뤼스 게다가 결혼과 자손 번식을 위해 필요한 자질에 대해 말씀드리자면, 우리 의사들의 소견에 따르면, 저 아이는 후사를 볼 수 있다고 분명히 말씀드릴 수 있어요. 생식력이 뛰어

46 '둥글게 만 논문'이라고 언급된 1682년 판본에서 좀더 명확하게 나와 있듯이, 판화로 장식되고 인쇄된 단순한 종이이다.

47 1619년에 영국의 의사 윌리엄 하비가 논증한 바 있는 혈액순환설은 1670년경에는 의학에 문외한인 이들에게도 폭넓게 받아들여졌다. 그러나 빠리 의과대학에는 반대 의견도 여전히 있었고 혈액은 순환하지 않는다는 논문이 꾸준히 발표되기도 했다. 이러한 반대 입장은 작가들에게 현학자들의 집합소인 대학을 비방하기 쉬운 기회를 주었다.

48 의과대학에서 해부는 많은 방청인이 보는 앞에서 이루어졌다. 그러나 특히 1673년부터는 식물원에 해부대를 설치해 대중에게 공개된 장소에서 하기도 했다. 시체가 여자인 경우에는 특히 성기를 상세히 다루었다.

나게 강하며 건강한 아이들을 낳는 데 필요한 체질을 가졌다는 걸 보증합니다.

아르강 선생, 아드님을 궁정에 보내 의사 직책을 하나 마련해줄 생각은 없으신지요?

디아푸아뤼스 나리께 솔직히 말씀드리자면, 귀족들 옆에서 의사 노릇 하는 것은 결코 유쾌한 일은 아닙니다. 저는 언제나 일반 대중을 위한 의사로 남는 것이 더 낫다고 생각했습니다. 대중은 편하잖아요. 의료 행위에 대해 대답할 필요가 없습니다. 정해져 있는 의술 규정을 따르기만 하면 무슨 일이 일어나건 신경 쓸 필요가 없습니다. 그러나 귀족들은 의사들이 반드시 낫게 해주길 바란다는 점에서 아주 난처한 일이 많습니다.

뚜아네뜨 웃기지도 않네요. 당신들 의사들이 병을 치유해주길 바라다니, 참 엉뚱한 사람들이군요. 의사들이야 치료해주려고 그들 곁에 있는 게 아니지요. 단지 연금[49]을 받고 약을 처방해주기 위해서 있는 거잖아요. 치료가 되고 안 되고는 자기들이 알아서 할 일이지.

디아푸아뤼스 맞습니다. 형식에 맞게 사람들을 치료하기만 하면 됩니다.[50]

아르강 (끌레앙뜨에게) 선생, 이분들 앞에서 우리 딸 노래 좀 들려주지요.

끌레앙뜨 분부만 기다리고 있었습니다, 나리. 손님들을 즐겁게 해

49 신분이 높은 귀족들 대부분은 주치의를 두고 있었고, 그 주치의들은 해마다 지급되는 연금을 받고 있었다.

50 이런 표현이 사교계 사람들에게 유행이었고, 몰리에르도 이미 다양한 맥락에서 그런 농담을 사용했다.

드릴 생각이 하나 떠올랐습니다. 얼마 전에 작곡된 작은 오페라의 한 장면을 아가씨와 불러볼까 합니다. 자, 여기 아가씨가 부를 부분이 있습니다.

앙젤리끄 제가요?

끌레앙뜨 제발 사양하지 마십시오. 노래 부를 장면을 설명해드리겠습니다. 제 목소리는 노래하기에 좋지는 않지만 들어주세요. 아가씨가 노래하려면 저도 불러야 해서요. 양해해주시면 감사하겠습니다.

아르강 가사는 아름답소?

끌레앙뜨 정확히 말씀드리면 작은 즉흥 오페라[51]로, 리듬이 있는 산문, 혹은 자유시와 같은 겁니다. 두 사람이 사랑과 필연성이 이끄는 대로 그들의 마음을 즉석에서 말하는 내용이거든요.[52]

아르강 좋습니다. 들어볼까요.

끌레앙뜨 (목동으로 등장해서, 자신의 연인에게 그들의 만남 이후의 사랑을 설명해준다. 그들은 노래를 부르면서 서로에게 자신들의 생각을 들려준다)[53] 장면의 주제는 다음과 같습니다. 한 목동이 막 시작한 극의 아름다움에 빠져 있을 때, 옆에서 무슨 소리가 들려 집중력이 흐려지게 되었지요. 뒤돌아보니, 어떤 거친 남자

51 당시 '오페라'라는 말은 노래극만을 의미하지는 않고 '작품'을 포괄적으로 의미했다. 그렇기 때문에 프랑스뿐 아니라 이딸리아에서도 음악과 스펙터클과 춤이 섞인 비극, 전원극, 그리고 여타 시 작품들을 다 오페라라고 불렀다.

52 자유시 혹은 운율이 불규칙한 시를 짧고 즉흥적인 마드리갈(Madrigal)로 부르는 게 당시의 유행이었다.

53 속임수를 당하는 관객들 앞에서 이중의 의미를 띤 노래를 부르는 것은 에스빠냐 희극에서 고전적으로 사용되던 기법으로, 프랑스에서 각색한 여러 작품들에서도 사용되었다.

가 무례한 어투로 한 여인을 난폭하게 대하고 있는 겁니다. 그때 목동은 남자라면 누구나 다 찬사를 보낼 법한 한 여인에게 마음을 빼앗기게 됩니다. 우선 그 짐승 같은 남자의 무례함에 징벌을 가한 후, 그녀에게로 갔습니다. 지금까지 본 그 어떤 눈보다 아름다운 두 눈에서 여인이 눈물을 쏟는 것을 보게 됩니다. 눈물이 이토록 아름다울 수가! 이 사랑스러운 여인을 어떻게 모욕할 수 있습니까? 야만인이나 하는 행동이지요. 그는 그 울음을 멈추게 하고 싶습니다. 사랑스러운 그 소녀는 그토록 신속하게 도와준 것에 고마움을 표합니다. 목동은 이 황홀하고 다정하고 열정적인 감사의 말에 넋을 잃습니다. 그녀의 모든 말이, 그녀의 시선이 불화살같이 그의 심장에 꽂히는 기분이었습니다. 목동은 이토록 사랑스러운 말로 감사를 받을 만한 자격이 자신에게 있을까 되물어봅니다. 누군들 이런 달콤한 말을 듣는다면 물불을 가리지 않고 뛰어들지 않겠어요? 이러는 사이에 연극은 모두 끝이 납니다. 그러나 그는 연극이 너무 짧다고 투덜대지요. 왜냐하면 연극이 끝나면 사랑스러운 소녀와도 헤어져야 하기 때문입니다. 연극이 끝남으로써 아쉽게도 기대했던 모든 사랑과 열정을 잃어버렸지요. 이 공허한 상태에서 그 여인을 다시는 볼 수 없다는 사실에 괴로워합니다. 그래서 그녀를 다시 만나고자 합니다. 밤낮으로 그 소녀를 골똘히 생각하지만, 엄격한 감시하에 있는 그녀를 만날 수가 없었습니다. 그는 결심합니다. 모든 열정을 동원해서 그 여인에게 청혼하기로요. 그녀 없이는 살 수 없으니까요. 그래서 짧은 편지를 보내 청혼하려 했어요. 이때, 그녀의 부친이 딴 사람과의 결혼을 서두른다는 사실을 알게 됩니다. 이 목동의 가슴에 얼마나 큰 못이 박혔을지 생각해보세요. 죽음의 고통으로 고달파하는 그를 보세요. 그녀가 다른 남성의 품에 있다는 상상만으로도 끔찍했지요. 이렇게 사랑이 위태로워지자, 그녀의 마음도 살피고 운명이 과연 어떻게 될까 알고 싶어 그녀의 집으로 갑니다. 그런데 도착해서 황당한 일이 벌어졌지요. 예비 사위 놈을 보았는데 벌써 준비가 다 되어 있지 뭡니까. 그녀의 부친께서 자기 마음대로 딸이 사랑하지도 않는 사람을 정해버렸단 말이에요. 정복을 코앞에 둔 것처럼 의기양양해하는 그놈 모습을 보니 한심하고 분노가 치밀었지요. 제가 얼마나 고통스러웠겠어요. 그녀의 아버지가 계시고 그분을 무시할 수도 없고 하니, 눈으로 그녀에게 애걸하는 수밖에 없었습니다. 여기에서 일이 벌어집니다. 그는 이제 사랑과 열정으로 반전을 꾀하면서 노래합니다.

아름다운 필리스여, 너무하오, 너무 고통스럽소,
이 괴로운 침묵을 깨뜨려요. 그대의 마음을 열어주오.
내 운명은 어찌 되오,
살아야 해요, 죽어야 해요?

앙젤리끄
티르시스, 당신이 걱정하는 이 결혼 준비 때문에
전 슬프고, 우울해요.
하늘을 보고, 당신을 바라보고 한숨짓지요.
제 마음 아시지요.

아르강 아이고, 우리 딸이 이렇게 노래를 술술 잘하는지 몰랐네.

끌레앙뜨

아아, 아름다운 필리스여,

사랑에 빠진 티르시스가

당신 가슴속 일부라도

차지할 수 있을까요?

앙젤리끄

이 지독한 고통을 더는 견딜 수 없어요.

티르시스, 당신을 사랑해요.

끌레앙뜨

오, 이 황홀함!

내가 제대로 들었나요?

아, 다시 말해줘요, 필리스. 전 당신을 믿어요.

앙젤리끄

티르시스, 사랑해요.

끌레앙뜨

진심이죠, 필리스?

앙젤리끄

정말로 사랑해요.

끌레앙뜨

또 해주세요, 백번이라도.

앙젤리끄

사랑해요, 정말로 사랑해요,

티르시스, 죽도록 사랑해요.

끌레앙뜨

신들이여, 왕들이여, 온 세상을 내려보고 계시지만

제 행복이 부럽지 않으세요?

그런데, 필리스, 내가 왜 불안할까?

내 강한 열정이,

다른 놈 때문에 꺾일까봐……

앙젤리끄

아! 그를 죽기보다 더 싫어해요,

당신에게도 그렇겠지만 저로서는

그의 존재가 끔찍한 형벌이에요.

끌레앙뜨

하지만 아버지는 자신의 말에 복종을 바라시지요.

앙젤리끄

그 결혼을 받아들이느니

차라리 죽지요.

죽어버리겠어요, 그게 나아요.

아르강 도대체 그 아버지는 뭐라고 하실까?

끌레앙뜨 아무 말씀도 안 하십니다.

아르강 (화를 내며) 이런 쓸데없는 짓을 하게 내버려두다니, 한심하기 짝이 없군.

끌레앙뜨

아! 내 사랑……

아르강 자, 이제 그만. 그만하면 됐소. 이 연극은 정말 형편없군. 티르시스는 아주 무례한 놈이고, 필리스는 아비 앞에서 이렇게 뻔뻔스럽게 말해? 그 종이 내게 좀 보여주시오. 어? 두 사람 대사가 도대체 어디 있소? 이건 악보 아니오?

끌레앙뜨 나리, 얼마 전부터 악보만 있으면 가사를 바로 만들어낼 수 있다는 것을 모르셨습니까?[54]

아르강 좋소. 이제 그만하시구려, 선생, 안녕히 가시오. 선생의 그 돼먹지 않은 오페라[55]는 이제 필요 없소.

54 끌레앙뜨가 가사를 짓는 이 새로운 방법을 강조하면서 몰리에르는 삐에르 뻬랭의 최근의 글에 대해 암시하고 있다. 몰리에르는 「부르주아 귀족」에서 '나는 자느똥을 믿었네'라는 노래를 통해 이미 삐에르 뻬랭을 가볍게 비꼰 적이 있다. 원고 상태로 남아 있는 '음악 가사집'(Recueil de paroles de musique)의 꼴베르에게 바치는 헌사에서 뻬랭은 미래의 그의 '노래 예술'(Art lyrique)을 다음과 같이 예고하고 있다. "나는 내가 창안해낼 여러가지 새로운 것들을 가르칠 것이다. 그중에는 음표만 표시된 노래에 가사를 짓는 방법도 있을 것이다."

55 당대에 만들어지던 오페라 음악극에 대한 일부 당대인들의 거부감을 암시한다. 특히 생떼브르몽(Saint-Évremont)의 『잡다한 작품들』(*Oeuvres mêlées*, 1684)에는 다

끌레앙뜨　즐겁게 해드리려고 했는데……

아르강　그런 바보 짓거리로는 즐겁지 않지. 아! 아내가 오는군.

2막 6장

벨린, 아르강, 뚜아네뜨, 앙젤리끄,

디아푸아뤼스, 또마 디아푸아뤼스

아르강　여보, 디아푸아뤼스 선생님의 아드님이 오셨소.

또마 디아푸아뤼스　(외워 온 인사말을 시작한다. 그러나 기억이 나지 않아 계속하지 못한다) 부인을 장모님이라고 부르게 된 것은 하느님이 도와주신 덕분입니다. 부인의 얼굴에서……

벨린　때마침 와서 만나게 되어 무척 기쁘고 영광이에요.

또마 디아푸아뤼스　부인의 얼굴에서 제가…… 부인께서 말씀하시는 바람에 제 할 말을 잊어버렸습니다.

디아푸아뤼스　또마, 다른 기회에 말씀드리도록 하여라.

아르강　여보, 조금 전에 당신도 여기 있었으면 좋았을 텐데.

뚜아네뜨　아, 마님, 두번째 아버지라거나 멤논의 석상, 해바라기꽃 이야기를 놓치셨네요.

아르강　자, 우리 딸, 저분의 손을 잡고 남편에게 하듯이 신의의 맹

음과 같은 내용이 있다. "음악과 춤, 장식, 기계장치로 이루어진 쓸데없는 짓거리는 화려한, 그러나 여전히 어리석은 행위이다. 그것은 아름다운 외관을 가진 추한 내용으로, 불쾌감을 가지고 보게 된다."

세를 하렴.

앙젤리끄 아버지!

아르강 왜 그러니? 무슨 말을 하려고?

앙젤리끄 제발, 일을 서두르지 말아주세요. 적어도 우리가 서로 알아갈 시간을 가지고, 완벽한 결합을 하는 데 필요한 애정이 서로에게 생길 시간을 주세요.

또마 디아푸아뤼스 아가씨, 이미 제 마음에 그런 애정이 완전히 생겨났습니다. 그러니 더 기다릴 필요가 없습니다.

앙젤리끄 당신은 그렇게 빠르신지 몰라도 저는 그렇지 않습니다. 당신의 장점이 제 마음을 움직이지도 못했고요.

아르강 자, 됐어. 너희가 결혼하면 다 저절로 될 거야.

앙젤리끄 아버지, 제발. 저에게 시간을 좀 주세요. 결혼이 마치 쇠사슬 같아요. 억지로 그 사슬에 마음을 묶어놓을 수는 없는 거예요. 그리고 저분이 신사라면, 강제로 자기 사람으로 만들기를 원하지 않을 겁니다.

또마 디아푸아뤼스 당신이 만든 전제로부터 추론해낸 것에 이의를 제기합니다.[56] 아가씨. 전 신사이면서도 아가씨 부친이 제안하신 결혼을 받아들이고 싶어할 수도 있습니다.

앙젤리끄 억지로 사랑받으려 하는 것은 강탈입니다.

또마 디아푸아뤼스 선인들의 책을 보면, 아가씨들을 강제로 납치해서 결혼했습니다. 한 남자의 품에 안겨 결혼하는데, 굳이 여자들의 동의는 필요 없지요.

앙젤리끄 선인들은 선인들이고 우리는 현대인이에요.[57] 겉과 속이

56 Nego consequentiam. 스콜라 철학의 논쟁에서 규범에 맞는 관례적인 표현이다. 또마는 아래에도 여러번 이런 표현을 사용하여 현학적인 면모를 과시한다.

다른 것은 우리 시대에는 안 통하지요. 서로 원하면, 시간 끌 필요 없이 바로 결혼할 수 있습니다. 참고 기다리세요. 절 사랑하신다면, 제가 원하는 대로 해주셔야 합니다.

또마 디아푸아뤼스 그러겠습니다, 아가씨. 제 사랑에 도움이 되는 한.

앙젤리끄 그러나 사랑한다는 가장 큰 표시는 사랑하는 사람의 뜻을 따르는 것입니다.

또마 디아푸아뤼스 아가씨, 구별합시다(Distinguo). 사랑하는 사람을 소유하는 문제가 아니라면 아가씨 의견에 동의합니다(Concedo). 그러나 그 문제라면 아가씨 의견에 반대합니다(Nego).

뚜아네뜨 아가씨, 아무리 따져봐야 소용없어요. 저분은 이제 막 대학을 나오신 분이라 언제나 아가씨를 설득하려 들 거예요. 왜 그렇게 저항하세요? 의사 부인이 되는 영광을 왜 거부하시는 거예요?

벨린 저 애가 따로 마음에 두는 사람이 있는 것 같아.

앙젤리끄 새어머니, 제가 만약 누군가를 좋아한다면, 이성과 교양에 어긋나지 않을 거예요.

아르강 저런, 내가 여기서 웃기는 배역을 연기하고 있군.

벨린 여보, 제가 당신이라면, 앙젤리끄에게 결혼하라고 강요하지 않겠어요. 전 어떻게 해야 할지 알겠는데.

앙젤리끄 무슨 말씀을 하시는지 잘 알겠어요, 새어머니. 그리고 제게 잘해주시는 것도 잘 알아요. 하지만 새어머니가 생각하시

---

57 사교계에서 이미 널리 퍼져 있던 생각이다. "내가 우리 시대에 사랑을 하고 싶을 때, 고대인들이 사랑을 어떻게 했는지 알 필요가 있을까? 오로지 내 마음으로 결정해야 하는 일이 있을 때, 내가 알지도 못하는 대여섯명의 작가들을 인용한다고 해서 위안을 받을 수 있을까?"(Mme de Villedieu, *Carmente*, 1668, p.346).

는 것은 적절하지가 않아요.

벨린　너처럼 분별있고 정숙한 처녀들이 아버지 뜻에 복종하고 따르는 것을 우습게 알기 때문이지. 예전에는 그러지 않았는데 말이야.

앙젤리끄　딸로서의 의무도 한계가 있어요, 새어머니. 이성과 규범에 맞지 않으면 그 의무를 따를 수 없지요.[58]

벨린　그러니까 넌 결혼 생각만 하잖아. 넌 네 멋대로 남편감을 고르고 싶은 거지?

앙젤리끄　아버지가 제가 바라는 신랑감을 허락하지 않으신다면, 적어도 제가 싫어하는 사람과의 결혼을 강요하지는 말아주세요.

아르강　여러분, 이런 일이 일어나다니 정말 죄송합니다.

앙젤리끄　사람은 저마다 자신의 목표를 가지고 결혼해요. 전 진정으로 사랑하는 남편을 원할 뿐이에요. 그리고 평생 동안 제가 사랑하기를 바라요. 그래서 신중하게 생각하지요. 누구는 단지 부모의 간섭에서 벗어나 마음대로 살고 싶어서 남편을 택하기도 합니다. 또 누구는 이해관계로 결혼하기도 하고요. 죽은 남편의 재산을 노린다든가, 남편이 죽으면 부자가 되려고 결혼하는 거지요. 거리낌 없이 여러번 재혼하면서 그들이 남기는 유산을 가로채는 겁니다. 많은 방법도 필요 없지요. 결혼할 사람은 거의 신경도 쓰지 않고요.

벨린　오늘 너 참 똘똘하네! 도대체 무슨 말을 하고 싶은 거냐?

앙젤리끄　무슨 말이라니요?

---

58 앙젤리끄의 대꾸는 17세기에 가족의 권리를 세운 '아버지의 힘' 원칙에 대놓고 반론을 제기한다(「스까뺑의 간계」 3막 1장 주 21번 참조).

벨린　애야, 너 바보 아니냐? 도저히 봐줄 수가 없구나.

앙젤리끄　새어머니는 제 말꼬리를 잡으려고 하시지만, 저는 안 넘어가요.

벨린　버르장머리 없는 것!

앙젤리끄　그럼요, 새어머니. 아무리 말씀하셔도 소용없습니다.

벨린　넌 교만하고 무례하고 건방져. 아주 웃기지도 않아. 다들 어이없어하지.

앙젤리끄　새어머니, 아무리 그러셔도 소용없습니다. 전 깊이 생각하고 처신할 겁니다. 새어머니가 원하시는 대로는 절대 안 될 겁니다.

아르강　이런 애가 다 있나, 말이 안 통하네! 나흘 뒤에[59] 또마와 결혼하든지 아니면 수녀원에 가든지 양자택일을 해라. 여러분, 너무 염려하지 마시오. 우리 아이는 제가 잘 설득하지요.

벨린　여보, 잠깐 나갔다 올게요. 미안해요. 시내에 볼일이 있어서요. 금방 돌아올게요.

아르강　그렇게 해요, 여보. 공증인도 만나 그 일 빨리 처리하도록 하고요.

벨린　다녀올게요, 우리 예쁜 남편.

아르강　잘 다녀와요, 여보. 날 사랑하다니…… 난 정말 행운아야.

디아푸아뤼스　나리, 저희는 이만 가겠습니다.

아르강　선생님, 이 기회에 저 진맥 좀 해주시겠습니까?

디아푸아뤼스　(아르강의 맥을 짚으면서) 또마, 나리의 저쪽 팔 진맥을 해볼래? 잘하는지 좀 보자. 어때?

59 사흘 뒤에 또마 디아푸아뤼스가 의사가 된다(1막 5장 참조).

또마 디아푸아뤼스 솔직히 말씀을 드리자면 건강하지 못하시네요.

디아푸아뤼스 옳지.

또마 디아푸아뤼스 맥박이 좀 거칠어요. 심한 건 아니지만요.

디아푸아뤼스 아주 잘했어.

또마 디아푸아뤼스 상태가 만만치 않은데요.

디아푸아뤼스 그렇지.

또마 디아푸아뤼스 들쑥날쑥합니다.

디아푸아뤼스 대단하다!

또마 디아푸아뤼스 비장의 샘세포 조직이 불안정한 것 같아요.

디아푸아뤼스 정말 잘했어!

아르강 퓌르공 선생님은 내 간장이 나쁘다고 했어요.

디아푸아뤼스 예, 맞습니다. 샘세포 조직이라고 하면 비장과 간장을 다 말하는 겁니다. 유문幽門의 짧은 관, 그리고 대개의 경우 쓸갯길을 통해 그 둘이 긴밀하게 가깝기 때문이지요. 분명히 그분께서는 나리께 구운 고기를 많이 드시라고 처방했을 겁니다.

아르강 아닙니다. 삶은 고기 이외에는 아무것도 먹지 말라고 했습니다.

디아푸아뤼스 예, 그렇습니다. 구운 고기나 삶은 고기나 같은 겁니다. 그분께서 아주 신중하게 처방해주시니, 그분보다 더 훌륭한 분께 치료받기는 어려울 정도네요.

아르강 선생, 계란 하나에는 소금을 몇알 넣어야 할까요?

디아푸아뤼스 약을 드실 때는 홀수로 드시니까, 여섯알, 여덟알, 열알, 이렇게 짝수로 드시지요.

아르강 그럼 이만 살펴 가시지요.

2막 7장

벨린, 아르강

벨린 여보, 이 이야기는 하고 나가야겠어요. 당신이 아셔야 할 일이라서요. 앙젤리끄 방 앞을 지나가다가 어떤 젊은 남자가 같이 있는 걸 봤어요. 절 보더니 바로 도망가더군요.

아르강 젊은 놈과 있었다고?

벨린 그렇다니까요. 루이종도 함께 있었으니 물어보세요.

아르강 여보, 루이종 불러. 빨리! 큰애가 왜 버텼는지 이제야 알겠네. 이 앙큼한 것이.

2막 8장

루이종, 아르강

루이종 아빠, 왜 그래요? 새엄마가 아빠한테 가보라고 그랬어요.

아르강 (딸에게 손가락을 보여주면서)[60] 이리 와. 저쪽으로 가. 돌아서서 눈을 크게 떠봐. 아빠를 봐.

루이종 왜 그러세요, 아빠?

아르강 너, 말해봐.

60 손가락이 진실을 알고 있다는 당시의 제스처다.

루이종 뭘요?

아르강 아빠한테 할 말 없어?

루이종 아빠 심심하시면 '당나귀 가죽' 이야기나 아니면 '까마귀와 여우'[61] 이야기를 해드릴게요. 얼마 전에 배웠거든요.

아르강 아빠가 원하는 건 그게 아니야.

루이종 그럼 뭐예요?

아르강 요 깜찍한 것, 아빠가 뭘 말하는지 모르겠어?

루이종 죄송해요, 아빠.

아르강 이제 아빠 말 듣는 거지?

루이종 뭘요?

아르강 너 아빠한테 다 말해주러 왔지?

루이종 예, 아빠.

아르강 그렇게 했니?

루이종 예, 아빠. 제가 본 걸 전부 다 말해드리러 왔어요.

아르강 그런데 오늘 아무것도 못 봤어?

루이종 예, 아무것도 못 봤어요, 아빠.

아르강 아무것도?

루이종 예, 아빠.

아르강 확실해?

루이종 확실해요.

아르강 (회초리 손잡이를 잡는다) 그래? 너 혼 좀 나볼래?

61 '당나귀 가죽'은 당시에 아직 제대로 인정받지 못하던 이야기이고, '까마귀와 여우'는 1668년에 출판된 라 퐁텐의 『운문 우화선집』(*Fables choisies mises en vers*)에 나오는 이야기다. 재미있는 것은 샤를 뻬로(Charles Perrault)가 엮어서 내기 전에는 동시대인들에게 제대로 인정받지 못하던 '당나귀 가죽'을 이미 유명했던 라 퐁텐의 '까마귀와 여우'와 나란히 언급하고 있다는 점이다.

루이종 아! 아빠!

아르강 요 맹랑한 것, 언니 방에 남자가 있는 걸 보고도 말을 안 했잖아.

루이종 아빠.

아르강 거짓말하면 너 혼쭐나.

루이종 아! 아빠, 용서해주세요. 언니가 아빠께 말씀드리지 말라고 했어요. 그렇지만 다 말씀드리려고 왔잖아요.

아르강 우선 거짓말을 했으니까 회초리부터 맞아라. 그런 다음에 보자.

루이종 용서해주세요, 아빠.

아르강 안 돼.

루이종 제발 아빠, 때리지 말아주세요.

아르강 맞아야 해.

루이종 아빠, 제발. 때리지 마세요.

아르강 (때리려고 루이종을 잡는다) 자, 이리 와.

루이종 아, 아빠, 아파요! 잠깐만요, 나 죽어요. (죽은 척한다.)

아르강 어, 큰일 났네. 루이종, 루이종, 아, 세상에! 루이종! 내 딸이! 아, 불쌍한 것, 내 가여운 딸이 죽다니. 내가 무슨 짓을 한 거지? 이 비열한 놈 같으니라고. 망할 놈의 회초리, 꺼져버려라. 아, 내 불쌍한 딸! 내 불쌍한 어린 루이종.

루이종 짜잔, 아빠, 울지 마세요. 저 안 죽었어요.

아르강 요 앙큼한 것을 보았나? 이런, 이번엔 용서해주마. 단, 모든 걸 다 말해야 해.

루이종 그럴게요, 아빠.

아르강 조심해. 아빠 새끼손가락이 모든 걸 다 알고 있어서 네가 거짓말하면 다 알게 돼.

루이종　그런데, 아빠. 내가 말했다는 걸 언니한테는 말하지 마세요.

아르강　안 하지. 그럼.

루이종　아빠, 있잖아요, 내가 언니 방에 있을 때 어떤 남자가 왔어요.

아르강　그래서?

루이종　왜 왔는지 물어보니까 음악 선생이라고 했어요.

아르강　흥! 바로 그놈이군. 그래서?

루이종　언니가 그뒤에 왔어요.

아르강　그래서?

루이종　언니가 '나가세요, 당장 나가시라고요. 이러시면 곤란해요' 라고 말했어요.

아르강　그랬더니?

루이종　그런데 그분은 나가려고 하지 않았어요.

아르강　그놈은 뭐라고 말해?

루이종　잘 모르겠는데 언니한테 많은 말을 했어요.

아르강　무슨 말?

루이종　언니를 무척 사랑한다는 둥, 언니가 세상에서 가장 아름답다는 둥, 이런저런 말을 많이 했어요.

아르강　그러고는?

루이종　언니 앞에서 무릎을 꿇었어요.

아르강　그리고?

루이종　손에 키스했어요.

아르강　다음에는?

루이종　새엄마가 오셨어요. 그러자 그 사람이 달아났어요.

아르강　딴 일은 없어?

루이종 없어요, 아빠.

아르강 그런데 아빠 새끼손가락이 뭐라고 하는데…… 가만있어봐. 어! 오, 오! 아빠 새끼손가락이 네가 말 안 한 게 있다고 그러는데!

루이종 아, 아빠, 아빠 새끼손가락이 거짓말쟁이예요.

아르강 조심해.

루이종 아니에요, 아빠. 새끼손가락 말 믿지 마세요. 거짓말쟁이예요. 확실해요.

아르강 좋아 좋아, 곧 알게 되겠지. 이제 가봐. 조심해.[62] 내 몸도 힘든데 이게 다 뭐야? 빌어먹을! 더는 못 참겠네.

2막 9장

베랄드, 아르강

베랄드 형님, 왜 그러세요? 몸은 좀 어떠세요?

아르강 동생, 너무 안 좋아.

베랄드 그렇게 안 좋으세요?

아르강 그래. 너무 기운 없어 죽겠다.

베랄드 큰일이네요.

아르강 말할 힘조차 없어.

---

62 1682년 판본에는 '그건 그렇고, 아! 더이상 어린애가 아니네'라는 말이 덧붙여져 있다.

베랄드 형님께 앙젤리끄 혼처를 소개해드리러 왔습니다만.

아르강 동생, 이 요망한 아이에 대해서는 말하지 말게. 교활하고 무례하고 뻰뻰하기 이를 데 없어. 이틀 내로 수녀원에 집어넣을 생각이야.

베랄드 아! 그것도 방법이죠. 그런데 우선 형님이 기력을 좀 회복하셨으면 하고, 거기에 제가 도움이 될까 하고 왔어요. 앙젤리끄 결혼 이야기는 좀 있다 하도록 해요. 제가 우연히 본 공연팀을 데리고 왔는데, 형님의 우울한 기분을 좀 풀어줄 겁니다. 형님 기분이 좀 나아지셔야 우리도 대화를 할 수 있죠. 무어인 복장을 한 집시들이 춤을 추며 노래할 거예요. 분명히 형님도 좋아하실 겁니다. 퓌르공 선생의 치료를 받은 것처럼 말이에요. 자, 봅시다.

두번째 막간극

상상병 환자의 동생이 형의 기분을 달래주기 위해 무어인 복장을 한 남녀 집시 여러명을 데리고 온다. 그들이 춤을 추며 노래를 부른다.

첫번째 무어 여인

봄을 즐기세요

당신의 찬란한 시절,

사랑스러운 청춘을.

봄을 즐기세요
당신의 찬란한 시절을,
사랑에 몸을 맡기세요.

아무리 즐거워도
불꽃같은 사랑이 없으면
마음이 충만해질 만큼
강한 매력은 없지요.

봄을 즐기세요
당신의 찬란한 시절,
사랑스러운 청춘을.
봄을 즐기세요
당신의 찬란한 시절을,
사랑에 몸을 맡기세요.

이렇게 소중한 순간을 놓치지 마세요.
아름다움은 사라지고
시간이 가면 바래지요,
시든 나이가
그 자리를 대신 차지하면
달콤한 놀이를 하고 싶은 마음도 우리에게서 앗아가버린답니다.

봄을 즐기세요
당신의 찬란한 시절,

사랑스러운 청춘을.

봄을 즐기세요

당신의 찬란한 시절을,

사랑에 몸을 맡기세요.[63]

두번째 무어 여인

사람들이 우리에게 사랑하라고 재촉할 때

그대는 무슨 생각을 하나요?

젊은 시절 우리의 마음은

너무나 달콤하게

사랑만을 갈구하지요.

사랑은 너무도 부드러운 매력으로

우리를 사로잡아서

사랑의 느낌이 들기만 하면

단숨에

달려가지요.

그러나 사랑 때문에

쓰라린 고통과 눈물에 대해

말하는 걸 모두 듣고 나면

사랑의 달콤함을

의심하게 되지요.

63 1660년대 사랑 시에서 상투적으로 불리던 주제인 '카르페 디엠'이 성악곡으로 불리고 있다.

세번째 무어 여인

우리가

약속한 연인을

사랑하는 것은

달콤하지요.

그에게 바람기가 있다면

얼마나 고통스러울까?

네번째 무어 여인

달아나는 연인은

불행도

고통도

분노도 아니에요.

사라진 사랑도

내 가슴에는 소중하지요.

두번째 무어 여인

우리 젊은이들은

어떻게 해야 하나요?

네번째 무어 여인

그것이 힘들다 해도

받아들여야 하나요?

다 함께

그럼요, 뜨거운 사랑과

열정, 변덕,

번민을 따르도록 해요.

비록 심한 고통이 있다 해도,

마음을 사로잡는

환희도 있으니까요.

발레 입장

무어인들이 모두 함께 춤을 춘다. 원숭이들도 덩달아 뛰어논다.[64]

64 막간극은 두가지 춤으로 끝맺는다. 활기차고 유쾌하며 날카로운 리듬으로 이루어진 두번째 춤은 원숭이들을 뛰어오르게 하는 춤이다.

3막[65] 1장

베랄드, 아르강, 뚜아네뜨

베랄드　어때요? 형님, 재미있으셨어요? 완하제 드신 것만큼 시원하지 않으세요?

뚜아네뜨　완하제도 잘 쓰면 좋지요.

베랄드　좀 나아지셨으면 얘기 계속할까요?

아르강　(대야로 달려가면서) 잠깐만 기다려, 동생. 금방 올 테니까.

뚜아네뜨　나리, 지팡이 안 가져가세요? 지팡이 없이는 못 걷잖아요?

아르강　맞아. 어서 줘.

3막 2장

베랄드, 뚜아네뜨

뚜아네뜨　나리, 조카딸이 불쌍하지도 않으세요? 그렇게 싫어하는 사람에게 시집보내려는 걸 가만두실 거예요?

베랄드　말도 안 되는 결혼 계획을 듣고 너무 놀랐어. 무슨 수를 써서

65 1682년 판본에서는 3막 역시 대대적으로 수정된다. 특히 의학에 관한 아르강과 베랄드의 대화로 이루어진 3장의 경우 몽떼뉴와 샤롱(Pierre Charron, 16세기의 신학자로, 몽떼뉴의 영향을 받은 회의주의자)을 인용하며 몰리에르의 자유사상가적인 면모를 부각시킨다. 또한 의학 용어의 오류도 바로잡는다.

라도 중단시켜야 해. 그걸 내버려두다니, 끝까지 막을 거야. 끌레앙뜨에 대해서는 좋게 말했는데 귀담아듣지 않으셨지. 그러니 그 두 사람을 맺어주기 위해서는 우선 형님이 생각하는 사윗감을 형님이 싫어하게 해야겠어. 그걸 지금 궁리 중이야.

뚜아네뜨 사실 아르강 나리의 생각을 바꾼다는 건 쉬운 일이 아니에요. 그렇긴 하지만 들어보세요, 성공할 수 있는 묘안이 하나 있어요.

베랄드 뭔데?

뚜아네뜨 좀 황당한 발상인데요, 우리 나리를 속일 재미있고 기발한 생각이 떠올랐어요. 퓌르공 선생과는 다르게 치료하는 의사를 한명 구합시다. 그래서 퓌르공을 아주 무식한 의사로 만드는 겁니다. 그리고 우리 나리를 치료하고 앞으로 퓌르공 선생을 대신해서 보살펴드린다고 약속하는 거지요. 좀 짓궂긴 하지만 재미있을 거예요. 운에 맡기고 한번 해보도록 해요. 그런데 의사 역할을 잘할 적당한 사람이 없으니 제가 해볼 생각이에요.

베랄드 어떻게?

뚜아네뜨 한번 믿어보세요. 나리가 오시나봐요. 절 도와주시기만 하면 돼요.

3막 3장

아르강, 베랄드

베랄드 형님, 그 일에 대해 말씀드리기 전에 부탁이 있습니다.

아르강 말해보게.

베랄드 제 말 믿으시고 들어주세요.

아르강 좋아.

베랄드 보통 때처럼 화내시면 안 됩니다.

아르강 알았어, 그러지.

베랄드 모든 일에 흥분하지 말고 명확하게 대답해주셔야 합니다.

아르강 그럼. 서론 한번 거창하네.

베랄드 형님, 왜 딸을 의사에게 시집보내려고 해요?

아르강 인마, 내가 가장이야. 내가 다 결정할 거야.

베랄드 그런데, 왜 하필 의사를 택하신 거예요?

아르강 내가 지금 의사가 필요해. 딸이 제 아비를 생각한다면 아비 말을 들어야지.

베랄드 그럼 루이종은 약사한테 보내실 거요?

아르강 왜 못 해? 그래야 두루두루 힘든 일에 대비하지.

베랄드 형님이 왜 그리 의사에 집착하시는지 납득이 안 됩니다. 제가 볼 때 형님은 건강하신데, 환자인 척하는 것도 이해가 안 되고요.

아르강 너 무슨 말을 하는 거야?

베랄드 형님, 형님보다 더 건강한 사람은 못 봤습니다. 저는 형님 체질이 부러워요. 그렇게 약을 먹고 관장을 해대도 체질이 안 변한 걸 보면 형님은 건강하신 거예요. 신기한 건 약의 부작용이 전혀 없이 아직도 건강하신 거지요.

아르강 퓌르공은 내가 약을 먹어야 살 수 있다고 했어. 저 아니면 나는 이틀 만에 죽는대.

베랄드 그렇겠지요. 얼마 안 가 형님은 그 친구가 필요 없을지도 모르지요.

아르강 그런데 동생, 도대체 왜 그렇게 의학을 믿지 않나?

베랄드 저는요, 전혀 믿지 않습니다. 의학이라는 것이 그런 목적은 아니지요.

아르강 너 의학을 모르는구나. 오랜 세월 지켜왔던 학문을 네가 무시해?

베랄드 무시합니다. 코미디지요. 모든 걸 의사가 다 해결한다는 건 안 믿어요.

아르강 동생, 왜 자네는 의사가 환자를 치료한다는 걸 못 믿나?

베랄드 왜냐하면 우리 몸의 동력은 지금까지도 알려지지 않은 신비로운 것이기 때문이지요. 사람들이 전혀 들여다볼 수 없답니다. 모든 것에 대해 글을 쓰는 작가도 인간의 몸에 대해서만은 섣불리 안다고 하지 않습니다.

아르강 그렇다면 사람이 아프면 어떻게 해야 하나?

베랄드 휴식을 취하면서 자연이 알아서 하게 내버려두어야 합니다. 혼란에 빠진 것이 자연이니까, 자연은 스스로 거기서 벗어나서 회복할 수가 있는 겁니다.

아르강 그런데 사람들이 자연을 도와줄 수 있지는 않을까?

베랄드 전혀 그렇지 않습니다. 오히려 대개의 경우 자연적 치유를 방해할 뿐입니다. 저는 치료를 받다가 죽는 사람을 많이 보았습니다. 차라리 저절로 치유되도록 놓아두었더라면 건강해졌을 사람들이 말이에요.

아르강 그러니까 동생은 의사들이 아무것도 모른다고 말하는 거지?

베랄드 아닙니다, 그런 말이 아닙니다. 의사들 대부분은 라틴어도 잘하고 모든 병을 그리스어로 명명할 줄도 알고, 명확하게 규명할 줄도 아는 아주 훌륭한 인문주의자들입니다. 그러나 병을 치료하는 것에 대해서는 잘 모르지요.

아르강 그런데 도대체, 동생, 왜 모든 사람들이 내가 빠져 있다고 자네가 말한 그 똑같은 실수에 빠져 있는가?

베랄드 형님, 그것은 그럴 듯한 외관으로 우리를 사로잡는 면이 있기 때문입니다. 그것이 이루어지길 우리가 바라기 때문에 진짜라고 믿는 거지요. 의학은 그런 것입니다. 의학의 목적만큼 고약하고 사람을 홀리는 것도 없을 겁니다. 예를 들면, 의사가 형님께 사혈을 하고, 심장을 강화시키고, 장을 세척하고, 폐를 회복하고, 비장을 바로잡고, 지나치게 높은 간의 열을 안정시키고, 천성적인 열을 조절하고 가라앉히고 없애라고 말할 때, 그는 형님께 정확하게 의학 소설을 써대는 겁니다. 밤에 우리를 즐겁게 해주다가 깨고 나면 그게 꿈이었다는 사실에 실망하게 되는 아름다운 꿈과 같은 것이지요.

아르강 저런, 어느새 동생이 대단한 학자가 되었네.

베랄드 말과 행동을 보자면 형님의 그 잘난 의사들은 두종류가 있습니다. 세상에서 가장 잘난 사람들이지만 하는 짓 보면 가장 무식한 자들입니다. 그래서 그들의 학문은 현란한 횡설수설과 겉만 그럴싸한 객설이 되어버린 겁니다.

아르강 그러니까 의사들은 사람들의 고지식함과 신의를 악용하는 나쁜 사람들이라는 거지?

베랄드 그들 중에는 다른 사람들처럼 오류에 빠져 있는 사람들도 있고, 오류에 빠지지는 않았으면서도 그걸 이용하는 사람들도 있지요. 형님의 주치의이신 퓌르공은 누구보다도 오류에 빠져 있습니다. 머리끝부터 발끝까지 웃기는 의사 양반이지요. 의학적 지식만 맹신하면서, 하제, 사혈 등 자기 멋대로 원칙을 정해서 마구잡이로 치료를 하지요. 그놈 때문에 형님이 돌아가신다면, 그놈이나 그 가족도 같은 치료로 죽을 수 있는 거지요.

아르강 동생은 오랫동안 퓌르공을 싫어했나?

베랄드 제가 왜 그 양반이 싫었겠어요?

아르강 의사 선생이 여기 한분 계셨으면 좋겠네. 자네가 한 말을 반박하게 말이야. 감히 그 양반들을 건드리면 어떻게 되는지 맛 좀 보겠군그래.

베랄드 제가요? 뭐 하러 그 양반들을 건드려요? 이건 다 우리끼리 얘기예요. 의사 만나서 얘기하면 이런 거 저런 거 다 고려하면서 적절히 대화하지요.

아르강 이봐, 동생, 더이상 의사 얘기는 그만하자. 난 의사를 믿어. 넌 자꾸 그 이야기를 해서 내 병을 더 키우고 있어.

베랄드 좋아요, 그러지요. 그런데 형님 기분을 전환시켜드릴 겸 이런 내용을 다룬 몰리에르 희극을 하나 보여드리고 싶네요.

아르강 몰리에르 희극 배우들은 정말 우스꽝스럽고 무례하기 짝이 없는 사람들이야. 그들은 의학을 조롱하지. 멍청한 사람들 같으니라고. 존경받는 의사들을 연극 무대에 올리는 그 작자들이야말로 웃기는 놈들이지.

베랄드 형님은 어떤 연극을 원하시는 거예요? 연극은 별의별 직업을 다 보여주고 있잖아요. 의사든 왕이든 왕자든, 어떤 명망가라도 늘 무대에 등장하지요.

아르강 나쁜 놈들, 저들이 병에 걸리면 후회해도 소용없지. 아무리 빌어도 하나도 안 도와줄 거니까. 사혈이든 관장이든 아무것도 안 해줄 거야. 그놈들의 뻔뻔함에 이렇게 말해줄 거야. '죽어버려, 뒈져버려, 이 멍청한 놈들아. 의사를 조롱하면 안 될 일이지.'[66]

베랄드 끄떡도 없을걸요. 치료도 스스로 잘할 거예요.

3막 4장

플뢰랑(손에 관장기를 들고), 아르강, 베랄드

플뢰랑 관장용 소형 주사기를 가져왔습니다. 빨리 하시지요. 아주 효과 있는 겁니다.

베랄드 형님, 뭘 하시려는 거예요?

아르강 조금 기다려. 금방 끝날 거야.

베랄드 형님, 설마…… 다음에 하세요. 선생, 다음에 오시지요.

아르강 저녁 늦게 오세요, 플뢰랑 선생.

플뢰랑 아르강 나리는 지금 관장해야 해요. 이분은 왜 이래요?

베랄드 말이 영 안 통하는 양반이시네.[67]

66 몰리에르가 죽었을 때 작성된 여러 비문(碑文)에는 의사들이 자신들의 유명한 적을 고의로 죽게 내버려두었다는 비난이 적혀 있다.

67 번역 저본의 편자인 조르주 포레스띠에에 따르면 초연 때는 'parler à des culs'(엉덩이에 대고 말한다), 즉 의사와 약사들이 늘 엉덩이에 주사기를 찌르며 관장만 해대는 것을 비꼬면서 아무 말이나 막 지껄인다는 의미로 썼으나, 출판 시

플뢰랑 아니, 무례하게 이 무슨 망발이오! 내가 헛걸음하려고 온 줄 아시오? 처방전도 제대로 가지고 치료하려고 왔는데, 나를 모욕한 것에 대해서는 후회할 거요. 퓌르공 선생님께 이르겠소. 두고 보시오.

3막 5장

아르강, 베랄드

아르강 너 때문에 난처하게 되었어. 내가 관장을 못 한 걸 퓌르공 선생이 알게 되면 화를 낼 것 같아.

베랄드 퓌르공이 처방한 관장을 안 했다고 해서 이렇게 곤란해하시다니. 누가 보면 진짜 대역죄를 저지른 줄 알겠네요. 그리고 병은 다 의사들이 만드는 거예요. 자기들이 만든 병을 못 고치기야 하겠어요? 그러니 겨우 관장이나 하고 주는 건 약밖에 없잖아요.

아르강 넌 건강을 과신하는구나. 네가 내 입장이면 달라질걸.

베랄드 그건 형님 생각이지요. 아무튼 하던 얘기를 다시 하자면, 조카는 의사에게 시집보내면 안 됩니다. 그 아이에게 어울리는 더 좋은 후보자가 있지요.

아르강 나한테는 적합하지가 않아. 이제 그만해! 약혼 단계니까 결

'culs'(엉덩이)라는 단어의 외설성을 피하기 위해 'visages'(얼굴)로 바꾸어 'ne pas parler à des visages'(얼굴을 보며 말하지 않는다)로 바꾸었다.

혼 아니면 수녀원이야.

베랄드 형수님이 그렇게 제안하셨어요?

아르강 너 또 형수 비난하는구나? 다른 사람도 네 형수에 대해 꼭 그러더라.

베랄드 아, 그게 아닌가보네요. 형수님은 정이 많은 분이지요. 우리 조카들을 좋아해서 훌륭한 수녀로 만들고 싶은가보죠.

3막 6장

퓌르공, 뚜아네뜨, 아르강, 베랄드

퓌르공 이게 무슨 일입니까? 방금 기막힌 소식을 들었습니다. 제가 심혈을 기울여 처방한 관장을 거부하셨다면서요?

아르강 퓌르공 선생, 제가 아닙니다. 제 동생이 그랬습니다.

퓌르공 주치의 처방을 완전히 무시하는 이런 황당한 일이 어디 있습니까?

뚜아네뜨 지당하신 말씀!

퓌르공 감히 플뢰랑 선생을 쫓아내다니! 어처구니없이.

뚜아네뜨 안 되지요!

퓌르공 의학에 맞선 무서운 폭력입니다.

뚜아네뜨 지당한 말씀.

퓌르공 의료인에 대한 범죄 행위입니다.

뚜아네뜨 옳소!

퓌르공 약 열번만 더 드시고 관장 스무번만 더 했으면 내장을 말끔히 청소할 수 있었는데…… 거절하셨으니 이젠 끝났습니다.

뚜아네뜨 고소하다!

퓌르공 그 중요한 관장을 거부한 것은 오만불손한 처사입니다.

아르강 퓌르공 선생, 제 동생이 한 짓입니다.

퓌르공 주치의에게 반항한 것이지요.

아르강 제가 한 게 아니라고요.

퓌르공 더이상 나리와는 엮이고 싶지 않습니다. 따님과 제 조카의 결혼을 위해서 제 재산을 물려주려고 했지요. 그 증서는 이제 찢어버리겠습니다.

뚜아네뜨 찢어야지요.

아르강 인마, 다 너 때문이다.

퓌르공 우리는 끝났어요. 나는 이제 치료 안 합니다.

아르강 제발 이러지 마세요.

퓌르공 썩어가는 몸, 희한한 체질, 지저분한 체액, 전부 그대로 둡시다.

아르강 그놈 데려와. 당장.

퓌르공 그러나저러나 죽어가는 몸뚱어린데……

아르강 아! 이렇게 죽는구나.

퓌르공 죽어도 지랄병으로 죽습니다.

아르강 퓌르공!

퓌르공 지랄병이 폐결핵까지 가고.

아르강 퓌르공!

퓌르공 폐결핵에서 소화불량!

아르강 제발!

퓌르공 소화불량에서 설사!

아르강 에고!

퓌르공 선생 설사에서 이질!

아르강 퓌르공 선생님!

퓌르공 선생 이질 다음에는 온몸이 퉁퉁 붓고!

아르강 살려주시오!

퓌르공 선생 퉁퉁 붓다가 머리도 터지고!

아르강 제발, 제발 그만!

퓌르공 선생 머리 터지고 사망! 인과응보![68]

3막 7장

아르강, 베랄드

아르강 아, 나는 끝났어. 망했어. 돌이킬 수 없어. 병 고치는 놈한테 당했네!

베랄드 형님, 정신 차리세요. 이런 거 누가 볼까봐 창피해 죽겠어요.

아르강 시끄러워! 내가 염병에 걸렸다고 하니 무섭다. 소름 끼쳐.

베랄드 형님은 정말 단순하네요. 그러니 저놈이 형님 목숨을 가지고 노는 거지요. 저놈은 그러고도 남을 놈이에요. 제발 정신

68 퓌르공의 저주는 기독교에서 이단을 파문하는 의식과 유사하다. 치료를 위한 '의학적' 형벌을 거부한, 뿌리 깊이 죄악에 젖은 사람은 교회 단체에서 쫓겨나 모든 교류를 거부당하고 지옥불에 처해진다.

좀 차려요. 형님, 정말 죽을 병 걸리면 아무도 못 고쳐요.

아르강 날 못 고친대.

베랄드 형님은 건강 염려가 오히려 큰 병이에요. 뭘 생각했다 하면 거기서 꼼짝을 못하지요.

아르강 내가 버림받은 마당에 이제 어떻게 하냐고. 날 그만큼 잘 돌봐줄 다른 의사를 어떻게 찾아?

베랄드 필요하시면 더 유능한 의사를 얼마든지 구할 수 있어요. 더 믿을 수 있고 더 의리 있는 분이 분명히 있을 거예요. 더 꼼꼼하게 보살펴드릴 테니 위험을 겪는 일은 줄어들 거고요.

아르강 퓌르공은 내 병을 정말 잘 알고 있었는데…… 나보다 더 말이야.

3막 8장

뚜아네뜨, 아르강, 베랄드

뚜아네뜨 의사 한분이 나리를 뵙고 싶어하는데요.

아르강 누군데?

뚜아네뜨 저와 무척 닮았어요. 아버지 돌아가시고 엄마가 딴 남자와 낳은 의붓동생처럼 보일 정도라니까요. 엄마는 그렇게는 안 하셨지만요.

아르강 모셔와. 퓌르공이 보냈을지도 몰라. 다시 잘해보고 싶은 모양인데 확인해보자. 좋은 기회를 놓치면 안 되지.

3막 9장

뚜아네뜨(의사 복장을 하고), 아르강, 베랄드

뚜아네뜨(의사) 나리가 아프시다고 하니 제가 치료해드리러 왔습니다. 나리는 저를 모르시지만요. 설사약도 드리고 피도 뽑아드릴게요.

아르강 뚜아네뜨, 바로 요년이구먼.

뚜아네뜨(의사) 아이고, 잠시 실례하겠습니다. 집 앞에 세워 둔 하인에게 할 말이 있어서요. 좀 있다 시내에 약속이 있는데 좀 늦는다고 전갈을 보내야 해서요. (나간다)

아르강 쟤 뚜아네뜨인데, 맞지?

베랄드 뚜아네뜨 아니에요. 그렇게 닮은 사람 처음 보세요? 이런 일이야 아주 흔하지요.

뚜아네뜨 (의사 옷을 재빨리 벗고 평상시 모습으로 나타나서) 무슨 일이세요, 나리?

아르강 뭐라고?

뚜아네뜨 저 안 부르셨어요?

아르강 내가? 안 불렀는데.

뚜아네뜨 내가 잘못 들었나?

아르강 잠깐, 여기 있어봐. 너와 꼭 닮은 의사가 찾아왔어.

뚜아네뜨 (의사 옷을 다시 입으려고 나가면서) 맞아요, 저를 많이 닮았더라고요. 저도 봤어요.

아르강 맞지? 동생, 정말 신기하네. 두 사람을 한 자리에서 봐야 구별할 수 있겠네.

베랄드 요즘 세상에 이런 일이 자주 일어나는 걸 보니, 이게 그렇게 놀랄 일은 아니네요. 세상을 떠들썩하게 했던 몇가지 경우를 기억해보세요.

뚜아네뜨(의사) 나리, 잠시 죄송했습니다.

아르강 귀신이 곡할 노릇이네. 바로 그년인데!

뚜아네뜨(의사) 저를 소개하겠습니다. 전국 방방곡곡, 또 이 나라 저 나라를 다니며 환자를 찾아 고치는 유랑 의사입니다. 제가 잘 고칠 만한 환자들만 찾아다니지요. 저는 사소한 병, 예컨대 미열, 류머티즘, 편두통 따위는 쳐다보지도 않습니다. 아주 심각한 고열이나 심한 가위눌림, 요통, 홍역, 매독, 페스트 등이 제 전공 분야예요. 아주 잘합니다. 이런 종류의 병을 몽땅 가지고 계시다면, 제가 제일 좋아하는 환자가 되시는 겁니다. 다른 모든 의사들이 아예 치료를 포기해서 버림받으시면 나리는 극심한 고통을 겪으실 수 있습니다. 이때 저의 풍부한 경험에서 나온 신통한 기술로 성심성의껏 보살펴드리겠습니다.

아르강 아이고, 감사합니다. 허나 그러실 필요까지는 없습니다.

뚜아네뜨(의사) 저를 왜 그리 뚫어져라 보세요? 제가 몇살로 보이십니까?

아르강 글쎄요. 많아 봐야 스물일고여덟 정도?

뚜아네뜨(의사) 잘 들으세요. 아-흔-살이에요.

아르강 농담도 잘 하시네. 젊고 잘 생긴 아-흔-살이 다 있네.

뚜아네뜨(의사) 빙고. 아흔살. 저만 알고 있는 비법. 이걸로 제가 싱싱한 젊음을 유지합니다. 자, 진맥 한번 해드리지요. 아니, 이럴 수가! 맥박이 이상하네요. 초면이지만 제가 나리를 한방에

낫게 해드리겠습니다. 누가 주치의시죠?

아르강 퓌르공 선생이요.

뚜아네뜨(의사) 퓌르공? 못 들어본 이름인데요. 제가 가진 고명한 의사 명부에는 없는 이름입니다. 그 사람 떼어내세요. 나리께 적합한 사람이 아닙니다. 형편없는 의사 같아요. 제 아래에 있는 의사 중 한명을 보내드리지요.

아르강 퓌르공 선생은 유명하신 분인데요.

뚜아네뜨(의사) 나리의 문제는 뭐라고 하던가요?

아르강 비장이라고 했습니다. 다른 분은 간이라고도 했고요.

뚜아네뜨(의사) 무식의 표본이구먼! 나리가 아프신 곳은 바로 폐입니다.[69]

아르강 폐라고요? 허파 말씀이시지요?

뚜아네뜨(의사) 예, 허파지요. 식욕이 대단하시지요?

아르강 맞습니다.

뚜아네뜨(의사) 확실히 폐입니다. 포도주 좋아하시지요?

아르강 예.

뚜아네뜨(의사) 틀림없이 폐가 맞네. 밤에 꿈도 자주 꾸시지요?

아르강 맞습니다. 꽤 자주 꾸는 편이에요.

뚜아네뜨(의사) 역시 허파네요. 식사 후에 졸음이 오시나요?

아르강 예, 매일 그래요.

뚜아네뜨(의사) 바로 폐 때문이에요.

---

69 폐를 택한 것은 아마도 우연이 아닐 것이다. 1660년대에 이루어진 해부학의 빠른 발전으로 폐는 동물의 본질적인 기관을 구성하고 있으며, 병의 치료는 폐로부터 시작하거나 아니면 폐 자체에서 이루어진다는 확신이 연구를 통해 주장되고 있었다. 퓌르공이 주목했던 간이 중심적인 역할을 한다는 견해는 혈액순환이 발견되면서 이미 상당히 문제가 제기되었던 입장이다.

아르강　아! 동생, 이 망할 놈의 폐 때문이라네.

뚜아네뜨(의사)　퓌르공은 어떤 음식을 권하던가요?

아르강　수프를 먹으라고 했습니다.

뚜아네뜨(의사)　무식하기는!

아르강　푹 끓인 진한 국물을 먹으라고 했어요.

뚜아네뜨(의사)　일자무식!

아르강　삶은 고기도.

뚜아네뜨(의사)　생판 무식하기는!

아르강　송아지고기와 닭고기도.

뚜아네뜨(의사)　바보 천치!

아르강　저녁에는 배 속을 비우도록 작은 자두를 먹지요.

뚜아네뜨(의사)　무식한 놈, 무지렁이, 일자무식. 저의 처방은…… 갈색 빵, 최고급 소고기, 고품질 콩을 다량 섭취하시고, 네덜란드산 고급 치즈도 드십시오. 더불어 가래에 좋은 밤도 드시고 피를 진하게 하는 효모가 안 든 빵도 드세요.[70]

아르강　동생, 이 양반 말 맞아?

뚜아네뜨(의사)　절 믿고 실천해보세요. 좋아지실 거예요. 그건 그렇고, 어, 보니까 팔이 두개 있네요. 팔 두개로 뭘 하십니까?

아르강　참 이상한 질문도 하네!

뚜아네뜨(의사)　제 말을 믿으시고, 한쪽은 잘라버리세요.

아르강　그게 도대체 무슨 말씀?

뚜아네뜨(의사)　그놈의 한쪽 팔이 영양분을 다 끌어가서 다른 쪽 팔이 다 죽어가요.

70 뚜아네뜨가 하는 충고는 의학적 상식에 반대되는 것이다. 이에 반해 퓌르공은 당시의 건강을 위한 계율에 따른 처방을 한 것이다.

아르강 저런! 별 걱정을 다 하시네. 두 팔이 다 있어야지요.

뚜아네뜨(의사) 또, 이쪽 눈을 당장 뽑아버리겠어요.

아르강 눈은 또 왜 뽑습니까?

뚜아네뜨(의사) 다른 쪽 눈으로 두배 더 잘 보이실걸요?[71] 당장 뽑으세요.

아르강 대단히 감사합니다만, 외눈으로 밝게 보아야 무슨 소용이 있습니까? 애꾸눈은 싫다!

뚜아네뜨(의사) 나리, 죄송합니다만 제가 지금 떠나야 할 시간입니다. 이 도시에 있는 동안 가끔 찾아뵙도록 하겠습니다. 좀 있다 어제 죽은 환자를 진료해야 해서요.

아르강 어? 시체를 진료해요?

뚜아네뜨(의사) 그를 살릴 수도 있었을 방법이 있으면 찾아내 다른 환자에게 적용하려고요.[72]

아르강 선생, 배웅은 하지 않겠습니다. 환자는 배웅을 안 해도 된다는 건 선생도 아시지요?

베랄드 그건 그렇고, 형님, 이 의사 양반 어떠십니까?

아르강 괴물 같은 놈이야! 막 나가라지.

베랄드 고명하신 의사 선생님들은 다 그렇게 하잖아요.

아르강 팔 자르고, 눈 뽑아서, 애꾸눈 외팔이 병신 만드는 게 의사가 할 짓이야?

---

71 성경을 패러디하고 있다. "오른 눈이 죄를 짓게 하거든 빼어 던져버려라. (…) 만약 네 오른손이 죄를 짓게 하거든 그 손을 찍어버려라."(신약성서 「마태오 복음서」 5장 29~30절과 「마르코 복음서」 9장 43절). 그러나 뚜아네뜨의 제안은 어떤 기관들이 두개인 이유가, 둘 중 하나를 잃어버릴 경우 보충할 수 있도록 하기 위한 신의 선견지명의 증거라고 했던 궁극목적론자들의 주장도 환기한다.

72 '죽은 다음 의사가 온다'라는 속담을 환기한다.

뚜아네뜨 (의사 옷을 벗어버린 후 돌아오면서 아르강에게 들리게) 너무 급해요, 의사 나으리…… 천천히, 좀 가만히.

아르강 무슨 일이냐, 뚜아네뜨?

뚜아네뜨 지금 나간 의사 양반 웃기는 분이십니다. 아니, 나가면서 제 가슴을 만지려고 했어요.

아르강 그 나이에 희한하네. 아흔살 난봉꾼이라니!

베랄드 형님, 퓌르공 선생과 형님은 이제 끝나지 않았습니까. 다시 볼 희망도 없고. 또마와 앙젤리끄를 위한 증서도 다 찢은 마당에. 그러니 이제 제가 제안한 사윗감을 거절할 이유가 없지요. 그 사람은……

아르강 동생, 그 이야기는 하지 말자고. 어떻게 할지 정했어. 내일 당장 수녀원에 집어넣을 거야.

베랄드 누군가를 위해서 그러시는군요.

아르강 너 또 내 착한 마누라 이야기 하는구나.

베랄드 맞아요, 형님. 형님이 의사를 맹신하고 형수에게도 홀딱 빠져 계시니 보기 괴로워요.

아르강 동생은 형수를 잘 몰라. 날 얼마나 좋아하는데. 나에 대한 애틋한 사랑에 대해 형수한테 직접 물어봐. 안 보면 믿기 어려우니까.

뚜아네뜨 나리 말씀이 맞아요. 마님이 나리를 정말 좋아하시지요. 또 엄청 사랑하시고요. 한번 시험해보시지요.

베랄드 어떻게?

뚜아네뜨 (베랄드에게 귓속말) 제가 알아서 할게요. 마님의 가면을 벗겨드리겠습니다. 나리가 얼마나 속아왔는지 아시게 되겠지요.

아르강 어떻게 시험해볼 거야?

뚜아네뜨 아, 마님 오셨나봐요. 베랄드 나리는 이쪽에 숨으세요. 들키면 안 돼요. 그리고 아르강 나리는 이쪽으로 의자를 가져오세요. 누우셔서 죽은 척하는 겁니다.[73] 마님이 나리가 돌아가신 모습을 보면 얼마나 슬퍼하실지를 봅시다. 마님의 애정을 시험해보는 거지요. 저기 오시네요.

아르강 좋아, 좋아. 좋지, 좋아.

3막 10장

아르강(죽은 체한다), 베랄드(무대의 구석에 숨어 있다), 벨린, 뚜아네뜨

뚜아네뜨 (무척 슬퍼하는 듯이 소리 지른다) 아이고! 세상에 이런 일이! 이런 끔찍한 일이 일어나다니! 이런 불행한 일이…… 이 험한 소식을 어떻게 마님께 알려드리지?

벨린 무슨 일이냐, 뚜아네뜨.

뚜아네뜨 아이고, 마님! 이 일을 어째요? 나리가 갑자기 돌아가셨어요. 저 혼자 봤어요. 손을 쓸 수가 없었어요.

벨린 뭐라고? 그이가 죽었다고?

뚜아네뜨 마님, 어떻게 이런 일이! 나리 너무 불쌍합니다.

73 뚜아네뜨의 제안과 그로써 진행되는 그다음 세장은 플라우투스의 「수전노 영감」(Il vecchio avaro) 이후의 희곡 전통에 빚진 것이다.

벨린　할렐루야! 올 것이 왔네. 이제 짐을 벗었어. 너도 울 거 없다, 뚜아네뜨!

뚜아네뜨　뭐라고요? 울지 말라고요?

벨린　당연하지. 내가 뭘 잃었다고 슬퍼해? 못생기고, 제멋대로고, 재미없고, 뚱하고, 늙었고, 콜록거리고, 가래 뱉고, 코 골고, 화내고, 찌들어 있고, 못 어울리고, 그냥 야단이나 치고, 관장과 약을 달고 다니고, 악취를 풍기는데, 그런 사람을 위해 울어? 제정신에?

뚜아네뜨　추도사 한번 끝내주네요!

벨린　내 청춘을 그에게 다 바쳤으니 뭔가 단단히 챙겨야지. 뚜아네뜨, 도와줘. 일이 잘되면 한몫 챙겨줄게.

뚜아네뜨　그래요, 마님? 염려 마세요, 제가 할 일이니까 감쪽같이 잘할게요.

벨린　아직 이 사실을 아무도 모르니 돈도 챙기고 귀한 물건도 챙겨야겠다. 일단 이 사람을 침대로 옮기고, 다른 것들은 안전한 데 옮겨놓고 나서 부고를 보내자. 그러면 아무도 의심 못 할 거야. 우선 호주머니에서 열쇠를 빼내야 해.

아르강　(갑자기 일어나면서) 망할 여편네야, 살살해. 남편 죽어서 좋아 날뛰는 소리를 들었으니 천만다행이네. 큰일 날 뻔했지!

뚜아네뜨　에구머니, 나리! 살아 계시네!

베랄드　저런, 형님. 형수님이 형님을 얼마나 사랑하시는지 이제 보셨습니까?

아르강　이제 모든 걸 알겠다.

뚜아네뜨　세상에, 저도 감쪽같이 속았네요. 생각이나 할 수 있는 일이에요? 마침 아가씨가 오네요. 의자에 가서 아까처럼 누우세요. 따님은 어떻게 할지 봐요, 우리. 나리는 모든 걸 아시게 될 거예요.

아르강　그래, 한번 해보자.

3막 11장

앙젤리끄, 뚜아네뜨, 아르강, 베랄드

뚜아네뜨　(다시 소리 지른다) 이런 끔찍한 일이! 우리 주인님, 불쌍해서 어떡하나…… 이렇게 가시다니. 눈물이 앞을 가리고 울음을 그칠 수가 없구나. 어찌 이리 갑자기…… 아프시다 가셨으면 이렇게 원통하지나 않을 것을…… 아이고, 이를 어찌할꼬…… 나 죽네……

앙젤리끄　도대체 무슨 일이야? 왜 그렇게 떨고 있어?

뚜아네뜨　어떡해요! 나리께서 돌아가셨어요.

앙젤리끄　아버지가 왜 돌아가셔, 뚜아네뜨?

뚜아네뜨　네, 그래요. 힘이 다하셔서 방금 제 품 안에서 숨을 거두셨어요. 의자에 저렇게 완전히 뻗어 계시잖아요. 이를 어째.

앙젤리끄　아버지가 돌아가시다니. 하라는 결혼을 내가 안 한다고 해서 화나셨는데…… 이럴 때 돌아가셔서 어떡해…… 나같이 한심한 딸은 이제 어떻게 해야 해…… 사람들 있는 데서 아버지께 대들고 불효를 저질렀으니 이를 어쩌면 좋아……

3막 12장

끌레앙뜨, 앙젤리끄, 뚜아네뜨, 아르강, 베랄드

끌레앙뜨 왜 그래요? 무슨 일이에요? 말 좀 해봐요, 우리 예쁜 앙젤리끄.

앙젤리끄 끌레앙뜨, 말은 그만. 아빠가 갑자기 돌아가셨어요. 헤어져요, 우리. 이제 끝이에요.

끌레앙뜨 세상에, 이런 일이! 하느님. 당신 삼촌에게 우리 결혼에 대해 부탁드리고, 아버님께 마지막 간청을 드리려던 참인데…… 말할 기회도 없이 돌아가셨네요.

앙젤리끄 하늘은 우리 편이 아니에요. 당신도 저처럼 운명을 받아들여 영원히 제 곁을 떠나셔야 해요. 이제 아버지 말씀 들을게요. 살아 계실 때는 말을 듣지 않았으니, 이제라도 사죄하고 싶어요. 마지막 뜻을 따를게요. 수녀원에 들어가 평생 아버지 죽음 슬퍼하며 지낼 거예요. 이제 안심하세요. 마지막으로 한번만 안아드릴……

아르강 (일어나며) 우리 딸, 앙젤리끄……

앙젤리끄 에구머니나!

아르강 이리 와, 내 귀여운 아가야, 아버지가 뽀뽀해줄게. 봐, 아버지 안 죽었어. 넌 내 딸이구나. 너는 정말 착하구나.

앙젤리끄 아버지, 무릎 꿇고 이렇게 빌어요. 끌레앙뜨를 사윗감으로 원치 않으신다면, 엉뚱한 사람을 받아들이라고만 하지 말아주세요.

끌레앙뜨 따님을 죽도록 사랑하는데 왜 몰라주세요? 제가 어떻게 하면 사위가 될 수 있을까요?

베랄드 형님, 뭘 망설이세요? 끌레앙뜨가 청혼했을 때 승낙하셨어야죠.

뚜아네뜨 옳거니! 이렇게 확실한 사랑을 보고도 인정 안 하세요? 자, 나리, 받아들이세요.

아르강 가만있자…… 방법이 있긴 있네. 자네가 의사가 될 수 있을까? 그러면 내 딸을 주지.

끌레앙뜨 알겠습니다, 나리. 의사가 되겠습니다. 원하신다면 약사도 하지요. 우리 예쁜 앙젤리끄를 위해서라면 제가 뭐든 못 하겠습니까?

베랄드 그런데, 형님. 좋은 생각이 났는데, 형님이 직접 의사를 해 보시는 건 어떨까요?

아르강 내가 의사를?

베랄드 예, 형님이요. 건강해지시려면 해보세요. 의사가 되면 병이 도망가지요.

뚜아네뜨 의사 선생님들은 다 턱수염이 있으시지요. 나리는 멋진 턱수염이 있으시니 잘될 거예요.

아르강 그건 알겠는데. 나는 라틴어를 한마디도 못 하는데!

베랄드 라틴어가 무슨 상관이에요? 형님이 의사보다 더 많이 아시잖아요. 형님이 옷을 입고 모자를 쓰시는 순간 필요한 것보다 더 많이 알게 되실 겁니다.

끌레앙뜨 어쨌든 저는 장인어른이 원하시는 대로 뭐든지 하겠습니다.

아르강 이렇게 진행해도 되는 건가?

베랄드 형님이 원하시면 당장 합시다. 가까운 의과대학에 도와줄 친구들이 많이 있습니다. 사람을 불러서 자격증 수여식을 거행하려고요. 나머지는 곧 준비될 테니 제게 맡기고 참석하시기만 하면 돼요.

아르강 자아, 그럼 해볼까!

끌레앙뜨 도대체 어떻게 하시려고요? 의과대학은 뭐고 도와줄 친구들은 다 뭡니까?

베랄드 얼마 전에 희극 배우들이 만든 막간극인데, 의사협회 입회식을 잘 보여주는 극이지요. 오늘 저녁 우리 앞에서 공연하도록 부탁했어요. 재미있을 겁니다. 형님께 주인공 역을 맡길 거예요.

앙젤리끄 작은아버지! 아버지를 좀 심하게 놀리시는 거 아니에요?

베랄드 아버지 기분 좋게 해드리자는 거다. 조롱하는 게 아니야. 이게 연극이라는 걸 아시게 된다고 해도 화내시지 않게 우리도 모두 무대에 출연할 거야.[74] 아버지와 함께 배우가 되는 거지. 이제 옷 갈아입으러 가자.

끌레앙뜨 (앙젤리끄에게) 동의하시는 거죠?

앙젤리끄 꼭 해야겠네요.

---

74 조금은 소심해 보이는 베랄드의 이 대사는 1682년 판본에서는 '카니발이니까 괜찮다'로 바뀐다. 포레스띠에에 따르면, 1682년 판본의 편집진이 「부르주아 귀족」의 주르댕과 마찬가지로 광기의 세계 속에서 아르강이 행복해지도록 하는 결말을 보다 분명히 한 것으로 보인다.

세번째 막간극[75]

한 사람을 의사로 만드는 쎄레모니 뷔를레스끄[76]로, 이야기와 노래,
춤으로 이루어진다.

발레 입장

무대장치가들이 박자에 맞추어 의자를 놓으며 준비를 한다.
곧이어 주사기 든 사람 여덟, 약사 여섯, 의사 스물둘, 춤추는
외과의사 여덟, 가수 둘, 그리고 의사 후보자 하나.[77] 이 모든
사람들이 차례로 들어와서 앞뒤로 자리를 잡는다.

회장

이곳에 모이신
고명한 박사님들,
의학 교수님들,
대학의 학칙을

75 「부르주아 귀족」에서 주르댕의 마마무시 서임식이 엉터리 터키어로 거행된 것처럼 여기서도 의식은 엉터리 라틴어로 이루어진다.

76 Cérémonie Burlesque. 프랑스어 뷔를레스끄는 이딸리아어 부를레스꼬(burlesco)에서 나온 말로 익살스럽다는 뜻이다. 17세기 풍자문학의 하나로 몰리에르가 뛰어난 예를 보여주었다. 고상하고 웅장한 주제를 비속화함으로써 희극적 효과를 자아낸다.

77 당시 외과의사의 직무는 약사와 마찬가지로 의사의 활동에 종속되어 있었다. 외과의사는 종종 이발사의 직업도 겸했다.

성실히 이행하는 여러분,
외과의사들과 약사님들……
존경하는 여러분께
인사를 드리며 번영을 기원합니다.
저희가 준비한 음식 맛있게 드십시오.

동료 교수 여러분,
의사는
얼마나 축복받은 직업입니까!
의학과 의술.
듣기만 해도 성스럽고
누가 만들었는지
참으로 위대한 것!
고대로부터
인류의 생명을
연장해주는 기적!

만인의 선망.
귀족이든 평민이든 부자든 가난뱅이든
우리를 사랑하지요.
우리가 치료해주면
하늘처럼 떠받들지요.
왕과 왕자도
우리의 처방을
절대적인 명령으로 받아들이지요.

우리는 지혜와 양식과 현명함으로
열심히 일하지요.
신용과 인기, 명예를 지키고
의사협회에 걸맞은
유능한 의사를 뽑아
이 영예로운 임무를
잘 완수할 수 있도록 하는 것도
우리의 일입니다.

우리가 오늘 여기에 모인 목적이 있습니다.
박식한 의사 후보자 한분의
자격을 심사하기 위해서입니다.
여러분의 훌륭한 판단력을 최대한 발휘하셔서
모든 질문을 하시고
철저한 검증을
부탁드립니다.

첫번째 의사

회장님,
우리가 늘 자랑하는 박사님들,
우리가 믿고 의지하는 동료 여러분을 모시고
존경할 만큼 학식이 풍부하신 후보님께
한가지 묻겠습니다.
왜 아편이 사람을 잠들게 하나요?

그 원인을 설명해주십시오.

의사 후보자

박사님께서
아편이 사람을 잠들게 하는
이유를
물으셨습니다.
대답하겠습니다.
아편은
감각을 조금 마비시켜서
사람을 졸리게 하는
성분이 있습니다.

합창

잘했어요, 잘 대답했어요.
이분은 의사협회에
들어올 자격이 있네요.

두번째 의사

최고의 의과대학에 계신
우리 회장님께서 허락하시고
이 수여식에 참여하신
관계자 여러분께서 허락하신다면
학식이 풍부한 후보님에게 질문하겠습니다.
수종은

어떻게 치료합니까?

의사 후보자

관장을 한 다음

피를 뽑고

설사약을 투여합니다.

합창

잘했어요, 잘 대답했어요.

이분은 의사협회에

들어올 자격이 있네요.

세번째 의사

최고의 의과대학에 계신 우리 회장님과

여기 계신 모든 관계자 여러분께서

괜찮으시다면

학식이 풍부한 후보님에게 질문하겠습니다.

폐병이나 천식에 걸려

깡마른 사람들에게는

어떤 처방을 할 겁니까?

의사 후보자

관장도 하고

피도 뽑고

설사약도 주지요.

합창

잘했어요, 잘 대답했어요.

이분은 의사협회에

들어올 자격이 있네요.

네번째 의사

이제까지

답변이 훌륭했습니다.

지고의 의과대학 학장님,

그리고 존경해 마지않는 동료분들,

지루하시지 않다면

저도 한가지 질문을 하겠습니다.

어제 환자 한분이

쓰러졌습니다.

원인은 심각한 급성 고열,

두통,

요통,

호흡곤란이었습니다.

똘똘하신 학위 지원자님,

해결해보세요.

의사 후보자

관장, 사혈, 완하.

합창

잘했어요, 잘 대답했어요.
이분은 의사협회에
들어올 자격이 있네요.

다섯번째 의사

지긋지긋하게 오래 가는 병은
어떻게
처치합니까?

의사 후보자

우선 관장,
그다음에 사혈,
그래도 안 되면 완하.

합창

잘했어요, 잘 대답했어요.
이분은 의사협회에
거의 들어오셨습니다.

회장

우리 대학의 학칙을 잘 습득하여
확실히 지킬 것을 맹세하시오?

의사 후보자

맹세합니다.

회장

환자들을 진찰할 때

선배들의 관행을

무조건

따르겠습니까?

박사학위 지원자

따르겠습니다.

회장

환자가 다 죽어가도

이제까지 학교 선배들이

해왔던 처방을

그대로 따르겠습니까?

의사 후보자

맹세합니다.

회장

이제 모자를 수여합니다.

이 모자는 존엄함과 해박함을 상징하는 것이고

이 모자를 쓴 사람은

모든 의료 행위를
전적인 권한과 책임하에
합법적으로 시행할 수 있습니다.
어디에서나
하제를 처방하고
사혈하고
찌르고
깎고
자르고
죽일 수도 있습니다.

발레 입장

모든 외과의사들과 약사들이 리듬에 맞추어 그에게 인사한다.[78]

의사 후보자

고귀한 약제인 대황과 센나를
자유자재로 활용하시는 위대한 박사님들,
제가 여러분께 감히
찬사를 늘어놓는 것은
미친 짓이고 어리석은 짓이고 우스꽝스러운 짓입니다.
그것은 마치
태양을 더 밝게 하고
하늘의 별을 세고

78 인사로 이루어지는 춤은 반복적인 두 박자의 형태와 날카로운 리듬으로 의식의 장중함을 더욱 두드러지게 한다.

바다의 파도를 막겠다는 것과 같습니다.

감사드린다는
이 한마디를 받아주소서.
제가 이 영광스러운
의사의 직을 부여받은 것은
최고의 지도 편달을 해주시는
협회 회원 여러분 덕분입니다.
부모님은 저를 낳고 키워주셨고
박사님들은 지금 제 인생에 가장 찬란한 빛을
내려주십니다.
베풀어주신 호의와 명예와 은총에 대해
영원히 감사드릴 것입니다.

합창

만세, 만세, 만세, 만세
말씀도 청산유수!
새로 탄생한 의사님 만세!
천년만년 드시고, 마시고
사혈하고 죽이소서.[79]

발레 입장

79 다장조로 된 장대한 피날레인 의식의 마지막 부분은 두번 반복되는 단선율의 합창으로 통일되어 있으며, 반복되는 리듬이 오케스트라의 리또르넬로와 같이 나온다. 외과의사의 독창 앞뒤에는 춤과 합창이 반복해서 나온다.

모든 외과의사들과 약사들이 악기와 노래 소리, 약사들이 손뼉 치고
모자를 치는 소리에 맞추어 춤춘다.

외과의사

새로 탄생한 의사님의
탁월한 처방전이
외과의사들과
약사들의 업소에
넘쳐흐르기를!

합창

만세, 만세, 만세, 만세
말씀도 청산유수!
새로 탄생한 의사님 만세!
천년만년 드시고, 마시고
피도 뽑고 말려 죽이소서.

외과의사

새로 나신 의사님.
오늘도 내일도
건강하소서.
즐기소서.
페스트도, 매독도 물리치시고
발열도 늑막염도
출혈도 이질도 피하소서.

합창

만세, 만세, 만세, 만세
말씀도 청산유수!
새로 탄생한 의사님 만세!
천년만년 드시고, 마시고
사혈하고 죽이소서.

마지막 발레 입장[80]

80 1682년 판본에서는 '의사들, 외과의사들, 약사들 모두 입장할 때처럼 차례로 퇴장한다'고 명확하게 밝힌다.

작품해설

현실의 유쾌한 전복

몰리에르(Molière, 1622~73)는 삐에르 꼬르네유(Pierre Corneille), 장 라신(Jean Racine)과 더불어 프랑스 고전주의를 대표하는 극작가이다. 그러나 희곡만 썼던 두 작가와 달리 몰리에르는 무엇보다 배우이자 극단장이었다. 본명은 장바띠스뜨 뽀끌랭(Jean-Baptiste Poquelin)이며, 1622년 궁정 실내장식업자의 아들로 태어나 명문 학교에서 엘리트 교육을 받았다. 아버지의 뒤를 이어 안락한 부르주아로 살 수 있었으나, 이를 포기하고 배우가 되기로 한다. 1643년 극단을 설립하면서 배우, 극작가, 극단장으로서의 이력이 시작된다.

소극

몰리에르 희극은 크게 소극(笑劇, la farce)과 대희극(la grande comédie), 발레희극(le comédie-ballet)으로 나뉜다. 소극은 '뭔가를 채워넣다'라는 뜻의 민중 라틴어 'farca'에서 온 말로, 진지한 장르 사이에 막간극처럼 공연되던 익살스럽고 가벼운 극을 의미한다. 이는 몰리에르가 21세이던 1643년, 빠리의 유명 배우 집안의 베자르(Béjart) 남매와 함께 만든 '유명극단'(l'Illustre théâtre)이 빠리에서의 실패를 뒤로하고 13년간 여러 지방을 순회하면서 성공적으로 공연했던 장르이다. 유명극단의 공연 목록에서 비극이 차지하는 비중이 높았고, 몰리에르 역시 비극 배우로서 야망을 가지고 있었으나, 무엇보다 극단은 소극과 희극 공연에서 성공적이었다. 고전주의 이론이 형성되고 있던 당시의 빠리에서는 소극이 천박하다고 비판받고 있었으며, 1640년대 이후 더이상 공연되지도 않는 실정이었다. 그러나 지방에서는 여전히 막간극으로서 소극이 유지되고 있어서, 비극 공연 후 넘어지고 때리고 과장된 표정을 짓고 끝없는 말장난과 저속한 농담으로 관객의 웃음을 유도했다. 소극에서는 관객의 반응에 따라 그때그때 즉흥적인 대사를 하기도 하고 관객을 극에 끌어들여 소통을 시도하기도 했다. 순회극단의 공연은 민중뿐만 아니라 축제와 공연을 즐겼던 귀족들도 좋아해서, 몰리에르의 유명극단 역시 가는 도시마다 귀족들의 후원을 받아 대저택에서 귀족을 앞에 두고 공연하는 일도 많았다. 그러나 떠돌아다니며 불안정한 생활을 할 수밖에 없었던 순회극단원들과 그들의 공연이 '영혼을 타락시킨다'며 곱지 않게 보고 있던 교회는 대부분의 도시에서 순회극단의 공연을 금지하려 했다. 그럼에도

17세기를 통틀어 프랑스에 200여개의 순회극단이 있었던 것을 보면 그 인기가 어떠했는지 짐작할 수 있다.

몰리에르는 1658년 빠리로 귀환한다. 이때 왕 앞에서 처음으로 공연한 작품이 자신이 쓴 소극 「사랑에 빠진 의사」(Le Docteur amoureux)였다. 몰리에르 자신의 표현에 따르면 '지방에서 어느정도 명성을 얻었던 가벼운 여흥거리'를 왕과 궁정 귀족 앞에서 대담하게 공연한 셈이다. 이러한 용기는 그 당시 귀족들의 취향을 몰리에르가 잘 파악하고 있었던데다 무엇보다 관객을 즐겁게 하기 위해 노력했던 축적된 경험 속에서 나온 것이라고 할 수 있다. 또한 이 성공은 그 당시 귀족들에 대한 루이 14세의 교묘한 전략과도 관련이 있다. 루이 14세에게 귀족들은 언제 어떻게 자신의 왕권에 도전할지 모르는 위험한 존재였다. 어린 나이였던 1648년의 프롱드난을 잊지 못하는 루이 14세는 '도박과 불꽃놀이, 끼노(Philippe Quinaut)와 륄리(Jean-Baptiste Lully)의 오페라, 몰리에르와 라신의 연극'을 연일 베풂으로써 귀족들이 지방의 영지를 떠나 자신의 눈에 보이는 곳에 머물게 하였다. 그들이 빠리와 베르사유의 화려한 생활에 젖어들수록 지방 영지에서의 영향력은 줄어들기 마련이고, 싫든 좋든 루이 14세의 은총만 바라는 무력한 상태에 빠질 수밖에 없었다. 이럴 때 몰리에르가 선보인 '가볍고 우스꽝스러운 소극'은 그들의 무료한 현실을 잊게 하는 효과적인 여흥거리였을 것이다.

소극은 몰리에르 희극의 출발점이자 그의 희극 전체를 아우르는 가장 중요한 토대이다. 「아내들의 학교 비판」(La Critique de l'École des femmes)에서 몰리에르는 도랑뜨의 입을 빌어 "위대한 예술은 즐겁게 하는 것이고, 이 작품은 관객들을 즐겁게 했기 때문에,

나는 그것으로 만족한다"고 밝히고 있다. 소극을 통해 몰리에르는 희극에서 무엇보다 중요한 것은 관객의 즐거움이라는 원칙을 배웠고, 이 원칙은 그의 첫 작품 「덤벙쟁이」(L'Étourdi)부터 「상상병 환자」(Le Malade imaginaire)에 이르기까지 그의 창작을 이끄는 가장 중요한 원동력이었다.

소극에서 대희극으로

대희극은 몰리에르를 고전주의 희극을 완성한 작가로 규정하게 해주는 장르이다. 1659년 몰리에르는 빠리에 돌아온 후 쓴 첫 작품 「우스꽝스러운 재녀들」(Les Précieuses ridicules)을 공연한다. 이 작품은 비극 공연 후 짧게 공연할 목적으로 쓴 단막 소극으로, 재치를 뽐내는 여인들이 귀족 행세를 하는 하인에게 속아넘어가는 내용을 우스꽝스럽게 그려서 대단한 성공을 거두었다. 그러나 몰리에르는 소극에 대한 궁정과 빠리 대중의 분열된 취향, 고전주의 문사들의 까다로운 비평을 넘어서서 좀더 세련된 형식 속에 새로운 내용을 담은 희극을 쓰고자 했다. 이렇게 해서 최초의 대희극이라고 할 수 있는 5막 운문극인 「아내들의 학교」(L'École des femmes)가 나오게 된다. 이후 「따르뛰프 또는 위선자」(Tartuffe ou L'Hypocrite)를 거쳐 「동 쥐앙」(Don Juan), 「인간 혐오자」(Le Misanthrope)에 이르는 여정은 시대의 풍속에 대한 비판, 교양인들이 불신했던 웃음에 대한 경계,[1] 발레희극을 이루는 중요한 요소인 환상성의 거부 등으로 특징

1 고전주의 이론가들과 교양인들은 박장대소하게 하는 희극을 불신했다. 저속하고 경박하다는 이유에서이다.

지을 수 있을 것이다. 우선 시대의 풍속에 대한 비판은, 시인이자 비평가인 부알로(Nicolas Boileau)가 『시학』(*Art poétique*)에서 지적하고 있듯이 궁정과 도시를 잘 관찰하는 데서 가능하다. "궁정을 연구하고 도시를 잘 아시기를. 이들에게는 언제나 소재가 풍부하다오." 이렇게 당대 현실에서 취한 소재로 만든 작품들은 늘 뜨거운 논란을 불러일으켰는데, 몰리에르가 다루지 않은 주제가 거의 없을 정도였다. 그 당시 여성들에 대한 보수적인 교육관을 다루거나(「아내들의 학교」), 독실한 신자인 양 행동하는 악인을 풍자하고 비판해 종교계를 자극하기도 하고(「따르뛰프」), 각계에 만연한 위선에 비판적인 시선을 던지기도 한다(「동 쥐앙」「인간 혐오자」).

희극에서 다루지 못할 내용은 아무것도 없다는 점을 몰리에르는 논전적인 「따르뛰프」의 서문에서 분명히 밝히고 있다. 인간의 악덕을 교화하는 것이 희극의 역할이라면 거기서 벗어나는 예외가 어떻게 있을 수 있으며, 그러한 예외가 있다면 그것은 국가에 엄청난 위험을 초래하리라는 것이다. 「상상병 환자」에서도 몰리에르는 베랄드의 입을 통해서 "형님은 어떤 연극을 원하시는 거예요? 연극은 별의별 직업을 다 보여주고 있잖아요. 의사든 왕이든 왕자든, 어떤 명망가라도 늘 무대에 등장하지요"(3막 3장)라는 말로 자신의 생각을 분명히 밝히고 있다.

그러나 다루는 소재만 다를 뿐 대희극의 대체적인 틀은 비슷하다. 아버지들은 돈이나 종교, 신분, 의학에 사로잡혀 가족이 무엇을 원하는지는 전혀 개의치 않고 자신들이 원하는 대로 하고자 한다. 보통의 경우 그들의 편집증을 이용하는 사람들이 한쪽에 있고, 그들의 어리석음을 교정하려는 사람들이 다른 한쪽에 있다. 현실에서 소재를 취했다고는 하지만 이러한 줄거리는 이딸리아 희극이나 소극에서 상당 부분 차용한 것이 사실이다. 「아내들의 학교」에서 사랑에 빠진 오라스(Horace)는 꼬메디아 델라르떼(Commedia dell'Arte)에서 전형적인 연인인 오라찌오(Orazio)의 차용이고, 온갖 주의를 기울임에도 의도치 않게 속게 되는 아르놀프의 이야기는 소극에서 즐겨 다루는 소재다. 몰리에르의 대희극이 지닌 힘은 소극에서 취한 인물들을 단순히 우스꽝스럽게 보여주는 데 그치지 않고, 그들을 설득하고 교화하려는 인물들(추론가)과의 대화를 통해 그들의 어리석음이 주변 세계에 어떤 해악을 끼치고 있는지 풍자하는 데 있다. 추론가가 아무리 설득하고 하인이나 하녀가 조롱해도 요지부동이다. 그들을 무력하게 할 방법은 없어 보이기까지 한다. 그러다가 희극은 갑자기 얼렁뚱땅 서둘러 끝나는 것처럼 보인다. 출생의 비밀이 밝혀지거나(「아내들의 학교」 「수전노」), 왕의 명령으로 범죄자가 체포되기도 하고(「따르뛰프」), 석상이 악인을 땅속으로 끌고 들어가면서 천벌을 내리기도 한다(「동 쥐앙」). 현실에서 전권을 휘두르는 아버지들이 무력해진다는 것은 상상하기 어려운 일이고, 이러한 현실에 대해 상상적인 승리를 쟁취하는 공간이 희극 공간이라는 문학비평가 모롱(Charles Mauron)의 말은 설득력이 있다. 그러므로 대단원의 어이없음은 난공불락의 현실을 역으로 드러내는 장치이자 이 현실에 대한 통쾌한 복수라고 할 수 있다.

몰리에르 대희극의 대단원에서 무력해진 아버지는 쓸쓸하게 퇴장하거나 무대 한쪽 구석에 외롭게 혼자 남겨져 있다. 그런데 이런 상황은 이제 막 결혼해서 새로운 세상을 열어가는 젊은이들에게 부담일 수 있다. 연극을 보면서 아르놀프, 오르공, 아르빠공에게 연민과 동정을 느끼지 않을 수 없었던 관객들도 극장을 나서며

쓸쓸함을 감추지 못했을 것이다. 이러한 쓸쓸함이 희극 장르 자체를 위협했던 작품이 바로 「인간 혐오자」이다. 아르놀프와 오르공, 아르빠공이 부당하게 권력을 휘두르는 사람이었다면, 「인간 혐오자」의 알세스뜨는 아무도 동조해주지 않는 도덕과 완전한 솔직함을 외롭게 설파하다 쓸쓸히 퇴장하는 인물이다. 그는 처음부터 어떠한 권력도 없었다. 그는 위선과 거짓이 지배하는 세상에 홀로 맞서다 타락한 세상을 자신이 결코 교정할 수 없다는 사실을 확인한 후 몸담고 있던 사교계를 떠난다. 풍자와 조롱의 대상을 야유하고 그들에 대해 상상적인 승리를 거둠으로써 희극이 자부하던 도덕적인 기능이 「인간 혐오자」에 오면 위태로워진다. 웃음은 더이상 도덕적이지 않고 희극은 현실에 대한 상상적인 승리를 제공해주지도 않는다. 웃음은 이제 불가능하거나, 가능하다면 극작가 도노 드 비제(Donneau de Visé)의 표현대로 '마음속으로 웃는' 정도에 그친다. 물론 이것은 웃음 자체를 불신했던 17세기 고전주의 희극이 다다르게 되는 귀결이라고 할 수 있다.

「인간 혐오자」 이후 몰리에르는 희극을 그만두거나, 아니면 새로운 길을 모색할 수밖에 없었다. 그리고 그 길은 그의 희극의 토대인 소극과 「훼방꾼들」(Les Fâcheux) 이후 꾸준히 발표해오던 발레 희극의 성과를 대희극과 접목시키는 것이었고, 여기서 탄생된 두 걸작이 바로 「부르주아 귀족」(Le Bourgeois gentilhomme)과 「상상병 환자」라고 할 수 있다.

대희극에서 발레희극으로

발레희극은 17세기 당대에 엄청난 인기를 끌었던 궁정 발레(le ballet de cour)와 밀접한 관련이 있다. 궁정 발레는 1581년 「왕비의 희극적 발레」(Ballet comique de la Reine)가 처음 나온 이래, 그 형태의 발전이 완성되는 1641년의 「프랑스의 군사력 번창 발레」(Ballet de la Prospérité des Armes de France)에 이르기까지 춤과 음악과 이야기가 어우러져 환상의 세계로 초대하는 듯한 장르이다. 주로 신화적이거나 목가적인 인물들이 등장하고 화려한 기계장치의 도움을 받았는데, 재미있는 것은 궁정 발레에서는 배우와 관객의 구별이 아주 모호하다는 것이다. 공연을 보고 있던 왕이나 대귀족들이 신화 속의 인물, 혹은 왕의 역할로 무대에 올라 참여하면서 궁정 발레의 화려한 피날레를 장식한다. 이때 왕이나 귀족들은 지금 우리에게 익숙한, 인간의 다양한 감정을 나타내는 모방적인(imitative) 발레를 추는 것이 아니라, 천상의 조화를 수평적(horizontale), 혹은 기하학적(géométrique)인 우아한 걸음걸이로 보여주었다. 말하자면 궁정 발레는 보고 즐기는 여흥에 그치는 것이 아니라 공연을 보는 사람이나 참여한 사람에게 우주의 질서를 닮은 현실의 조화와 완벽함을 각인하게 하는 다분히 정치적인 장치라고 할 수 있다. 결국 궁정 발레를 보면서 관객은 현실의 조화를 가능하게 한 왕의 위대함 덕분에 자신이 이렇게 완벽한 행복감을 느낄 수 있다는 생각을 은연중에 하게 된다.

이러한 궁정 발레의 인기는 빠리뿐만 아니라 지방에서도 상당했고, 순회극단 시절 무대에 춤과 노래를 자주 올리고 몰리에르 자신이 발레를 추기도 했던 것을 고려하면 최초의 발레희극인 「훼방꾼들」(1661)을 쓰기 훨씬 전부터 음악과 춤이 있는 연극에 몰리에르가 관심이 있었음을 알 수 있다. 발레희극은 희극과 음악, 춤이 등장해 대단원의 축하연과 더불어 축제 분위기로 막을 내리는 스펙터클이라는 점에서 궁정 발레와 비슷하다고 할 수 있다. 실제로 몰리에르는 재무상 푸께(Nicolas Fouquet)의 청에 의해 「훼방꾼들」을 쓴 이후로, 루이 14세를 위해 주로 축제를 이루는 부분으로서 발레희극을 공연했다. 「엘리드 공주」(La Princesse d'Élide)는 베르사유 궁의 낙성식에 해당하는 '마법의 섬의 여흥'(Les Plaisirs de l'Ile enchantée)을 위해 공연되어 축제를 절정으로 이끌었다. 또한 궁정 발레에서처럼 왕이 직접 무대에 올라 발레를 추기도 했고, 왕의 영광을 찬양하는 프롤로그로 시작해 그의 영광을 기리는 축원으로 끝나는 경우도 많았다는 점에서 발레희극은 궁정 발레를 그대로 잇는 것으로 보이기도 한다. 그러나 그렇다고 궁정 발레가 그대로 발레희극이 된 것은 아니다. 음악과 춤의 비중이 대본보다 월등히 높은 궁정 발레와 달리, 발레희극에서는 무엇보다 희극이 중요하다. 음악과 춤은 막간극이나 극중극의 형태로 펼쳐지면서 희극 공간에서 진행되는 이야기의 의미를 보충하거나 되비춰주는 역할을 한다. 게다가 궁정 발레가 앞에서도 언급했듯이 세상의 완벽한 조화, 그 조화를 가능하게 하는 왕의 영광을 찬양하는 정치적인 메시지와 무관하지 않다면, 궁정 축제로 공연될 때조차 몰리에르의 발레희극은 축제 자체에 대한 비판적 문제의식으로 가득 차 있었다.

궁정 축제의 일환으로 발레희극을 공연하면서 어떻게 궁정 축제의 패러디를 대담하게 펼칠 수 있었을까? 이것은 몰리에르 희극의 뿌리는 언제나 소극이었다는 점, 소극의 토대를 회복하기 위해 현실에서 관찰한 인물들의 희극성을 무대에 올렸다는 점, 축제로

서의 발레희극의 가능성을 대희극의 성과와 접목시키고자 했다는 사실과 연결지어 생각할 수 있을 것이다. 이 점에 대해서는 「부르주아 귀족」을 살피면서 자세히 알아보도록 하자.

「부르주아 귀족」

몰리에르 희극 세계를 이루는 소극, 대희극, 발레희극은 처음에는 뚜렷이 구별되는 것처럼 보인다. 그러나 점차 상호 간의 긴장과 견제의 과정을 거쳐 후기의 「부르주아 귀족」과 「상상병 환자」에 이르면 소극과 대희극, 발레희극이 조화롭게 화합해 모두가 행복한 축제를 펼쳐준다. 말하자면 1661년 공연한 「훼방꾼들」에서부터 평생에 걸쳐 꾸준히 발레희극을 공연해오다가, 말년의 두 작품에서 자신의 모든 희극적 탐색을 종합했다고 할 수 있다. 초기에는 주로 소극에 어울리는 가벼운 소재나 목가적인 이야기를 중심으로 발레희극이 전개되었다면, 후기로 갈수록 당대의 풍속에 대한 몰리에르의 날카로운 비판이 묻어나는 묵직한 주제를 보여주면서도 궁정 축제에서라면 부수적인 역할을 맡았을 인물을 축제의 왕으로 등극시켜 축성함으로써 현실의 완벽한 전복인 카니발적 해방공간을 펼쳐준다.

「인간 혐오자」 이후 새로운 길을 모색해야 했던 몰리에르에게 발레희극인 「시칠리아인 또는 사랑이라는 화가」(Le Sicilien ou l'amour peintre)의 대성공은 그 이후의 몰리에르 작업에 큰 영향을 끼치게 된다. 「인간 혐오자」 이후 1668년의 「수전노」(L'Avare)와 1671년의 「스까뺑의 간계」(Les Fourberies de Scapin), 1672년의 「유식한 여학자님들」(Les Femmes savantes) 이외에는 발레와 음악이 들어가지 않은 작품은 하나도 없다. 그중에서도 「부르주아 귀족」은 인물의 성격과 풍속 묘사를 탁월하게 보여주면서도 소극적인 희극성과 음악과 춤이 어우러지는 가운데 점진적으로 증폭되는 행복한 분위기의 대단원이 탁월하게 구현된 뛰어난 발레희극이라고 할 수 있다. 철학 선생, 검술 선생, 무용 선생이 서로의 직업이 우수하다고 하면서 언쟁을 벌이는 장면은 대표적인 소극 장면이라고 할 수 있다. 주르댕 부인이나 끌레옹뜨를 통해서는 귀족이 되고자 하는 부르주아들, 부르주아를 이용해 자신의 이익을 도모하는 비열한 귀족에 대해 비판함으로써 시대의 풍속에 대해 비판한다. 귀족이 되고자 하는 자신의 이기적인 욕심에만 사로잡혀 있는 주르댕의 성격 묘사에서는 「아내들의 학교」 「따르뛰프」 「동 쥐앙」 「인간 혐오자」에서 보였던 성격 분석에 대한 탁월함이 엿보인다. 그러나 무엇보다 이 작품은 막간극과 극중에 음악과 춤이 반복해서 나오고 주르댕의 '마마무시(Mamamouchi) 즉위식'과 대단원의 '나라들의 발레'를 통해 모든 등장인물뿐 아니라 극을 보고 있는 관객까지도 현실을 떠나 환상의 공간으로 들어가도록 초대하는 발레희극이다.

「부르주아 귀족」에서 주르댕의 의상 변화를 보면 조롱과 풍자의 현실 세계로부터 상상과 현실이 구분되지 않는 축제 공간으로의 이동이 잘 드러난다. 우선 주르댕은 1막 2장에서 귀족들이 입는 실내복을 입고 등장하면서 자랑스러워한다. 그리고 2막 5장에서는 궁정에서 유행하는 옷으로 '의식에 맞춰' 갈아입음으로써 자신이 귀족이 되었다고 착각한다. 주르댕이 입은 옷을 보고 3막 1장에서 니꼴이 보여주는 발작적인 웃음은 주르댕을 어리석고 우스꽝스러운 사람으로 드러내기도 하지만, 주르댕의 어리석음에 짝패처럼 붙어 있는 도취적인 행복감을 엿보게 한다고도 할 수 있다. 이러한 행복감은 2막 5장에서 재단사의 제자가 주르댕에게 옷을 입히면서 좋아하며 춤추는 데서도 잘 드러난다. 말하자면 주르댕의 광기는 위험하다기보다 주변을 즐겁게 하고 무장해제시키는 측면이 있다. 귀족 옷을 입으며 자신의 환상적인 세계로 한발짝 들어간 주르댕은 꼬비엘의 제안에 따라 4막이 끝난 뒤 펼쳐지는 네번째 막간극에서 터키 의상을 입고 '마마무시'가 되면서 현실의 세계를 완전히 떠나게 된다. 비평가 제라르 드포(Gérard Defaux)가 탁월하게 지적하듯이 "최후의 변신은 주르댕을 결정적으로 자신의 상상적인 세계의 한가운데에 놓아둔다. 그곳은, 그가 점진적으로 빠져나온 바로 그 부르주아적인 세계로부터 엄청나게 멀리 떨어진 곳이다".

그런데 주르댕이 이렇게 현실 세계를 떠날 수 있었던 것은 주르댕뿐 아니라 주르댕을 둘러싼 인물들의 역할이 크다. 3막 12장까지 주르댕 주변의 인물들은 크게 주르댕의 광기를 이용하여 자신의 이익을 도모하려는 인물들(음악 선생, 무용 선생, 검술 선생, 철학 선생, 재단사, 도랑뜨)과 그의 광기를 교정하여 정상적인 상태로 돌리려는 인물들(니꼴, 주르댕 부인, 뤼실, 끌레옹뜨)로 나뉜다. 그러나 이렇게 두 진영으로 나뉘어 있다 해도 그들이 생각하는 주르댕은 똑같이 '어리석고' '미쳤고' '머리가 돌았고' '제정신이 아니다'. 그리하여 결국 3막 13장에서 꼬비엘은 "그 작자를 그렇게 진지하게 대하시다니! 미친 사람이에요. 그 말 같지도 않은 말에 장단 맞추는 게 힘들어요?"라고 말하면서 진지하게 교정하려 들거나 비난하려 하지 말고 주르댕뿐만 아니라 모두가 만족할 수 있는 일을 꾸미자고 제안한다. 이러한 제안에 의해 주르댕을 터키 귀족으로 만들어주는 의식이 거행되는 것이다.

음악과 춤 역시 주르댕이 현실 세계를 떠날 수 있도록 실제적이면서 상징적인 역할을 한다. 연극이 시작될 때 무대에는 음악을 작곡 중인 학생이 등장한다. 말하자면 아직 음악이 부재한 상태다. 이렇게 아무런 음악이 없는 상태는 연극이 시작될 때의 평범한 주르댕의 집을 은유적으로 나타낸다. 그러다가 연극 공간에 음악과 춤이 점차 증폭되다가 극의 대단원에서는 주르댕의 크지 않은 집이 세계 각국 사람들이 발레를 펼치는 우주적인 공간이 된다. 이러한 '끄레셴도'는 음악과 춤을 공연하기 위해 등장하는 인원수만 보아도 알 수 있다. 1막 2장에서 등장하는 음악 선생 제자의 곡은 한명의 가수가 부르고, 곧이어 주르댕의 요청으로 세명의 가수가 노래를 부른다. 연이어서 첫번째 막간극에서는 네명의 무용수가, 두번째 막간극에서는 네명의 재단사 견습공들이 춤을 추며 즐거워한다. 세번째 막간극에서는 여섯명의 요리사들이 춤을 추고 몇명인지 모를 많은 사람들이 권주가를 부른다. 이렇게 사람들이 점점 많아지다가 대단원의 '나라들의 발레'에서는 여러 나라 사람들이 등장해 주르댕의 집을 신이 즐기는 것보다 더 "달콤한 즐거움"이 펼쳐지는 곳으로 만든다.

「스까뺑의 간계」

「스까뺑의 간계」는 기원전 161년에 공연되었던 테렌티우스의 「포르미오」(Phormio)와 대체적인 줄거리가 흡사하다. 「포르미오」는 '협잡꾼'이라는 뜻의 고대 그리스어 '포르미온'(Phormíôn)이라는 이름의 인물이 등장하는 희극이다. 두 아버지(데미포와 크레메스)

가 두 아들(안티포와 페드리아)의 결혼에 대해 화를 내고, 이들의 결혼을 도와주는 협잡꾼 포르미오의 계략으로 모든 갈등이 해소되고 행복한 결말을 맞이하는 것이 「스까뺑의 간계」와 똑같다.

몰리에르는 테렌티우스가 쓴 희극의 기본 줄거리에 다른 작가들이 이미 선보인 기법들, 대사들, 장면들도 많이 활용했다. 우선 로트루(Jean de Rotrou)의 「자매」(La Soeur)에 나오는 대사들, 기법들을 들 수 있다. 가령 1막 1장의 첫 장면에서 보이는 라쪼[2]라든가, 1막 2장에서 씰베스트르가 옥따브의 말을 자르고 사건을 간단하게 요약하는 것 역시 로트루를 인용한 것이다. 테렌티우스와 함께 고대 라틴 희극의 대표적인 작가인 플라우투스가 선보인 기법도 활용하고 있는데, 대표적인 것이 2막 7장에서 제롱뜨가 눈앞에 있는데도 스까뺑이 못 본 척하며 애타게 찾는 듯이 연기하는 장면장난이다. 이 기법은 꼬메디아 델라르떼뿐 아니라 몰리에르도 이미 다른 희극에서 여러차례 사용한 기법이다. 2막 7장에서 제롱뜨는 "도대체 그 배를 왜 탄 거야?"라는 말을 반복하며 아들을 구하려는 아버지의 사랑과 돈을 주지 않으려는 인색함 사이에서 갈등하는 모습을 희극적으로 잘 보여준다. 이 장면은 「포르미오」에서 그대로 차용한 것으로, 포르미오 역시 터무니없이 큰 액수를 요구했다가 시간을 끌며 금액을 협상하고 크레메스는 그 돈을 주느니 몽둥이로 오백대 때려주겠다고 제롱뜨와 똑같이 말한다. 그러나 이 장면은 씨라노 드 베르주라끄(Cyrano de Bergerac)의 「놀림당한 현학자」(Le Pédant joué)의 2막 2장과도 상당히 비슷하다. 꼬르비넬리도 스까뺑처럼 그랑제에게서 돈을 뜯어내려 하는데, 그랑제는 "어쩌다

2 lazzo. 이딸리아의 꼬메디아 델라르떼에서 사용하는 방법으로, 즉흥적으로 이루어지는 희극적인 대화 혹은 장면을 말한다.

그 터키놈의 배에는 갔단 말이냐?"라는 말로 분통을 터뜨린다. 또한 따바랭[3]의 소극 장면 중 자루에 넣고 주인을 골탕 먹이는 장면이 그대로 3막 2장에서 스까뺑이 제롱뜨를 자루에 넣고 골탕 먹이는 장면으로 재연되고 있다.

번역 저본의 또다른 편자인 끌로드 부르끼(Claude Bourqui)는 몰리에르 희극 대부분이 선대 혹은 당대 작가들의 인용 혹은 표절에 가깝다고 하면서 그의 모든 작품을 연구·분석하고 있다. 당시는 고대인을 숭상하면서 그들이 이룬 문학적 성과를 그대로 모방하는 것이 권유되던 시대였으므로 다른 작가들이 선보인 기법이나 상황, 대사들을 그대로 차용하는 것이 비단 몰리에르에게만 국한된 일도, 엄격한 잣대로 비난할 일도 아니었다. 문제는 다른 작가들의 영향을 얼마나 작품 안에 잘 녹여내어 새로운 작품을 창조해내느냐 하는 것이리라. 예를 들어 스까뺑의 계략에 속은 제롱뜨의 이야기를 제르비네뜨가 제롱뜨에게 들려주는 장면은 씨라노 드 베르주라끄의 「놀림당한 현학자」에서 온 것이다. 그런데 몰리에르는 제르비네뜨 역을 탁월하게 연기할 수 있는 여배우인 보발(Beauval)을 기용함으로써 희극성을 극대화시킬 줄 알았다. 보발은 「부르주아 귀족」의 니꼴이나 「유식한 여학자님들」의 마르띤, 「상상병 환자」의 뚜아네뜨 역할을 맡았던 배우로, 자유자재로 웃을 수 있는 능력이 있었다. 전염성이 강한 그녀의 웃음은 무대뿐 아니라 객석까지도 유쾌함으로 완전히 장악해버릴 정도였다.

3 Tabarin(1584~1626). 본명은 앙뚜안 지라르(Antoine Girard)로 장터 극장의 곡예사이자 희극 배우였다. 즉흥적으로 독백을 하고 지나가는 행인을 부르기도 하고 군중 혹은 단역 배우와 철학적이거나 실용적인 모든 주제에 대해 대화를 하며 공연했다.

몰리에르는 말하자면 테렌티우스의 기본 줄거리에 로트루나 씨라노 드 베르주라끄의 희극에 나오는 장면들, 따바랭과 꼬메디아 델라르떼가 애용하던 갖가지 기법들을 동원하여 「스까뺑의 간계」를 썼다. 이렇게 함으로써 그는 흔히 희극성이 부족하다고 평가받는 테렌티우스 희극에 여러가지 희극적 기법들을 마음껏 구사하여 극작가이자 배우로서의 자질을 발산했다. 부알로는 몰리에르가 뻔뻔스럽게 테렌티우스에 따바랭을 결합시키려 했기 때문에 지나치게 민중 가까이 머물렀고, 그래서 스까뺑의 우스꽝스러운 자루에서 「인간 혐오자」의 작가를 알아볼 수 없다고 아쉬워한다. 과연 그럴까? 우리는 여기서 이런 의문을 품어본다. 1671년 발레비극인 「프시케」(Psyché) 공연 후, 발레희극인 「에스까르바냐스 백작 부인」(La Comtesse d'Escarbagnas)을 같은 해에 공연하기 전, 몰리에르는 왜 어떠한 풍자적인 의도도 없이 순전히 희극적인 웃음만 유도하는 이와 같은 작품을 발표했을까? 게다가 다음 해인 1672년에는 1666년 「인간 혐오자」 이후 선보이지 않았던 5막 운문극인 마지막 대희극 「유식한 여학자님들」을 발표했다. 1670년의 「부르주아 귀족」 이후, 몰리에르는 어쩌면 발레희극, 소극적 희극, 대희극을 차례로 섭렵하면서 자신의 희극적 뿌리를 다시 한번 돌아본 것이 아닐까. 몰리에르 희극이 그토록 국민적일 수 있었던 것은 고전주의 이론가들의 규칙이나 형식보다는 민중에게 친숙한 오래된 소극에서 영감의 원천을 얻었기 때문이다. 그 이후 우리는 몰리에르가 마지막 작품이자 희극 여정의 종착지라고 할 수 있는 「상상병 환자」를 통해 자신의 희극 세계를 이루던 모든 것을 총체적으로 종합하여 구현하고 있음을 확인하게 될 것이다.

「상상병 환자」

「상상병 환자」는 무엇보다 17세기 의학에 대한 통렬한 비판으로 이해할 수 있다. 의사인 또마 디아푸아뤼스가 아르강과 앙젤리끄를 만났을 때 보여주는 기계적인 태도나 아르강을 진단하면서 모든 증상에 대해 외운 내용을 반복하기만 하는 장면에서 새로운 실험이나 연구 없이 선인(先人)의 생각만을 맹신하는 17세기 당대 의학에 대한 몰리에르의 회의적인 태도가 그대로 보인다. 1막 1장에서부터 똑같은 처방만 반복하는 의사들의 모습이 나타나고 '혈액순환설'을 강경하게 거부하는 디아푸아뤼스의 태도, 어떤 병에도 '관장, 하제, 사혈'만 반복하는 의사로 변장한 뚜아네뜨나 '의사 자격증 수여식'에서의 의사 후보생의 대사 등에서도 의학을 야유하고 풍자하려는 의도가 잘 드러난다.

그러나 「상상병 환자」를 구성하는 프롤로그와 세개의 막간극과 함께 작품을 이해하고자 하면 의학에 대한 비판을 넘어서는 또다른 의미에 다가갈 수 있다. 3막으로 구성된 「상상병 환자」에는 1막 시작 전에 나오는 프롤로그와 세개의 막간극이 있다. 프롤로그에서는 침략 전쟁에서 돌아온 왕을 위무하고 영광을 드높이기 위해서 이 작품이 씌었다고 밝히고 있다. 이러한 목적은 「훼방꾼들」 이후 대부분의 발레희극에서 밝히고 있는 것과 비슷하다. 그러나 루이의 영광을 찬양하면서 목동들인 티르시스와 도릴라스가 노래하는 것은 혹독한 전쟁과 죽음을 견뎌낸 후의 평화와 재생의 즐거움이다. 프롤로그를 이끄는 이가 판과 플로라인 것도 우연이 아닌데, 판은 뿔 달린 머리에 염소 다리를 한 전원의 신이고 플로라는 꽃의 제국을 이끄는 여신이다. 꽃과 전원은 겨울이 지나고 새봄이 오면 새로운 생명을 부여받고 살아난다. 풍요와 재생의 신들이 주재하며 영원한 사랑을 노래하는 이러한 프롤로그는 아르강이 혼자 앉아서 처방전을 검토하며 치료비를 계산하는 1막 1장의 무대와는 아무런 상관이 없어 보인다. 그러나 이 상관없어 보이는 프롤로그의 찬양과 사랑의 노래가 극 전체의 방향을 관객에게 미리 보여준다고 할 수 있다. 말하자면 병과 죽음에 대한 두려움에 사로잡혀 있는 아르강에게 생명의 봄을 즐기자고 미리 초대하는 것이라고 할 수 있다. 상관없어 보이기는 첫번째 막간극도 마찬가지인데, 여기서는 뚜아네뜨에게 구혼하는 뽈리시넬이 등장해 사랑의 쎄레나데를 부르다 야경꾼을 만나 옥신각신하는 소극이 펼쳐진다. 의학에 대한 아르강의 지나친 의존증, 아버지 아르강이 자신을 의사에게 억지로 시집보내려 한다는 사실을 알게 된 앙젤리끄의 불안, 재산 욕심에 앙젤리끄를 수녀원에 보내려는 새엄마 벨린의 음모 등이 1막에서 드러난 심각한 상황이라는 걸 생각하면, 이러한 막간극은 뜬금없기까지 하다. 그러나 여기에서도 역시 아르강이 사로잡혀 있는 문제, '죽음에 대한 두려움'을 극복하려는 전략이 뽈리시넬의 우스꽝스러운 모습을 통해 얼핏 보인다. 그것은 자신이 두려워하는 존재(야경꾼들)에게 허세를 부려 그들로 하여금 두려워하게 한다는 것이다. 아르강 역시 의사에게 의존해 그가 떠나면 자신이 죽는다며 두려워하다가, 스스로 의사가 됨으로써 모든 병을 극복할 수 있다고 생각하게 된다.

프롤로그와 첫번째 막간극이 희극과는 상관없이 끼워넣어진 느낌이 강하다면, 두번째 막간극은 아르강의 동생인 베랄드가 형의 기분을 전환시켜주기 위해 보여주는 여흥이다. 베랄드는 이 여흥을 아르강의 주치의인 퓌르공 선생의 처방에 비교할 만한 것이라고 말한다. 말하자면 아르강에게 커다란 위로가 되는 의사의 처방을 노래와 춤이 있는 구경거리로 대체하겠다는 것이다. 몰리에르는 베랄드의 입을 빌려 의학보다는 '희극적인 환상'이야말로 인간을 사로잡고 있는 두려움에서 아무런 위험도 없이 벗어나게 해줄 수 있다는 말을 하고 싶었을지 모른다. 베랄드의 말은 더 나아가, 종교든 돈이든 위선이든 사회에 해악을 끼치는 것은 어느 분야에나 있기 마련이므로 그것들을 공연히 교정하거나 비난하려 하지 말고 즐거운 환상으로 대체하자는 것이다. 그러므로 프롤로그와 마찬가지로 베랄드가 보여주는 무대에서도 봄과 아름다움, 청춘, 사랑이 예찬되고 있다. 이렇게 프롤로그와 두개의 막간극을 통해 두려움을 극복하고 삶과 사랑을 즐기고 예찬하자는 전언을 암암리에 들려주다가 세번째 막간극이자 대단원인 의사 자격증 수여식에서 모든 등장인물이 각각 역할을 하는 일종의 카니발이 펼쳐진다. 베랄드의 제안은 아르강을 놀리자는 것이 아니라 모두 무대에 올라 연기를 하자는 것이다. 루이종이 보여주었던 '죽은 체하기', 뚜아네뜨의 가짜 의사 분장, 아르강의 '죽은 체하기'가 진실을 드러내는 데 큰 역할을 했듯이, 가면을 쓰고 연기를 하면 자신의 한계를 벗어나 지금까지와는 완전히 다른 인물이 되면서 새로운 능력도 생기게 된다. 아르강이 수여식을 앞두고 라틴어를 못해서 걱정하자 베랄드가 '옷과 모자를 쓰기만 하면 모든 것을 알게 된다'고 말하는 것은 카니발적 상상력을 잘 드러내는 말이다.

이렇듯 몰리에르는 「부르주아 귀족」과 「상상병 환자」에서 공식적 의식을 통쾌하게 조롱함으로써 현실과 상상의 절묘한 교차를 만들어냈다. 「부르주아 귀족」에서는 주르댕을 터키 귀족으로 만들어주는 의식을 엉터리 터키어로, 「상상병 환자」에서는 의사 자격증 수여식을 엉터리 라틴어로 진행한다. 엉터리 언어로 이루어지는 의식을 보며 관객은 포복절도하고, 이렇게 우스꽝스럽게 개작된 의식은 공식적 의식의 권위를 송두리째 무너뜨린다. 부알로의 말에 따르면 몰리에르는 언제나 민중의 친구였다. 알프레드 시몽(Alfred Simon)은 '민중적이지 않으면 축제는 본질을 상실하여 오락물이 되어버린다'고 했다. 몰리에르는 궁정 발레에서 영향받아 궁정 축제용으로 만든 발레희극을 민중 축제로 재탄생시켰다. 기존 체제를 찬양하고 공고하게 하는 축제가 아니라 그것을 뒤집고 패러디하면서 현기증 나는 환상의 놀이를 벌여 그곳으로 초대하는 것이다.

이번에 번역, 소개되는 세 작품, 「부르주아 귀족」 「스까뺑의 간계」 「상상병 환자」는 몰리에르 희극의 정수를 이해하게 하는 중요한 작품이다. 번역은 2010년에 조르주 포레스띠에와 끌로드 부르끼가 책임 편찬한, 새로운 쁠레이아드 총서로 기획된 『몰리에르 희곡 전집』(*Molière Œuvres Complètes*)을 저본으로 삼았다. 이 판본은 1971년 나온 조르주 꾸똥(Georges Couton)의 쁠레이아드 총서 이후 39년 만에 새로이 출판된 것이다. 꾸똥이 부르주아와 귀족을 비판하는 몰리에르를 중점적으로 부각시켰다면, 포레스띠에를 비롯한 편집진은 방대한 원전 연구를 바탕으로, 음악과 춤, 몰리에르 당대 배우들의 연기에 대해 상세한 주석을 달아 선대 혹은 당대의 많은 작가와 작품과 비교하고 있다. 이렇게 함으로써 몰리에르 희곡을 입체적으로 이해하게 할 뿐 아니라 당시의 공연을 구체적으로 상상하게 하면서 무엇보다 관객을 즐겁게 하고 웃게 했던 희극인으로서의 몰리에르의 면모를 부각시킨다. 또한 조르주 꾸똥이 몰리에르 사후에 출판된 1682년 판본을 토대로 작품이 제작되고 공연된 순서대로 수록했다면, 포레스띠에와 부르끼는 출판된 순서에 따라 수록하고 있다. 「부르주아 귀족」과 「스까뺑의 간계」는 1671년 초판본을, 「상상병 환자」는 몰리에르 사후인 1675년 초판본(몰리에르가 「상상병 환자」를 공연하던 중 사망하였으므로 이 작품의 출판은 그의 사후에 이루어졌다. 1673년부터 암스테르담, 쾰른, 파리 등지에서 여러 판본의 출판이 나오긴 했으나 최초의 정본은 1675년 판본이다)을 싣고 있다. 결정본으로 간주되는 1682년 판본과의 비교는 각주와 부록을 통해 하고 있는데 반복되는 부분이 많아 우리는 각주로만 두 판본을 비교했다. 국내에 번역된 대부분의 몰리에르 작품은 1682년 판본을 저본으로 번역한 것이다. 1682년 판본은 누락된 부분을 보충하고, 오류를 교정하고, 다소 거친 표현을 완화하고, 극적 효과를 높이고, 몰리에르 작품 전체와의 연계성을 강조하기 위해 대사를 보완하고 다시 써 더욱 정돈된 글쓰기를 선보였다. 몰리에르 생전 출판본에는 무엇보다 등장인물의 행동이나 대화 당사자에 대한 지문이 많지 않은데, 이는 극단장이었던 몰리에르가 굳이 지문을 삽입할 필요성을 느끼지 못했기 때문일 것이다. 독자의 이해를 돕기 위한 지문은 1682년 판본을 참고하여 적절히 삽입했다.

포레스띠에를 비롯한 새로운 쁠레이아드 전집 편집진은 '몰리에르가 살아 있었다면 「상상병 환자」를 1675년 판본처럼 완성하지는 않았겠지만, 1682년 판본처럼 쓰지도 않았을 것이다. 적어도 1675년 판본이야말로 유일하게 몰리에르가 직접 쓴 「상상병 환자」다'라고 강조한다. 이 점을 염두에 둔다면 공연 직후 출판되어 당대 공연의 분위기를 더욱 생생하게 느낄 수 있는 판본의 세 작품이 이번에 번역된 것은 늦은 감이 있으나 의의가 깊다. 관심 있는 독자는 두 판본의 번역을 비교하며 읽으면서 몰리에르의 숨결을 느껴보길 권한다. 새로운 몰리에르 번역이 그의 작품에 새로운 눈으로 다가가게 하는 데 작은 디딤돌이 되기를 바라는 마음이다.

정연복(서울대 불문학과 강사)

작가연보

1622년 1월 15일 본명 장바띠스뜨 뽀끌랭(Jean-Baptiste Poquelin)으로 빠리의 쌩뙤스타슈 성당에서 세례받음. 아버지는 장 뽀끌랭(Jean-Poquelin), 어머니는 마리 크레세(Marie Cressé). 외가, 친가 모두 부유한 상인 집안이며, 삼촌인 미셸 마쥐엘(Michel Mazuel)은 궁정 발레의 음악을 작곡했던 작곡가.

1631년 끌레르몽 중고교(현재의 루이 르 그랑)에서 예수회 교육을 받음. 씨라노 드 베르주라끄(Cyrano de Bergerac)와 함께 에피쿠로스 철학자인 삐에르 가상디(Pierre Gassendi)의 영향을 받았을 것으로 추정됨.

1632년 어머니 마리 크레세 사망.

1643년 대를 이어 궁정 실내장식업자가 될 수 있는 자격을 포기하고 베자르(Béjart) 삼남매(조셉, 마들렌, 주느비에브)와 함께 6월 30일 유명극단(有明劇團, l'Illustre théâtre) 창단. 센 강 좌안의 포부르 쌩제르맹(현재의 마자린 가 10~12번지)의 메떼예 정구장을 극장으로 개축하여 자리 잡음. 빠리에서는 오뗄 드 부르고뉴 극단(Hôtel de Bourgogne)과 마레 극단(la Troupe du roi au Marais)에 이은 세번째 극단이었음. 공연 작품은 주로 비극과 희비극.

1644년 6월경 계약서에 몰리에르라는 이름이 처음으로 등장함. 화재가 났던 마레극단이 10월에 기계장치를 완비해 재개관하자 유명극단은 관객을 잃고 극장을 센 강 우안의 크루아누아르 정구장(현재의 쎌레스탱 부두 32번지)으로 옮김. 이때를 전후하여 몰리에르가 전적으로 극장을 운영했던 것으로 보임. 그러나 두번의 연이은 극장 개관에 따른 이사 비용 지출, 관객수의 급감 등으로 극단 운영이 급격히 어려워짐.

1645년 이미 빠리에서 확고히 자리를 잡고 있던 마레 극단과의 경쟁에서 처참히 패배하고 많은 빚을 짐. 그 때문에 8월에 샤뜰레(Châtelet) 감옥에 잠시 투옥됨. 유명극단 파산 후 남은 몇몇 단원들과 함께 낭뜨로 감.

1646년 기엔에서 에뻬르농 공작(duc d'Épernon)의 후원을 받고 있는 샤를 뒤프렌(Charles Dufresne) 극단과 합류함. 1658년까지 기엔, 낭뜨, 뚤루즈, 알비, 까르까손, 나르본, 리옹 등지로 순회공연을 함.

1647년 이 해부터 1657년까지 랑그독의 오비주 백작(comte d'Aubijoux)이 몰리에르 극단을 후원함.

1650년 극단장이 됨.

1652년 리옹에서 그랑 꽁데(Grand Condé)의 막내 동생인 꽁띠 공(prince

de Conti), 즉 아르망 드 부르봉의 후원을 얻게 됨. 극단은 랑그독과 리옹 사이에서 활동함.

1655년 리옹에서 최초의 5막 운문극인 「덤벙쟁이」(l'Étourdi)를 공연함.

1656년 베지에에서 「사랑의 원한」(Le Dépit amoureux)을 공연함. 그해 말 꽁띠 공의 후원이 중단됨.

1657년 오비주 공작이 사망해 후원자는 없어졌지만 극단이 프랑스에서 가장 뛰어나다는 명성을 얻게 됨.

1658년 루이 14세의 동생인 필립 도를레앙(Philippe d'Orléans)의 후원을 받게 되며 가을에 빠리로 옴. 10월 쁘띠부르봉(Petit-Bourbon) 극장에서 꼬르네유의 「니꼬메드」(Nicomède)와 「사랑에 빠진 의사」(Le Docteur amoureux)를 공연하여 대성공을 거둠. 루이 14세는 몰리에르 극단에 이딸리아 극단과 함께 쁘띠부르봉 극장을 사용하도록 허가함. 2년 동안 10명의 배우와 함께 이 극장에서 꼬르네유, 로트루(Jean Rotrou), 트리스땅 레르미뜨(Tristan I'Hermite)의 비극과 스까롱(Paul Scarron)의 희극, 몰리에르 자신의 첫 두 작품을 공연함.

1659년 뒤프렌이 은퇴하고 조들레 형제(les frères Jodelet)와 몰리에르의 절친한 친구 라 그랑주(La Grange)가 극단에 입단. 라 그랑주는 이 해부터 모든 공연 목록과 공연 수입 등을 꼼꼼하게 기록함. 11월 18일 빠리에서의 첫 작품 「우스꽝스러운 재녀들」(Les Précieuses ridicules)이 큰 성공을 거둠. (이듬해 7월 29일 루이 14세가 관람함.) 대본의 도난 위험이 있어 서둘러 출판하면서 작가 대열에 처음으로 합류함. 몰리에르 극단은 이 작품을 총 55회 공연함.

1660년 5월 28일 「스가나렐 또는 상상으로 오쟁이 진 남자」(Sganarelle ou le Cocu imaginaire)를 공연함. 그해 7월 31일 루이 14세가 관람함.

몰리에르 극단이 총 123회 공연. 이 해에 극단의 공연 작품 183편 중 110편을 자신의 작품으로 무대에 올림. 10월 쁘띠부르봉 극장이 없어지자 그해 말 왕이 빨레루아얄 극장을 이용하도록 허가함.

1661년 빨레루아얄 극장의 개관작으로 「사랑의 원한」을 공연함. 2월 4일 「나바르의 동 가르시」(Don Garcie de Navarre), 6월 24일 대성공작 「남편들의 학교」(L'École des maris)를 공연함. 재무상 니꼴라 푸께(Nicolas Fouquet)가 자신의 보르비꽁뜨 성의 낙성식을 위해 몰리에르에게 작품을 의뢰해 최초의 발레희극인 「훼방꾼들」(Les Fâcheux)을 공연함.

1662년 2월 20일 아르망드 베자르(Armande Béjart)와 결혼함. 12월 26일 「아내들의 학교」(L'École des femmes)를 공연함. 엄격한 운문으로 된 5막극으로, 가벼운 여흥거리를 뛰어넘어 비로소 비극의 권위에 도전할 만한 희극을 썼다고 몰리에르는 자부했으나 온갖 비판과 논쟁을 불러일으키게 됨.

1663년 「아내들의 학교」에 대한 논쟁을 잠재우기 위해 자신의 연극관을 보여주는 「아내들의 학교 비판」(La Critique de l'École des femmes)을 6월 1일에, 「베르사유 즉흥극」(L'Impromptu de Versailles)을 10월 중순에 베르사유에서 공연함.

1664년 1월 29일 루브르에서 두번째 발레희극인 「강제 결혼」(Le Mariage forcé)을 공연함. 2월에는 첫아들 루이가 루이 14세를 대부로 해 세례를 받음. 베르사유 궁의 낙성식에 해당하는 '마법의 섬의 여흥'(Les Plaisirs de l'Ile enchantée)의 둘째 날인 5월 8일 베르사유에서 세번째 발레희극인 「엘리드 공주」(La Princesse d'Élide)를 공연함. 같은 축제 기간 중인 5월 12일 3막으로 된 「따르뛰프」(Le Tartuffe)를 공연함. 루이 14세는 첫 공연을 보고 아주 좋아했으나 빠리 대주교 아르두앵 드 뻬레픽스(Hardouin de Péréfixe)의 권고에 따라 공식적으로 공연을 금지함. 몰리에르는 자신의 작품이 가짜 신자와 위선자를 겨냥한 것이지 진정한 신자를 공격하는 것이 아니라는 취지의 청원서를 왕에게 보내는 한편, 청원서 내용을 좀 더 완화시켜 「동 쥐앙」(Don Juan) 공연으로 「따르뛰프」 사태를 해결하려고 하였으나 논쟁은 더 뜨거워짐. 아들 루이가 9개월의 짧은 생을 마감함.

1665년 2월 15일 「동 쥐앙」을 공연했으나 종교계의 반발로 부활절 이후 상연이 금지되면서 15회 공연에 그침. 딸 에스프리 마들렌이 태어남. 8월 14일 극단이 '왕의 극단'이 됨. 9월 14일 네번째 발레희극인 「사랑이라는 의사」(L'Amour médecin)를 공연함.

1666년 6월 4일 「인간 혐오자」(Le Misanthrope)를 공연함. 도노 드 비제(Donneau de Visé)로부터 '마음으로 웃는 웃음'을 낳는다는 극찬을, 부알로로부터 '양식(bon sens)을 희생시키면서까지 농담하려 들지 않는' '자연으로부터 결코 물러서지 않으려는' 연극이라는 찬사를 받았으나 빨레루아얄의 관객은 실망시킴. 8월 6일 「억지 의사」(Le Médecin malgré lui)를 공연함. 12월 2일 다섯번째 발레희극인 「멜리세르뜨」(Mélicerte)를 쌩제르맹 축제 때 공연함.

1667년 쌩제르맹 축제 때 여섯번째 발레희극 「희극적 전원극」(La Pastorale comique), 일곱번째 발레희극 「시칠리아인 또는 사랑이라는 화가」(Le Sicilien ou l'amour peintre)를 공연함. 3월 말에 극단의 주요 여배우였던 뒤 빠르끄(Du Parc)가 부르고뉴 극단으로 이적함. 건강 악화로 6월까지 휴식하고 8월 5일 「따르뛰프」를 수정한 5막 운문극 「빠뉠프 혹은 위선자」(Panulphe ou l'Imposteur)를 공연했으나 하루 만에 다시 공연 금지당함. 8월 20일 「위선자 희극에 관한 편지」(Lettre sur la comédie de L'Imposteur)라는 제목의 두번째 청원서를 씀.

1668년 1월 13일 플라우투스의 동명 희극에서 영향을 받은 3막 운문극「앙피트리옹」(Amphitryon)을 공연함. 1월 16일에는 뛸르리에서 루이 14세를 위해 공연함. 2월 24일 발레를 없애고 단막 소극의 형태로「강제 결혼」을 공연함. 3월 4일 오뗄 드 꽁데에서, 9월 12일 샹띠 성에서 그랑 꽁데(Grand Condé)를 위해「따르뛰프」를 공연함. 7월 18일 베르사유에서 여덟번째 발레희극인「조르주 당댕」(George Dandin)을 공연함. 9월 9일 플라우투스의「냄비」(La Marmite)에서 영감을 받은 5막 산문극「수전노」(L'Avare)를 공연함.

1669년 종교계의 문제가 해결되면서「따르뛰프」에 대한 금지가 해제됨. 5막 운문극으로 다시 개작한「따르뛰프 혹은 사기꾼」(Tartuffe ou l'imposteur)을 빨레루아얄 극장에서 정기적으로 공연하게 되면서 대성공을 거둠. 왕비를 위해서도 공연했는데, 그때 승리에 찬 마지막 청원서를 썼음. 2월 27일 부친 사망. 10월 6일 샹보르에서 아홉번째 발레희극「뿌르소냐끄 씨」(Monsieur de Pourceaugnac)를 공연함.

1670년 1월 4일 르 불랑제 드 샬뤼세(Le Boulanger de Chalussay)가 몰리에르를 격렬하게 비난하는 풍자적인 희극「우울한 엘로미르」(Élomire hypocondre)를 발표함. (엘로미르는 몰리에르 이름의 철자 순서를 바꾸어 지은 이름임.) 몰리에르뿐 아니라 극단의 다른 배우들까지 사생활을 포함하여 악의적으로 비난하는 작품으로, 공연된 적은 없음. 2월 4일 쌩제르맹에서 열번째 발레희극「멋진 연인들」(Les Amants magnifiques)을 공연함. 10월 14일 샹

보르 성에서 열한번째 발레희극 「부르주아 귀족」(Le Bourgeois gentilhomme)을 공연함.

1671년 1월 17일 룰리, 꼬르네유, 끼노와 합작하여 만든 발레비극 「프시케」(Psyché)를 뛸르리에서 공연함. 5월 24일 「스까빵의 간계」(Les Fourberies de Scapin)를 공연함. 12월 2일 베르사유에서 열두번째 발레희극 「에스까르바냐스 백작 부인」(La Comtesse d'Escarbagnas)을 공연함.

1672년 2월 17일 마들렌 베자르 사망. 3월 11일 5막 운문극 「유식한 여학자님들」(Les Femmes savantes)을 공연함.

1673년 2월 10일 빨레루아얄에서 열세번째이자 마지막 발레희극 「상상병 환자」(Le Malade imaginaire)를 공연함. 2월 17일 네번째 공연 중 아르강을 연기하던 몰리에르가 발작 증세를 일으켰고, 집으로 옮겨진 후 곧 사망함. 부인 아르망드 베자르의 증언에 따르면 몰리에르가 연극인으로서의 직업을 부인하고 선한 기독교인으로서 죽음을 맞이하기 위해 사제를 불렀으나 두번 거절당한 끝에 세번째 부른 사제가 도착했을 때는 이미 죽은 뒤였다고 함. 마지막 고해성사를 하지 못하고 죽었으므로 기독교식 장례를 치를 자격이 없었으나, 빠리 주교의 중재로 2월 21일 밤 쌩조제프 성당 묘지에 안장됨. 몰리에르 사후 극단은 빨레루아얄을 더이상 사용하지 못하게 됨. 극단을 맡은 라 그랑주는 오뗄 드 게네고(Hôtel de Guénégaud)를 빌리고 마레 극단 배우들을 기용하여 부족한 배우를 메꾸기 시작하면서 마레 극단과 서서히 합병하게 됨.

1674년 몰리에르 작품집이 출간됨.

1680년 이미 통합된 마레 극단과 몰리에르 극단은 왕명에 의해 부르고뉴 극단과 다시 통합되면서 궁정과 빠리에서 동시에 공연하는 것이 가능해짐. 이렇게 해서 국립극단 꼬메디 프랑세즈(Comédie-française)가 탄생함.

1682년 라 그랑주의 책임하에 이미 출판된 많은 작품이 수정, 보완되고 다수 미간행 작품이 수록된 몰리에르 전집이 출간됨.

1817년 빠리 동쪽의 뻬르라셰즈 묘지에 라 퐁뗀과 나란히 이장됨.

발간사

고전의 새로운 기준, 창비세계문학

오늘날 우리는 인간의 존엄과 개성이 매몰되어가는 시대를 살고 있다. 물질만능과 승자독식을 강요하는 자본주의가 전지구적으로 확산되면서 현대사회는 더 황폐해지고 삶의 질은 크게 훼손되었다. 경제성장만이 최고의 선으로 인정되고 상업주의에 물든 문화소비가 삶을 지배할수록 문학은 점점 더 변방으로 밀려나고 있다. 삶의 본질을 성찰하는 문학의 자리가 위축되는 세계에서는 가진 자와 못 가진 자 할 것 없이 모두가 불행할 수밖에 없다.

이 시대야말로 인간답게 산다는 것의 의미가 무엇인지 근본적인 화두를 다시 던지고 사유의 모험을 떠나야 할 때다. 우리는 그 여정에 반드시 필요한 벗과 스승이 다름 아닌 세계문학의 고전이라는 점을 강조한다. 고전에는 다양한 전통과 문화를 쌓아올린 공동체의 경험이 녹아들어 있고, 세계와 존재에 대한 탁월한 개인들의 치열한 탐색이 기록되어 있으며, 새로운 세상을 꿈꾸는 아름다운 도전과 눈물이 아로새겨 있기 때문이다. 이 무궁무진한 상상력의 보고이자 살아 있는 문화유산을 되새길 때만 개인의 일상에서 참다운 인간적 가치를 실현하고 근대적 삶의 의미와 한계를 성찰하는 지혜를 얻을 수 있을 것이다.

'창비세계문학'은 이러한 문제의식에서 출발한다. 세계문학의 참의미를 되새겨 '지금 여기'의 관점으로 우리의 정전을 재구성해야 할 필요성이 그 어느 때보다 절실하다. '정전'이란 본디 고정된 목록으로 존재하는 것이 아니라 그때그때 주어진 처소에서 새롭게 재구성됨으로써 생명을 이어가는 것이다. 우리는 먼저 전세계 문학들의 다양성과 차이를 존중하면서 국가와 민족, 언어의 경계를 넘어 보편적 가치에 기여할 수 있는 가능성에 주목하고자 한다. 근대를 깊이 성찰한 서양문학뿐 아니라 아시아와 라틴아메리카, 중동과 아프리카 등 비서구권 문학의 성취를 발굴하고 재평가하는 것 역시 세계문학의 지형도를 다시 그리려는 창비의 필수적인 작업이 될 것이다.

여러 전집들이 나와 있는 세계문학 시장에서 '창비세계문학'은 세계문학 독서의 새로운 기준이 되고자 한다. 참신하고 폭넓으면서도 엄정한 기획, 원작의 의도와 문체를 살려내는 적확하고 충실한 번역, 그리고 완성도 높은 책의 품질이 그 기초이다. 독서시장을 왜곡하는 값싼 유행과 상업주의에 맞서 문학정신을 굳건히 세우며, 안팎의 조언과 비판에 귀 기울이고 독자들과 꾸준히 소통하면서 진정 이 시대가 요구하는 세계문학이 무엇인지 되묻고 갱신해 나갈 것이다.

1966년 계간 『창작과비평』을 창간한 이래 한국문학을 풍성하게 하고 민족문학과 세계문학 담론을 주도해온 창비가 오직 좋은 책으로 독자와 함께해왔듯, '창비세계문학' 역시 그러한 항심을 지켜나갈 것이다. '창비세계문학'이 다른 시공간에서 우리와 닮은 삶을 만나게 해주고, 가보지 못한 길을 걷게 하며, 그 길 끝에서 새로운 길을 열어주기를 소망한다. 또한 무한경쟁에 내몰린 젊은이와 청소년 들에게 삶의 소중함과 기쁨을 일깨워주기를 바란다. 목록을 쌓아갈수록 '창비세계문학'이 독자들의 사랑으로 무르익고 그 감동이 세대를 넘나들며 이어진다면 더없는 보람이겠다.

2012년 가을

창비세계문학 기획위원회

김현균 서은혜 석영중 이욱연 임홍배 정혜용 한기욱

창비세계문학 59

상상병 환자

초판 1쇄 발행/2017년 8월 28일
초판 2쇄 발행/2023년 9월 20일

지은이/몰리에르
옮긴이/정연복
펴낸이/강일우
책임편집/허원
펴낸곳/(주)창비
등록/1986년 8월 5일 제85호
주소/10881 경기도 파주시 회동길 184
전화/031-955-3333
팩시밀리/영업 031-955-3399 편집 031-955-3400
홈페이지/www.changbi.com
전자우편/lit@changbi.com

ISBN 978-89-364-6459-2 03860

* 책값은 뒤표지에 표시되어 있습니다.